Blanca Imboden

Die Pralinen-Prinzessin

PIPER

Zu diesem Buch

Sie hat hart gekämpft, gehungert, Sport getrieben wie verrückt – und das Ziel erreicht: Fünfundzwanzig Kilo in fünfundzwanzig Wochen. Nun ist Tina der Diät-Star der Slim-Happy-Gruppe. Und jetzt wird das ja endlich klappen mit den Männern, mit dem Gut-Aussehen und dem Glücklichsein. Oder? Köstlich wie Champagnertrüffel, sympathisch wie Bridget Jones – eine Heldin zum Verlieben und eine Geschichte, wie sie manche Frau schon ähnlich erlebt haben mag.

Blanca Imboden, geboren 1962 in Ibach im Kanton Schwyz, tourte dreizehn Jahre lang als Berufsmusikerin durch die Landen, bevor sie anfing, Romane zu schreiben. Seit 1999 arbeitet sie bei der Neuen Schwyzer Zeitung. »Die Pralinen-Prinzessin« ist nach »Die Kalorien-Königin« ihr zweiter Roman bei Piper.

Blanca Imboden

Die Pralinen-Prinzessin

Roman

Piper München Zürich

Mehr über unsere Autoren und Bücher:
www.piper.de

Von Blanca Imboden liegen bei Piper vor:
Die Kalorien-Königin
Die Pralinen-Prinzessin

Mix
Produktgruppe aus vorbildlich bewirtschafteten Wäldern und anderen kontrollierten Herkünften
www.fsc.org Zert.-Nr. GFA-COC-001223

Originalausgabe
April 2011

Umschlagkonzept: semper smile, München
Umschlaggestaltung: Cornelia Niere
Umschlagmotiv: Artwork Roland Werner (Pralinen, Himmel);
Paul Burley / Photography / Getty Images (Frau)
Autorenfoto: Hans Gotthardt
Satz: Kösel, Krugzell
Papier: Munken Print von Arctic Paper Munkedals AB, Schweden
Druck und Bindung: CPI – Clausen & Bosse, Leck
Printed in Germany ISBN 978-3-492-25928-6

Ich widme dieses Buch
dem Umoja-Frauendorf in Samburu, Kenia.
Dort leben misshandelte Frauen.
www.umojawomen.org
Ich habe das Frauendorf
in meine Geschichte eingebaut,
sonst ist jedoch alles frei erfunden.

Achtung:

Dieses Buch könnte Lust auf Pralinen auslösen
oder eine Abneigung gegenüber Diäten verursachen.
Andere Nebenwirkungen sind nicht bekannt.

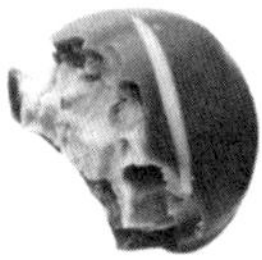

»Sie wissen schon: Es ist die alte Geschichte von dem halb vollen oder halb leeren Glas. Sie entscheiden selber, wie Sie die Dinge betrachten, wie Sie sie empfinden. Sie können beispielsweise sagen: Mein armer Vater hat ein Holzbein. Sie können jedoch auch voller Stolz ausrufen: Mein Vater ist beinahe ein Tisch! Das ist natürlich nur ein Spaß, hahaha. Trotzdem führt er Sie in die richtige Richtung: Nur Sie allein entscheiden, ob Sie einen guten Tag haben, ein gutes Leben, ein gutes Jahr. Es liegt an Ihnen!«

Aus.

Fertig.

Das reicht.

Ich stelle den Fernseher aus und pfeffere die Fernbedienung verärgert aufs Sofa.

Dieser schmierige Typ mit den blonden Locken und den mehrfach gebleichten Zähnen ist nicht auszuhalten! Er trägt eine Perlenkette, wie sie meine Großmutter sonntags immer aus ihrer Schmuckschatulle holte. Die Kette lenkt nur wenig von seinem Dauerlächeln ab, das in seinem Gesicht wie festgetackert wirkt.

Soll das die Ansprache zu meinem Geburtstag sein? Mein Vater ist beinahe ein Tisch!

Und wenn meine Mutter Krebs hat, dann hat sie wohl ein Haustier?

Und wenn ich keinen Job habe, dann habe ich viel Freizeit?

Und wenn mein Freund mich verlassen hat, habe ich endlich mehr Platz im Bett?

Ich kann es nicht fassen, was man mir für meine Fernsehgebühren an meinem Geburtstag an Weisheiten offeriert.

Manchmal frage ich mich, ob diese selbsternannten Optimismus-Gurus wirklich immer bestens drauf sind und über allem stehen, oder ob sie auch schon versucht haben, sich die Pulsadern aufzuschneiden, ganz im Geheimen, wenn es keiner sah, in verbotenen Momenten abgrundtiefer Verzweiflung? Der Typ mit der Perlenkette sieht allerdings wirklich so aus, als würde er seinen eigenen Worten glauben.

Schön für ihn.

Ich glaube, heute ist nicht mein Tag, Geburtstag hin oder her. Eigentlich hätte ich ja viel Grund zu feiern. Aber die Versuchung, falsche Dinge zu essen oder gar zu trinken, wäre zu groß. Früher habe ich vor meinem Geburtstag immer eine neue Sorte Pralinen kreiert, stand stundenlang in der Küche und beschäftigte mich mit flüssiger Schokolade und geheimnisvollen Zutaten. Peter liebte das, setzte sich gerne dazu und spielte Gitarre für mich. Er nannte mich liebevoll Pralinen-Prinzessin. Aber es hat sich »auspralint«, in jeder Beziehung.

Ich feiere, wenn nichts dazwischenkommt, nächste Woche meinen großen Tag: Dann habe ich in 25 Wochen 25 Kilo abgenommen. Gerade stehe ich mal wieder vor meinem Spiegel im Flur und kann es selber fast nicht glauben, wie sehr ich mich verändert habe. Ich habe mir selber wohl das größte Geburtstagsgeschenk gemacht, mir einen richtigen Traum erfüllt. Obwohl: Ein wirkliches »Geschenk« war das ja nicht. Ich habe dafür gelitten, geflucht, geweint, gehungert. Ich habe sogar Sport getrieben, als würde mir das Spaß machen – und allen Theorien zum Trotz: Noch immer muss ich mich dazu zwingen. Die täglichen Joggingrunden sind mir nicht zum Bedürfnis geworden, und auch nicht zur Selbstverständlichkeit oder gar zum guten Freund. Ich könnte mich jederzeit davon verabschieden. Auch müsste ich beim Fernsehen nicht auf meinem Trainingsrad sitzen und strampeln. Ich könnte problemlos meine Beine hochlegen und Paprika-Chips in mich reinschieben oder Pralinen essen. Sport ist für mich nach wie vor kein Bedürfnis. Ich bin kein Bewegungsmensch. Aber ohne Sport hätte ich diesen Diätrekord sicher nicht geschafft. Nächste Woche werde ich in meiner Diätgruppe groß gefeiert. Ich muss allerdings bis Mittwoch noch läppische zweihundert Gramm abnehmen. Das müsste zu schaffen sein. Dafür verzichte ich gerne auf eine Geburtstagsparty.

Es klingelt an der Wohnungstür.

Besuch?

Ich erwarte niemanden. So spontan fällt mir auch keiner ein, den ich jetzt gern sehen möchte. Warum also sollte ich öffnen? Außerdem trage ich schon meinen Schlafanzug, den neuen, in Größe 36, in einer gewagten Farbmischung aus Pink und Hellgrün. Er sieht ziemlich schräg aus, als hätte ich ihn selber mit Leuchtstift bemalt.

Es klingelt weiter.

Ich lasse es klingeln.

Es klingelt weiter.

Da kommt mir meine gute Erziehung in die Quere, und ich öffne schicksalsergeben die Wohnungstür.

»Überraschung!«, rufen meine Freundinnen Liz, Jenny und Sonja strahlend und halten irgendwelche Mitbringsel in die Höhe.

»Halt! Das ist verkehrt. So läuft das nicht. ICH müsste irgendwo reinkommen, und IHR wartet dort und ruft: Überraschung!«, wehre ich mich. Genau deshalb bin ich doch heute eben nicht ausgegangen.

»Tina, sei doch nicht päpstlicher als der Papst!«, protestiert Liz.

»Du lässt uns hier doch nicht stehen?«, fragt Jenny empört.

»Sei mal ein wenig locker, Tina, entspann dich!«, schimpft Sonja.

Eine Überraschungsparty. Wie es aussieht, kann ich dieser wohl nicht entkommen, denn ich wohne hier. Keine Fluchtmöglichkeit. Ich mache also die Tür weit auf und lasse sie rein, meine Überraschungsgäste. Ich werde dafür geküsst und geherzt und mit Glückwünschen überhäuft.

»Du siehst großartig aus, sogar in diesem unmöglichen Schlafanzug«, sagt Liz und strahlt mich an. »Ich bin so stolz auf dich und bewundere deine Ausdauer.«

»Aber deswegen kannst du doch nicht an deinem Geburtstag alleine bleiben«, erklärt Jenny, die Sportlerin.

Alle steuern die Küche an.

»Wir haben Spaghetti mitgebracht.«

Liz hat in einem Plastiktöpfchen sogar eine fertige Sauce dabei.

»Für dich habe ich ganz viel Gemüse aus dem Garten mitgebracht«, beruhigt sie mich.

Sonja hat zwei Flaschen Rotwein dabei. »Hoffentlich reichen die«, zweifelt sie.

»Ich habe auch noch ein paar Flaschen da«, beruhige ich sie. »Außerdem trinke ich sowieso nicht mit.«

Es ist immer alles herrlich unkompliziert mit meinen Freundinnen. Wir kennen uns noch aus der Schulzeit, und wir kennen uns gut. Leider treffen wir uns nicht mehr so oft. Jenny, unsere Sportlerin, gibt fast jeden Abend irgendwelche Kurse. Sonja arbeitet an einer Hotelrezeption in Luzern und hat unmögliche Arbeitszeiten. Und Liz hat zwei Kinder und ein Haus mit viel Garten und will unbedingt eine perfekte Hausfrau und Mutter sein. Es ist also eigentlich schon ein Geburtstagsgeschenk, dass wir heute alle hier zusammen sind.

Ich ziehe mir etwas anderes an und setze dann Wasser auf. Wir decken den Küchentisch. Jenny öffnet die Balkontür und erschrickt über den Lärm im Innenhof.

»Wie hältst du das bloß aus?«, wundert sie sich und hängt neugierig ihren Oberkörper über das Balkongeländer. Seit meiner Trennung von Peter wohne ich in einem multikulturellen Wohnblock. Ein begrünter Innenhof wird von vier Häusern eingerahmt. In denen wohnen über zweihundert Leute. Sie kommen aus der ganzen Welt: aus Italien, der Türkei, Portugal oder dem ehemaligen Jugoslawien.

Im Innenhof ist es so laut, weil die Kinder hier einen paradiesischen Spielplatz haben. Von Tischtennis über Volleyball bis Basketball kann man hier alles machen. Es gibt einen kleinen Bach, einen großen Sandkasten, die üblichen Schaukeln und Rutschbahnen. Dazu Bänke und Bäume.

Jenny zuckt erschrocken zurück.

»Wääh, mir ist etwas auf den Kopf getropft. Gießt jemand Blumen? Hat mir ein Vogel auf den Kopf geschissen?« Sie hält uns ihren Kopf zur Begutachtung hin. Ich lache nur.

»Das waren sicher die Kinder über uns. Die spucken manchmal auch runter, wenn ich meine Füße beim Lesen in der Sonne auf das Geländer lege.«

»Wie kannst du nur hier wohnen?«, meint Jenny schockiert und kommt in die Küche zurück.

»Mir gefällt es gut«, erkläre ich. Die Wohnung ist hell und freundlich, und wenn ich die Fenster schließe, höre ich nichts mehr von den Leuten rundherum. Ich habe genug Platz und kann die Wohnung bezahlen, was auch noch ein wichtiges Argument bei der Suche war.

»Pralinen können wir dieses Jahr wohl keine erwarten?«, fragt Liz und schaut sich suchend um, öffnet sogar frech ein paar Schränke.

»Nein. Ich habe sogar die Pralinen-Rezeptbücher auf dem Flohmarkt verkauft.«

»Schade«, meint Sonja und verzieht das Gesicht.

»Aber du könntest es ja sowieso ohne Rezept. Deine eigenen Kreationen waren ohnehin immer die besten«, sagt Liz.

»Wie läuft es mit deiner Diät? In der Badewanne darfst du nun den Stöpsel nicht mehr ziehen, bevor du ausgestiegen bist«, spöttelt Sonja. Sie selber war ja schon immer schlank, hat aber in letzer Zeit etwas zugelegt.

»Nächste Woche habe ich mein Ziel mehr als erreicht: Ich habe in 25 Wochen 25 Kilo abgenommen«, verkünde ich und strahle.

Alle schweigen ehrfürchtig. Es ist auch wirklich ein großer Erfolg. Ich kann es manchmal selber nicht glauben. Man hat schon angedeutet, dass bei meiner Diätfirma noch keiner in diesem Jahr so gut abgenommen habe. Ich werde wohl das Schweizer Gesicht 2009 der Slim-Happy-Gruppen werden.

Wir schnipseln gemeinsam Gemüse und bereiten Salat vor, als müssten wir eine ganze Kompanie füttern. Ich bin meinen Freundinnen dankbar, dass sie an meine Ernährung gedacht haben.

»Hast du nichts mehr von Peter gehört?«, fragt Liz neugierig. Sonja schubst sie mit dem Ellbogen.

»Ach, lass sie doch fragen«, beruhige ich sie. »Den gröbsten Seelenschmerz habe ich längst überwunden, aber manchmal tut es schon noch weh.«

Ich habe während meiner Diät nicht nur Kilos verloren, sondern auch meinen Freund Peter. Er hatte zwar immer an meiner Figur herumkritisiert, mich gehänselt und verspottet und jeder Frau mit schlanker Figur hinterhergehechelt. Aber als ich dann anfing mit meiner Diät und plötzlich meinen eigenen Stundenplan und meine eigenen Essgewohnheiten hatte, fand er nur, ich sei eine Spaßbremse. Ich sei ungemütlich geworden, unbequem.

»Heute frage ich mich manchmal, ob er schon immer ein solcher Kotzbrocken war, was ich mit dem ganzen Fett um mich herum nur schlicht nicht gemerkt habe, oder ob er erst in letzter Zeit so geworden ist. Trotzdem: Er fehlt mir manchmal schon.«

Gut, dass Salat und Spaghetti jetzt fertig sind, bevor wir uns mit diesem Thema die Stimmung völlig ruinieren und einen gemütlichen Abend unmöglich machen. Meine Freundinnen streuen viel Parmesan über ihre Teigwaren und legen los. Es gibt Nahrungsmittel, die sind weder gesund noch exklusiv, und doch kann man damit ohne großen Aufwand so viele Herzen erreichen und einen fröhlichen Abend herbeizaubern. Spaghetti gehören dazu. Irgendwann esse ich auch wieder welche, aber nicht in dieser entscheidenden Woche. Für mich gibt's ja die frischen Salate.

Sonja ziert sich ein wenig, wegen des großen Spaghettitellers, den man ihr vorgesetzt hat.

»Am Ende sind wir dann alle fett und Tina schlank«, jammert sie. Dazu meint Jenny trocken: »Ich sag's euch immer wieder: Bewegt euch! Dann könnt ihr euch locker zwischendurch mit Teigwaren vollstopfen.«

Jenny war schon als Kind im Ballett, im Kunstturnen und beim Jugendsport gleichzeitig. Heute ist sie diplomierte Sportlehrerin. Sie unterrichtet an verschiedenen Schulen, gibt aber auch Abendkurse von Power Yoga bis zu Line Dance. Wenn wieder irgendeine neue Sportart in ist, bildet sie sich sofort weiter und ist garantiert die Erste, die das hier im Talkessel Schwyz anbietet. Kein Wunder, dass sie sich öfter mal eine Teigwarenorgie leisten kann, vielleicht sogar muss, um ihre Leistung zu bringen.

Sonja dagegen arbeitet an einer Hotelrezeption in Luzern. Wenn sie so erzählt, denke ich manchmal, sie leitet den ganzen Kasten. Sie macht Überstunden, als wäre es ihr eigener Betrieb.

»Wann sollte ich wohl noch Sport machen? Wenn ich so viele Stunden auf den Beinen bin, dann kann ich mich am Feierabend nicht mehr dazu aufraffen«, meint Sonja genervt. Ein ganz klein wenig zu Recht genervt, denn die Bewegt-euch-Predigt müssen wir uns bei jedem Treffen anhören. Seit vielen Jahren. Natürlich hat Jenny recht. Ohne Bewegung hätte ich meinen Diäterfolg niemals geschafft. Aber wie lange kann und will ich das noch durchziehen?

Wir gießen reichlich Wein in die Gläser und stoßen auf mein neues Lebensjahr an. Ich genehmige mir einen einzigen Schluck. Schließlich möchte ich keine Spaßbremse sein, lieber Peter!

Nach dem Essen räumen wir den Tisch auf und türmen das schmutzige Geschirr kunstvoll in eine Ecke auf der Anrichte. Liz wird nun ganz geschäftig und kramt in ihrer übergroßen Handtasche.

»Wir brauchen eine große Schüssel mit kaltem Wasser«, erklärt sie. Kann sie gerne haben. Ich stelle sie in die Mitte des Tisches. Alle wundern sich sehr. Liz sagt: »Tina, Geburtstag, das ist doch fast so was wie Silvester. Ein neues Lebensjahr beginnt. Meine Großmutter hatte da so einen interessanten Brauch.«

Jetzt legt sie einen undefinierbaren Klumpen vor mich hin. Dazu einen alten Löffel. Aus meinem Regal holt sie eine Kerze und zündet sie an. Ich verstehe noch immer gar nichts.

Drogen?

Heroin?

»Bleigießen!« erklärt sie schließlich. »Du hältst den Löffel mit dem Klumpen einige Minuten über die Kerze. Sobald das Blei geschmolzen ist, musst du es schnell ins Wasser schütten. Danach können wir aus der erstarrten Figur deine Zukunft lesen.«

Alle lachen und werden furchtbar aufgeregt.

Will ich denn wirklich meine Zukunft wissen?

Aber ja!

»Auf zum fröhlichen Bleigießen!«, rufe ich.

Es dauert eine Weile, bis der kleine Klumpen Blei schmilzt. Wir können noch ein Glas Wein trinken. Ein wenig Stärkung kann nicht schaden. Man weiß ja nie, welche Wahrheit ans Licht kommt, wenn man so penetrant danach sucht. Ich trinke jetzt allerdings Wasser.

Liz erzählt inzwischen: »Wir machen das immer am Silvester, Leo und ich, wenn die Kinder im Bett sind. Schon die Römer haben solche Rituale gepflegt. Letztes Silvester habe ich ein Ei gegossen. Meine Familie werde wachsen, heißt das. Seither schaue ich sehr genau, dass ich die Pille regelmäßig einnehme. Zwei Kinder reichen mir völlig, bei aller Liebe.«

»Es ist flüssig«, kreischt Jenny.

Schwungvoll schmeiße ich also die Flüssigkeit in die Schüssel mit dem kalten Wasser. Wir stoßen fast mit den Köpfen aneinander, weil jede von uns sofort sehen will, was für eine Form entstanden ist. Nach einer Weile fische ich den Gegenstand heraus. Es ist ... ja, was denn nun? Irgendetwas Längliches.

Liz entfaltet eine Liste.

Sie sucht nach länglichen Gegenständen.

»Stock: Dein Leben verändert sich. Das ist doch schon mal ein Volltreffer, oder? Nehmen wir doch einfach an, es sei ein Stock.«

Ich entreiße ihr das Papier.

»Säule: Ein Wunsch bleibt unerfüllt. Es könnte auch eine Säule sein. Verdammt.«

Jenny will nun auch lesen.

»Dolch: Du wirst siegreich sein. Degen: Eine einschneidende Veränderung. Lanze: Jemand möchte gegen dich kämpfen.«

Wir sitzen etwas ratlos über dem länglichen Gegenstand und irgendwann müssen wir furchtbar lachen.

Was für ein Blödsinn!

Aber vielleicht würde der Perlenketten-Quatschkopf jetzt sagen, dass ich daraus lernen sollte, dass ich selber bestimmen könne, was ich lesen wolle und wie mein Leben weitergehe.

Plötzlich bekomme ich einen ganz schlimmen Lachkrampf. Tränen laufen mir aus den Augen.

Warum bin ich da nicht gleich drauf gekommen?

»Das ist ein Holzbein«, erkläre ich, ganz außer Atem vor Lachen. Meine Freundinnen schauen mich besorgt an. Liz schiebt mein Weinglas etwas weiter weg, dabei hatte ich doch kaum daraus getrunken.

Sobald ich mich erholt habe, erkläre ich den Frauen, wie ich das meine. Ich erzähle ihnen von dem Perlenketten-Mann, dem Optimismus-Verkünder, und von der dämlichen Holzbein-Geschichte. Alle finden sie geschmacklos, und doch einigen wir uns darauf, dass ich ein Holzbein gegossen habe, was auch immer das nun bedeuten soll für meine Zukunft. Vielleicht nur, dass ich eben meine Einstellung ändern und das Glas nie halb leer sehen soll, sondern immer halb voll?

Ups. Wir sind wohl etwas laut geworden, denn mein Nachbar, der türkische Karatelehrer, klopft wie von Sinnen an die Wand. Wir sind ganz still. Er ist Karatelehrer! Eines Tages setzt er noch zu seinem Wunderschlag mit der Handkante an und landet in meiner Wohnung. Wie von weit her hören wir sein Fluchen. Er scheint leicht erregbar zu sein, wie mir andere Nachbarn auch schon erzählt haben. Sind diese Kampfsportarten nicht immer auch mit innerer Ruhe und Meditation verbunden? Bei ihm scheinbar nicht. Wir müssen jetzt noch mehr lachen, kommen uns vor wie gemaßregelte, alberne Schulkinder und können uns kaum mehr beruhigen.

Erst beim Kaffeetrinken kommen wir wieder etwas zur Ruhe und führen ernstere Gespräche.

Sonja erzählt von ihrem Hotel.

»Es ist wirklich nicht leicht zurzeit. Wegen der Wirtschaftskrise bleiben ziemlich viele Gäste weg. Je teurer die Hotels, desto mehr spürt man das.«

Liz meint dazu: »Und jetzt muss man sich auch

noch wegen der Schweinegrippe sorgen. Ich habe schon Tamiflu und Mundschutz besorgt.«

Jenny kann darüber nur lachen. »Es ist doch nur eine harmlose Grippe!«

So sehe ich das eigentlich auch. Ich habe mir noch gar keine Gedanken darüber gemacht.

»Wenn ihr Kinder hättet, würdet ihr das auch nicht so leichtnehmen. Ihr wisst nicht, was es bedeutet, Verantwortung zu tragen. Kinder sind ja besonders gefährdet«, meint Liz ein wenig eingeschnappt. Ja, ja, die Übermutter. Sonja schüttelt den Kopf und meint: »Wir haben im Hotel im Moment vier amerikanische Touristen mit der Schweinegrippe. Sie bleiben im Hotelzimmer. Es geht ihnen recht gut. Es ist wirklich nur eine ganz normale Grippe.«

Liz schaut Sonja entgeistert an. Dann schiebt sie ihren Stuhl energisch zurück und steht auf.

»Sorry, aber das kann ich jetzt wirklich nicht fassen. Du hast Kontakt zu Leuten mit Schweinegrippe, kommst hierher und erzählst mir das erst, nachdem wir seit drei Stunden zusammensitzen?«

Liz ist entsetzt und empört.

»Ich muss heim«, sagt sie, grüßt kurz winkend in die Runde und ist schon aus der Wohnung, bevor wir in der Lage sind zu reagieren.

Wir bleiben ganz betreten zurück.

»Denkt ihr auch so?«, fragt Sonja ganz verunsichert.

»Nein«, antworten Jenny und ich wie aus einem Munde. Jenny erklärt sogar: »Ich habe manchmal

zwanzig Leute in einem Kurs. Alle schwitzen und husten auf kleinstem Raum. Der Ventilator und die Klimaanlage verteilen die Bakterien schön gleichmäßig auf alle Teilnehmer. Wie sollte ich mich da schützen?« Sie könne sich solch unsinnige Ängste gar nicht leisten.

»Was denkst denn du? Du warst doch früher mal Krankenschwester?«, will sie von mir wissen.

»Ach, ich denke, dass jetzt im beginnenden Sommerloch diese Pandemie-Gefahr von den Medien ganz besonders hochgekocht und aufgebauscht wird. Wahrscheinlich wittern dazu ein paar Chemiekonzerne das große Geld. Ich mache mir keine Sorgen. Und schlimmstenfalls liege ich dann eben ein paar Tage im Bett.«

Über Liz' Reaktion können wir uns nur wundern.

Wir lösen unsere Versammlung bald auf. Die Stimmung ist kaputt. Außerdem ist es spät, und Jenny muss schon um fünf Uhr mit einem Privatkunden joggen gehen. Sonja hat Frühdienst. Nur ich allein kann ausschlafen, weil doch morgen Sonntag ist, und ich frei habe. Die Frauen sind schon fast weg, da strecken sie noch einmal den Kopf durch die Tür.

»Ziehst du um?«

Sie zeigen auf eine ganze Reihe von Säcken vor meiner Wohnungstür.

»Nein«, lache ich. »Ich habe nur die großen Kleidergrößen aus meinem Schrank verbannt.«

Ich trage jetzt wieder 36 und 38. Leider trug ich

früher 46 und 48. Die Übergrößen kommen jetzt in eine Altkleidersammlung. Das Aussortieren meiner alten Hüllen war ein freudiger symbolischer Akt. Und ein Zeichen: Ich will nicht mehr dick werden. Es gibt kein Zurück.

Nachdem meine Gäste sich endgültig verabschiedet haben, setze ich mich einen Moment auf den Balkon. Es ist dunkel und kühl, aber es tut gut, hier ein wenig zu sitzen und den Abend zu reflektieren. Auf meinem windgeschützten Balkon sitze ich gerne. Tagsüber lese ich hier Bücher, wenn ich Zeit habe. Das sind meine Lieblingsstunden: die Füße auf dem Balkongeländer, die Sonne im Gesicht. Abends fühle ich mich dann oft ein wenig allein, wenn ich hier meinen Tee trinke. Trotzdem: Ich möchte nicht meine Kilos zurückhaben und dafür auch Peter wieder neben mir. Irgendetwas war ja ganz faul an dem Typen. Ich verstehe eigentlich heute noch nicht, wie und was passiert ist.

Hallo? Schon bin ich wieder so nachdenklich, melancholisch. In letzter Zeit bin ich oft selber schockiert über meine trübsinnigen Gedanken. Ich bin jetzt schlank. Diese Traumfigur wollte ich seit Jahren erreichen. Warum also bin ich nicht vierundzwanzig Stunden täglich erfüllt und benebelt von überwältigenden Glücksgefühlen?

Bin ich so ein undankbarer Mensch?

Bin ich meine eigene Spaßbremse?

Vielleicht hat der Perlenketten-Heini doch ganz

bewusst zu mir gesprochen. Und das gegossene Holzbein sollte seine Worte noch unterstützen. Ich sollte positiver denken, mich mehr freuen an dem, was ich habe, respektive endlich nicht mehr habe.

Ich schüttle meine komischen Gedanken ab, gehe in die warme Wohnung zurück und klettere über meinen Hometrainer zu meinem Computer. Bevor ich schlafen gehe, tippe ich noch meine Tagesmeldung bei Facebook ein. Das ist so eine Art Abend-Ritual.

Tina Amgwerd *hat Blei gegossen. Resultat: Ein Holzbein. Ich hatte grad mal wieder Geburtstag und bin jetzt 33. Die Vergangenheit nimmt zu, die Zukunft schrumpft. Aber ich bin jetzt schlank.*

Bei meinen E-Mails ist nichts dabei, was ich lesen müsste. Angebote zur Penisverlängerung bringen mir persönlich wenig. Ich könnte 3000 Visitenkarten für zehn Franken bestellen. Wozu? Außerdem gibt es eine hellgrüne Pille im Angebot, die mich in 14 Tagen schlank macht. Zu spät für solche Experimente, ich bin schon schlank. Mit diesem Gedanken gehe ich lächelnd schlafen.

Sonntag. Ich drehe und wende mich mehrmals im Bett. Aufstehen wäre ja an sich kein Problem, aber Sonntag ist mein Sporttag, da schiebe ich den Tagesbeginn gerne noch etwas raus. Ich habe in unserem Geschäft für Große Größen, »GG«, oft unmögliche

Arbeitszeiten. Das Einkaufszentrum Kaufrausch hat immer längere Öffnungszeiten, und ich wundere mich manchmal, ob es wirklich ein existenzielles Grundbedürfnis der Menschen ist, rund um die Uhr Kleider kaufen zu können. Aber wir Verkäuferinnen können da sowieso nicht mitreden. Immerhin: Der Sonntag ist vorläufig noch ganz und gar frei. Das muss ich ausnützen. Daher wurde der Sonntag für mich zum Sporttag. Gerade heute gibt es kein Pardon, denn mir fehlen ja nur noch ein paar Gramm bis zu meinem Rekord. Da will ich kein Risiko eingehen.

Zuerst aber stelle ich mich auf den Balkon und spiele Baum. Das sieht lächerlich aus, ich weiß. Aber es ist eine wohltuende Tai-Chi-Übung, die auch ein wenig Kraft braucht und daher vielleicht zufällig die eine oder andere Kalorie verbraucht: Stehen wie ein Baum. Verwurzeltes Stehen. Ja, wir haben in unseren Diättreffs auch sehr schöne Dinge gelernt. Diese Übung, bei der ich mich mit der Energie der Bäume in meinem Innenhof verbinde, tut mir jedenfalls gut. Ich stehe hüftbreit mit aufrechtem Rücken, leichte Kniebeugung, breite die Arme in Brusthöhe aus und halte sie im Halbkreis vor mich.

»Alles Gestaute und Blockierte fängt wieder an zu fließen. Denken Sie an nichts. Verwurzeln Sie sich. Wachsen Sie«, höre ich die Lehrerin in meinem geistigen Ohr. Ich atme bewusst. Die Sonne scheint in meine Baumkrone, und während ich noch ganz Baum bin und gerade überlege, ob es wohl Tai-Chimäßig erlaubt wäre, auch ein paar Blüten sprießen zu lassen, kommt Kater Mikesch nach Hause. Er klettert die wacklige Katzentreppe hoch und streicht um meinen Baumstamm, mit hochgestelltem Schwanz. Gerade habe ich so herrlich gewurzelt, und da holt er mich in die gemeine Welt zurück. Mikesch hat Hunger. Sonst würde er nicht nach Hause kommen. So einer ist das. Ein Mann eben. Mikesch ist ständig irgendwie irgendwo unterwegs. Nur wenn er Hunger hat, kommt er heim, und dann schenkt er mir ein paar Streicheleinheiten, bis er schließlich zufrieden und satt einschläft. Er kommt auch heim, wenn er verletzt ist oder einfach erschöpft, und wenn ER Streicheleinheiten braucht. Nein, eine große Liebe ist das nicht zwischen uns. Ich habe den Kater von meinem Vormieter übernommen. Er sei ein unproblematisches Haustier, führe sein ganz eigenes Leben und brauche nur ab und zu ein Dach über dem Kopf. Genau so ist Mikesch. Manchmal wünschte ich ihn mir anders: anhänglicher, kuscheliger, wie ein Schmusetier.

Wir frühstücken also gemeinsam. Mikesch macht sich über sein Dosenfutter her, als würde es kein Morgen geben. Ich selber esse ein paar Stücke Ananas und streiche einen Light-Käse auf ein Vollkornknäckebrot. Ich weiß, wie man Käse herstellt. Schließlich bin ich eine Schweizerin. Aber bei diesem kalorienarmen Streichkäse frage ich mich schon, ob bei dessen Herstellung jemals eine Kuh beteiligt war. Könnte er nicht auch im Reagenzglas entstanden sein, mit lauter künstlichen, streng riechenden Aromen? Seine Konsistenz ist irgendwie abartig. Aber er schmeckt gut, wenn man bedenkt, dass er ein Light-Produkt ist. Also will ich mal besser nicht meine eigene Spaßbremse sein und weiter darüber nachdenken.

Während Mikesch sich in die Sonne legt, renne ich auf meiner gewohnten Route bis zur Muota und zurück. Heute fällt mir das leicht. Das war auch mal anders. Ganz anders. Als ich mit dem Joggen anfing, war ich körperlich ein Wrack. Die Puste ging mir schon beim Schuhe anziehen aus. Mein Puls war schon zu hoch, bevor ich losrannte. Jenny hat mir in der Anfangszeit geholfen. Sie wies mich an, immer nur kurz zu rennen und dann wieder zu gehen. So bin ich nach und nach in Form gekommen. Heute bin ich schon echt gut, wenn auch doch noch jedes Mal völlig erledigt, wenn ich nach meiner Joggingrunde wieder zu Hause ankomme.

Ich setze mich zur Erholung auf den Balkon. Mikesch legt sich auf meine Füße. Das Schöne am Sport ist doch die Zeit danach. Man ist stolz und zufrieden, hat etwas geleistet, darf jetzt mit gutem Gewissen ein wenig faulenzen. Auf die großen gefühlsmäßigen Höhenflüge, die man während des Rennens immer wieder erleben könne, warte ich jedes Mal umsonst. Sie stellen sich bei mir einfach nicht ein. Vielleicht ist das eine Erfindung, ein bewusst inszeniertes Gerücht, das faulen Menschen auf die Sprünge helfen soll?

Als ich mir gerade für mein Mittagessen ein Truthahnbrüstchen dünste, ruft Jenny an.

»Ich habe heute Nachmittag frei. Hast du Lust auf ein gemeinsames Walken?«

»Aber sicher! Wenn du dein Tempo anpasst.«

»Das weißt du doch. Ich habe einfach Lust, ein wenig zu reden und an der Sonne zu sein.«

Ein wenig zu reden. Typisch. So was macht sie wirklich: Sie redet und redet, während ich neben ihr herkeuche, und sie genießt es wohl auch, dass ICH eben nicht reden kann. Aber unterhaltsam ist das durchaus für mich.

Wir walken mit unseren Stöcken über Urmiberg nach Brunnen. Das ist eine lange Strecke. Und es geht eine Weile auch den Berg hoch. Jenny steckt das natürlich locker weg. Sie redet. Ich hingegen konzentriere mich darauf zu atmen, aufrecht zu gehen, die Stöcke richtig einzusetzen.

»Ich habe jetzt herausgefunden, was mit Sonja los ist. Warum sie einfach alles tut für ihr Hotel, aber nie etwas über ihr Privatleben erzählt.«

Sie macht eine kunstvolle Pause.

»Sie hat ein Verhältnis mit ihrem Chef. Sie liebt ihn.«

Daran kann ich jetzt so spontan nichts Besonderes erkennen. Ich freue mich für Sonja. Aber das denke ich alles nur, denn ich walke und muss schweigen.

»Ihr Chef ist verheiratet.«

Oh. Aber das kann man vielleicht ändern, irgendwann, oder? Heutzutage ist man da ja flexibel. Man wartet nicht mehr, bis dass der Tod endlich scheidet.

»Und das Hotel hat seine Frau mit in die Ehe gebracht.«

Ups. Jetzt wird es schwierig.

»Der lässt sich doch nie im Leben scheiden. Und Sonja macht schon über ein Jahr mit ihm rum. Wie kann sie bloß ihre Zeit so verschwenden? Irgendwann findet die Frau alles raus, und Sonja fliegt und steht vor einem riesengroßen Nichts. Seine Ehefrau sei allerdings fast nie im Hotel anzutreffen. Sie kümmert sich daheim um die Kinder und um ihre Schönheit.«

Kinder auch noch. Wieso hat Sonja wohl nie darüber gesprochen? Wieso habe ich nie etwas gemerkt?

»Sonja war mal bei mir, und wir haben etwas zu viel getrunken. Sie weinte plötzlich, und als sie dann mal anfing zu erzählen, konnte sie kaum mehr aufhören. Sie war wohl froh, ihr Geheimnis endlich lüften zu können. Es muss doch schlimm sein, wenn man niemanden hat, mit dem man über seine große, aber unglückliche Liebe reden kann.«

Niemanden? Ich wäre auch da gewesen. Ich schicke Jenny nur einen schnellen Blick und schnaube.

»Ja, du wärst auch da gewesen. Aber du musst doch zugeben, dass du in den letzten sechs Monaten eigentlich nur noch mit dir selber beschäftigt warst. Nicht, dass das Peter entschuldigen würde. Aber du warst wirklich nur noch auf deine Diät fixiert. Es hätte eine Bombe im Dorf niedergehen können, und du hättest weiter auf deinem Hometrainer gestrampelt.«

Jetzt stolpere ich fast über meine Stöcke. Ich bin eine Egoistin, nur auf mich selber fixiert? Was erzählt sie denn da für einen Schwachsinn?

»Reg dich nicht auf. Das war völlig in Ordnung so. Du musstest eine Weile nur auf dich schauen. Das war dein gutes Recht, war auch wirklich mal nötig. Und das Resultat ist großartig. Du darfst nur nicht vergessen, jetzt auch wieder zu leben, teilzunehmen, und deinen Blickwinkel wieder zu vergrößern.«

Blöde Kuh. Wenn ich nicht so außer Atem wäre, und wenn da nicht noch ein stechender Schmerz in meiner Brust wüten würde, dann könnte ich ihr ein paar böse Sachen an den Kopf werfen. So aber schweige ich finster. Am Ende hat sie sogar recht. Man kann eine strenge Diät nicht durchhalten, wenn man sein Ziel nicht ständig vor Augen hat. Aber ich habe doch meine Freundinnen nicht ausgeschaltet? Und einen Bombeneinschlag hätte ich bestimmt zur Kenntnis genommen!

In Brunnen angekommen, setzen wir uns in ein Restaurant. Ich bin viel zu verschwitzt, um im Garten zu sitzen. Da würde ich mich glatt erkälten. Jenny und ich bestellen zusammen einen Liter Mineralwasser.

»Denkst du wirklich, ich habe mit meinem Egoismus Peter vertrieben?«, frage ich Jenny, sobald ich wieder normal reden kann.

»Nie im Leben!«, ruft sie aus. »Das war was ganz anderes. Man muss von seinem Lebenspartner erwarten können, dass er mal ein wenig zurücksteckt, wenn der Andere irgendetwas Wichtiges vorhat. Vergiss, was ich gesagt habe. Versteh mich bitte nicht falsch.«

Wie sollte ich ihre Worte vergessen können. Sie haben mich verletzt. Und es gibt sicher ein Körnchen Wahrheit in ihren Vorwürfen.

»Hallo? Pass auf: Du musstest dich jetzt eine Weile auf dich selber konzentrieren. Das hat jeder verstanden, außer Peter. Ich weiß gar nicht, ob dir klar ist, wie sehr du dich äußerlich verändert hast. Du warst wirklich dick und bist jetzt richtig schlank. Du kannst sehr, sehr stolz auf dich sein. Ich bin es auch. Es war höchste Zeit, dass du diese Kurve gekriegt hast. Und wie sportlich du heute bist, das hätte ich mir vor einem halben Jahr nicht einmal vorstellen können.«

Schon bin ich wieder ein ganz klein wenig mit der Welt versöhnt.

»Schau dich mal an: Du siehst richtig cool aus in diesem Sportanzug. Du hast mir früher oft leid getan, weil ich dachte, dass du dir viel nimmst mit diesem ganzen Übergewicht. Aber jetzt denke ich, du solltest langsam aufhören, dich noch weiter nach unten zu kämpfen, sondern deine neue Figur genießen und dich ins Leben stürzen.«

»Ja, das werde ich tun, keine Frage. Es geht ja nur noch um zweihundert Gramm bis Mittwoch. Dann habe ich den SH-Rekord für das Jahr gebrochen. Ich habe dann 25 Kilo in 25 Wochen abgenommen. Diesen Rekord will ich noch schaffen. Das verstehst du doch? Auf keinen Fall will ich es mir jetzt nehmen lassen, auch ein wenig gefeiert zu werden.«

»Das klingt wirklich gut. Okay. Ich wollte eigentlich vorschlagen, dass wir mit dem Bus heimfahren. Aber wir wollen doch nicht deinen Rekord riskieren, oder?«

Ohne viel zu reden, aber in friedlicher Verbundenheit walken wir heimwärts, die Sonne im Rücken, die Mythen, unsere Hausberge, vor Augen. Diesmal machen wir keine Umwege, und zu Hause bin ich mehr als glücklich über mein gelungenes Sonntagsprogramm. Nach einer ausgiebigen Dusche setze ich mich wieder auf den Balkon und lese einen gruseligen Krimi. Dazu lasse ich mir die Sonne auf die Füße scheinen, die ich aufs Geländer gelegt habe. In meinem Buch schneidet der Serienmörder jeder Frau nach der Ermordung gekonnt die Gebärmutter heraus. Er muss Arzt sein oder so etwas. Die Geschichte ist ausgesprochen hässlich und doch so spannend, dass ich nicht aufhören kann. Abends muss ich dann sicher zum Einschlafen wieder das Nachttischlämpchen brennen lassen, weil ich mich noch immer fürchte. So eine bin ich.

Aber vorher gehe ich noch ins Internet und schreibe meinen Facebook-Eintrag.

Tina Amgwerd *war heute ein sportlicher Baum.*

Sollen meine Freunde doch über den Baum denken, was sie wollen. Ich wundere mich ja auch oft über sie. Die scheinen stundenlang abartige Quizspiele zu machen. »Welcher Typ Schokolade bist du? Welche Naturkatastrophe bist du?« Jenny ist ein Wirbelsturm, sehe ich gerade. Das könnte passen. Warum aber ist Toni eine Praline? Und was wäre ich wohl? Eine Hungersnot oder ein Überraschungsei? Ach, ich gehe lieber schlafen. Mikesch ist noch immer da und leistet mir Gesellschaft. Das ist schön. Er liegt zu meinen Füßen und bewacht meine Gebärmutter. Ich kann das Licht also löschen.

Als ich am Montagmorgen zur Arbeit komme, ist meine Chefin gerade dabei, die Glastüren zusammenzuschieben. Vroni ist eine großartige Chefin. Überhaupt sind wir bei »Große Größen» ein gutes Team. Wir sind alle bereit, wirklich zu arbeiten. Daher brauchen wir auch keine Peitsche, das Zuckerbrot genügt völlig. Wir lachen viel, plaudern, treffen uns auch in der Freizeit.

Meine Chefin Vroni schimpft schon bald vor sich hin, als sie anfängt, Kisten mit neuer Ware auszupacken. Wir gehören einer großen Kette an und haben keinen Einfluss auf das Sortiment. Sie wedelt mit ein paar Shirts und Tops vor meinem Gesicht herum.

»Schau dir mal diese Farben an! Einmal mehr Schwarz und Grau und Schwarz. Unsere Kundinnen sind doch nur dick, nicht farbenblind!«, ruft sie aus. Ja, sie hat recht. Wenn wir bunte, freche Farben bekommen, verkaufen wir viel besser. Aber das scheint in der Zentrale irgendwie nicht wahrgenommen zu werden. Ich frage mich manchmal, wer dort wohl arbeitet. Sind das irgendwelche mageren Gören, für die jemand, der dick ist, ohnehin kein Recht auf Mode mehr hat? Ich denke manchmal, dass auch in der Zentrale unbedingt Leute arbeiten müssten, die Übergewicht haben. Nicht solche, die denken, wenn sie dick wären, würden sie sich eh die Kugel geben.

Der Chef für die Zentralschweiz, Beat Böni, ist allerdings echt süß. Ein blonder, blauäugiger Kerl, der uns ab und zu überraschend besucht und kontrolliert. Er hatte eigentlich noch nie etwas zu beanstanden. Kein Wunder, dass wir ihn gern mögen. Er trinkt dann mit der Chefin einen Kaffee und zieht wieder ab. Jede Verkäuferin hofft darauf, dass er mal kommt, wenn die Chefin nicht da ist …

Meine erste Kundin braucht einen Badeanzug. Wie deprimierend für eine dicke Frau, am Montagmorgen einen Badeanzug kaufen zu müssen. Das verdirbt doch glatt die ganze Woche.

Die junge Frau holt sich einige Modelle in 42/44

in die Kabine. Als ich mal vorsichtig bei ihr nachfrage, wie denn alles so passe, lässt sie mich reinschauen. Ups! Unauffällig schaue ich nach den Nähten. Sie halten. Aber der Badeanzug ist derart prall gefüllt, dass es wirklich gefährlich aussieht. Ich beiße mir auf die Zunge und hoffe, dass die Kundin das selber merkt.

»Was meinen Sie?«, fragt sie mich nun hoffnungsvoll. Pech für sie. Ich würde niemals so einen schlimmen Fehlkauf schönreden.

»Warum versuchen Sie es nicht einmal mit 46/48? Darin würden Sie sich bestimmt wohler fühlen«, traue ich mich zu sagen.

Meine Güte! Wie konnte ich nur! Die Frau sinkt auf den Stuhl und bricht in Tränen aus. Ich lasse ihr einen Moment Ruhe und hole ihr ein Glas Wasser und ein paar Taschentücher.

»Was ist denn?«, frage ich vorsichtig.

»Ich habe mir immer geschworen, dass es weiter als bis zur 42/44 nie mit mir gehen dürfe. Und jetzt habe ich schon wieder zugenommen. Ich WILL keine größere Größe kaufen. Das wäre, als würde ich kapitulieren. Aber ich brauche einen Badeanzug. Dringend.«

Ja, das sind bei uns ganz normale Alltagssituationen. Unsere Verkaufsgespräche erfordern oft viel Fingerspitzengefühl. Eigentlich liebe ich ja meinen Job, weil es eben nicht nur ein schnelles Abverkaufen von Ware ist, sondern Beratung, und zwar mit Herz.

Ich verstehe die Frau, war schließlich selber mal dick. Darum haben wir ja nur übergewichtige Verkäuferinnen. Ich denke also nach, suche nach einer Lösung für die traurige Dame. Soll ich schnell und unauffällig einen Badeanzug umetikettieren? Das wäre eine leichte Übung. Nein, ich glaube, das ist gar nicht nötig. Da gibt es doch eine Firma, deren Ware immer etwas größer ausfällt. Genau. Ich hole einen Badeanzug in Größe 42/44, der eigentlich mindestens eine Nummer größer ist.

»Probieren Sie diesen«, sage ich nur und lächle sie aufmunternd an.

Er passt. Sie strahlt. Wir gehen zur Kasse, und ich habe eine Stammkundin mehr.

So läuft das hier.

Ich bin ja selber nur langsam dick geworden. Das war ein schleichender Prozess, den ich mit einigen Ruck-Zuck-Diäten immer wieder kurz aufgehalten habe, um dann nur noch mehr zuzulegen. Ich habe Tausende von Deals mit mir selber gemacht. Ich habe mir hundertmal geschworen, über dieses oder jenes Gewicht dürfe ich nie hinauskommen. Und dann wurde ich doch schwerer. Ich habe oft mit mir abgemacht, dass, sollte ich jemals so und so schwer sein, ich nie wieder etwas essen würde, bis das Gewicht wieder darunter liegt. Mir kommen ja selber die Tränen, wenn ich daran denke. Unauffällig drehe ich mich kurz vor einem Spiegel und bin erleichtert: Ich bin wirklich schlank. Die fetten Jahre sind vorbei.

Als ich mit unseren leeren Schachteln, dem Altpapier und dem Müll durchs Einkaufszentrum zur Sammelstelle fahre, sehe ich ihn von Weitem. Und der freche Kerl blinzelt mir wieder zu. Unglaublich! Ich weiß inzwischen, dass er Salvatore heißt und dass er sich schon nach mir erkundigt hat. Er ist wirklich süß, der Kellner unserer Pizzeria. Einziger kleiner Wermutstropfen: Er hat mich nie auch nur angelächelt, solange ich dick war. Sollte mir das nicht zu denken geben? Das ist doch so ein typischer Kerl, der mir nie im Leben nur den Hauch einer Chance gegeben hätte, meine inneren Werte zu präsentieren. Jetzt bin ich schlank, passe in sein Beuteschema, und schon fährt er seinen Charme aus. Irgendwie bin ich da ein bisschen nachtragend. Trotzdem lächle ich ihn an. Es ist ein neues, spannendes Gefühl, dass Männer wieder Interesse an mir bekunden, und zwar gut aussehende, knackige Kerle, wie eben beispielsweise Salvatore. Als ich Jenny neulich von ihm erzählte, meinte sie nur: »Los! Ran an den Speck! Hol dir die Belohnung für deine Hungermonate.« Ich müsse ihn ja nicht heiraten, aber so ein kleines Abenteuer hätte ich mir doch längst verdient. Daran muss ich natürlich jetzt denken, während ich den Italiener anlächle. Prompt bin ich einen kleinen Moment zu abgelenkt. Karton und Müllsäcke, die wohl etwas nachlässig aufgetürmt waren, fliegen von meinem Rollwagen. Wie peinlich! Und schon ist Salvatore neben mir.

»Lass mich dir helfen, Tina«, sagt er. Und flink ist

alles wieder auf meinem Wagen aufgeschichtet. Er zwinkert mir noch einmal mit seinen rehbraunen Augen zu, zeigt sein strahlendes Gebiss und ist wieder weg. Er hinterlässt mich mit rotem Kopf. Besonders geistreich bin ich wohl nicht rübergekommen, denn außer »Danke« habe ich gar nichts gesagt.

Salvatore kennt meinen Namen!

Ach, es ist herrlich, wenn man wieder eine Figur hat. Endlich kann ich auch wieder schöne Kleider kaufen. Ich habe wieder mehr Selbstbewusstsein und kann mit Italienern flirten.

Am Nachmittag ruft meine Betreuerin aus der Diätgruppe an. Regula ist wirklich eine gute Gruppenleiterin. Sie sieht zwar selber mager aus, wie ein Kind aus einer Flüchtlingsgruppe. Trotzdem weiß auch sie noch gut, wie es ist, wenn man dick ist. Und sie hat nicht nur Umsatzzahlen im Kopf. Sie lebt mit uns, unterstützt uns, ist immer für uns da. Ohne sie hätte ich es definitiv nicht geschafft. Als zum Beispiel Peter mich verlassen hatte, war ich kurz vor dem Aufgeben. Da hat Regula eine Stunde lang am Telefon auf mich eingeredet.

Heute ist sie ein wenig komisch.

»Wie sieht es aus? Wirst du es schaffen am Mittwoch? Können wir feiern?«

Sie weiß doch, wie unberechenbar der Körper manchmal ist. Wenn man todsicher meint, man habe abgenommen, dann beschließt er vielleicht spontan, doch ein paar Gramm Wasser zu speichern, weil der weibliche Zyklus dies gerade möchte. Wie kann ich ihr also etwas versprechen?

»Ich tue alles dafür, dass es klappt, Regula. Ich habe fast den ganzen Sonntag über Sport gemacht. Ich esse nur nach Vorschrift.«

»Dann schaffst du es bestimmt. Ich muss das halt weitermelden, weißt du«, entschuldigt sie sich. Leider kann ich da nicht nachhaken, denn eine Kundin der übelsten Sorte betritt unseren Laden. Wenn ich die alleine herumwühlen lasse, habe ich den Rest des Tages mit Aufräumen zu tun. Es ist Frau Rüttimann, die dafür bekannt ist, ganze Stapel von Shirts durcheinanderzubringen, jede zusammengelegte Hose auseinanderzufalten und prinzipiell nie etwas anzuschauen, das schon an einem Ständer hängt. Nein, sie zupft lieber irgendein Top mitten aus einem ordentlichen Stapel heraus. Und dann vielleicht noch eins. Sie nervt. Und am Ende kauft sie äußerst selten etwas. Sie meinte neulich, sie schaue sich die Sachen gerne bei uns im Laden an, und bestelle sie dann lieber aus unserem Katalog. Ich bleibe also an ihrer Seite, lächle etwas verkrampft, höre mir ihre Ansichten über das Wetter und die Welt an sich an, während ich ständig versuche, den Schaden, den sie mit ihrem unkontrollierten Gewühle anrichtet, möglichst klein zu halten. Es gibt halt überall alle Sorten von Kunden, solche, die fast zu Freunden werden, und andere, die man gerne zur Konkurrenz schicken würde. Aber die Vielzahl und Vielfalt der Kunden macht unseren Job ja schließlich interessant.

Abends schaue ich mir einen Rosamunde-Pilcher-Film im Fernsehen an und strample dazu auf meinem Hometrainer. Die Geschichte ist rührend, wenn auch vorhersehbar und kitschig. Am Ende vermischen sich ein paar Tränen mit meinen Schweißperlen. Auf dem Minitrampolin lockere ich noch kurz meine strapazierten Beinmuskeln.

Ich schreibe in Facebook:

Tina Amgwerd *flirtet mit einem knackigen Italiener und strampelt und hüpft ihrem Rekord entgegen.*

Meine Freunde haben ein neues Spiel bei Facebook entdeckt. »Knacke Deine Glücksnuss!« Ich kann mich anmelden, und dann kommt aus einer Glücksnuss mein persönlicher Sinnspruch. Na, da mache ich jetzt auch mal mit. Nach ein paar Klicks ist es so weit.

»Der Weg ist das Ziel«, heißt mein Spruch.

Nein, aber nicht wirklich?

Der Weg zu meiner Traumfigur kann ja wohl kaum das Ziel gewesen sein?

Ich finde dieses Nuss-Spiel total bescheuert. Ich will mich auf das Ziel freuen, und dort sollte eigentlich auch eine kräftige Belohnung warten. Die wollen mich nur um meine Belohnung bringen, indem sie mir weismachen, der Weg sei schon alles gewesen.

Ich bin sauer, und im Geiste kicke ich mit meinem

Holzbein die dämliche Glücksnuss zurück ins World Wide Web.

Gute Nacht!

Am Mittwoch habe ich den ganzen Tag freigenommen. Das Diättreffen der Slim-Happy-Gruppe ist jeweils um 14 Uhr, und meine Chefin bei GG hat im Arbeitsplan immer darauf Rücksicht genommen. Heute habe ich also schon am Morgen frei, spiele zuerst ein wenig Baum auf dem Balkon und fahre dann mit dem Fahrrad um den Lauerzersee. Unterwegs kaufe ich mir ein Truthahnschnitzel und Blumenkohl, was ich mir daheim dann zubereite. Sogar Kater Mikesch kommt an meinem Festtag heim und schenkt mir ein wenig Aufmerksamkeit. Er spielt mit mir und legt sich dann in die Sonne, um sich von seinem anstrengenden Nomadenleben zu erholen. Manchmal wüsste ich schon gerne, was er so treibt, und wo und mit wem.

Ich dusche und wasche und pflege sorgfältig meine wilden, roten Haare. Sie sind nur halblang, aber trotzdem schwer zu bändigen. Ich ziehe mich sorgfältig an und hole eine schmale, schwarze Hose aus dem Schrank, die ich natürlich nicht bei GG gekauft habe. Dazu trage ich ein T-Shirt in der Farbe meiner Haare. Heute ist ein besonderes Treffen. Ich werde gefeiert. Auf meiner Waage sieht es jedenfalls prima aus.

Wir sind eine Gruppe von zehn bis dreißig Leuten, meist alles Frauen. Und wir treffen uns jede Woche in Brunnen. Einige kenne ich inzwischen persönlich. Es sind auch Kundinnen von GG dabei. Man erfährt auf jeden Fall viel voneinander im Laufe der Monate, die man zusammen durchsteht. Die Treffen kosten so lange, bis man sein Traumgewicht erreicht hat. Danach kann man gratis einfach weiter zur Unterstützung und zur Kontrolle kommen. Außerdem kann man SH-Produkte kaufen, vom Schokoriegel, der fast kalorienfrei ist, über Suppen und Saucen bis zu einer großen Auswahl an Kochbüchern, um die ich bisher erfolgreich einen Bogen gemacht habe. Wir besprechen immer irgendein Thema aus dem Bereich der Ernährung, können aber auch Fragen stellen und werden zum Erzählen aufgefordert, wenn es mal besonders gut oder besonders schlecht gelaufen ist. In letzter Zeit habe ich mich immer sehr zurückgehalten. Ich weiß, wie ich die Weiber gehasst habe, die immer groß und laut und ausführlich von ihren Erfolgen erzählt haben, wenn es bei mir selber gerade total schlecht lief.

In unserer Gruppe wird jeder gefeiert, der sein Zielgewicht erreicht hat. Heute bin ich so weit. Ich bin reif, überreif, für ein wenig Anerkennung und Belohnung. Sechs Monate Diät, das ist eine lange Zeit.

Weil das Wetter immer noch gut ist, radle ich gemütlich nach Brunnen. Ich bin vor 14 Uhr da, weil wir ja vorher noch gewogen werden. Regula schwirrt schon ganz aufgeregt herum. Sie zieht mich hinter den Vorhang, wo man diskret auf die Waage steigen kann.

»59 Kilo!«, ruft sie dann ganz indiskret, aber voller Freude. Ich bin 1,62 groß und jetzt 59 Kilo schwer. Ich habe in 25 Wochen knapp mehr als 25 Kilo abgenommen!

Regula umarmt mich. »Ich freue mich riesig mit dir!«

»Ohne dich hätte ich es nicht geschafft«, sage ich zu ihr und drücke sie an mich.

Als wir dann endlich alle im Kreis sitzen, erfahre ich, dass ICH das Thema des heutigen Treffens bin. Das ist ja peinlich!

»Als Tina kam und als Zielgewicht 60 Kilo angab, da wollte ich sie zuerst überreden, realistischere, kleinere Zielvorgaben zu machen. Nein, sie war gar nicht einsichtig. Sie wolle möglichst schnell 25 Kilo abnehmen, meinte sie damals. Ich erklärte ihr dann, dass ›möglichst schnell‹ der falsche Ansatz sei. Unser Club will, dass nicht gehungert wird. Das würde den Grundsätzen von SH widersprechen«, erzählt Regula den Anwesenden. Sie bittet mich dann, zu erzählen, wie ich das geschafft habe.

»Ihr wisst das ja eh alle. Ich habe es schon oft erzählt, wenn beispielsweise Sport und Bewegung unser Thema waren. Ich habe angefangen, mich zu bewegen. Aber es macht mir jetzt noch keinen Spaß, ehrlich. Und ich hatte auch viele Krisen. Mir ist sogar mein Freund davongelaufen. Ich habe geweint, wollte aufgeben.«

Alle freuen sich, dass ich nicht so überheblich klinge und zugeben kann, dass auch ich meine Tiefpunkte hatte. Es waren mehr, als sich meine Leidensgenossen vorstellen können.

Jetzt werden aber alle abgelenkt, denn ein Paar betritt unseren Gruppenraum. Regula wird wieder ganz ungewohnt nervös und verkündet laut: »Darf ich euch vorstellen: Das ist Chantal Belle, die Miss Schweiz 1975. Sie arbeitet für SH. Und daneben ihr Ehemann, Marc Meister, er ist der Geschäftsleiter von SH für die ganze Schweiz.«

Chantal Belle ist kaum zu sehen hinter einem gigantischen Blumenstrauß, den sie mir nun überreicht. Ein Fotograf, wie aus dem Nichts aufgetaucht, macht Fotos. Wir machen ein paar Gruppenbilder, aber vor allem werde ich zwischen Chantal Belle und Marc Meister abgelichtet.

Marc Meister ergreift das Wort: »Tina Amgwerd, Sie sind das Gesicht von SH für das Jahr 2009. Wir gratulieren ganz herzlich. 25 Kilo in 25 Wochen, das ist ein enormer Erfolg, der zeigt, dass unsere Diätgruppen funktionieren. Sie werden von uns ein paar lukrative Werbejobs angeboten bekommen, die Ihnen sicher Spaß machen werden, unter anderem eine Reise nach Kenia, wo wir Nahrungsmittel an die Hungernden verteilen werden, wie im Prospekt versprochen.«

Ja, da war mal was. SH hatte angepriesen, jeder

zehnte Mitgliedsbeitrag werde in eine Nahrungsmittellieferung nach Kenia fließen. Man wolle damit zeigen, dass SH der Unterschied zwischen einer Diät und echtem Hunger durchaus bewusst sei. Mir hat das damals gefallen, als ich es las. Jetzt gefällt es mir gerade noch einmal, denn in Kenia war ich noch nie. Und lukrative Werbejobs! Ich strahle wie ein Honigkuchenpferd. Ich bin sehr, sehr glücklich. Es gibt anschließend einen kleinen Umtrunk mit Coca-Cola light. Wir stoßen damit an, als wäre es Champagner. Es kommen noch mehr Fotografen und einige stellen Fragen. Chantal Belle ist immer an meiner Seite. »Ich bin ab sofort Ihre Betreuerin«, erklärt sie. Und was ist mit Regula? Diese verjährte Miss Schweiz war doch eh noch nie dick. Außerdem scheint sie bald 60 zu sein, versucht aber noch immer, wie ein Teenager daherzukommen. Ihre Haare sind zu Tode gebleicht und hängen wie Leichen an ihrem Kopf herunter. Ihre Haut ist extrem dunkel gebräunt und mit Schminke zugepampt. Sie trägt ein knallrotes Lederkostüm mit einem sehr kurzen Rock und balanciert dabei auf hohen Stöckelschuhen. Wirklich schlimm sind für mich die Lippen. Die Frau redet mit mir, und ich kann sie einfach nicht richtig hören, weil meine ganze Aufmerksamkeit an den Tonnen von Lippenstift kleben bleibt. Ich sehe nur noch rot.

Sind die aufgespritzt? Wieso sonst sollte diese magere Frau so dicke Lippen haben? Vielleicht afrikanische Vorfahren?

Ich muss lachen.

Hat sie mir jetzt gerade etwas Wichtiges gesagt?

»Ich sehe schon, Sie sind gerade etwas aus dem Häuschen. Das können wir gut verstehen. Daher haben wir hier die Einladung auch noch schriftlich. Es steht alles auf einem Blatt in diesem Umschlag«, redet sie auf mich ein, als wäre ich ein bisschen beschränkt, und ich kann es ihr nicht einmal übel nehmen. Den Umschlag verstaue ich sofort in meiner Handtasche. Chantal sieht das und ist zufrieden.

»Ich werde mich um Sie kümmern. Machen Sie sich keine Sorgen«, meint sie noch beruhigend, als sich der ganze Tross verabschiedet.

Ich hatte mir bisher keine Sorgen gemacht.

Müsste ich?

Und warum?

Schließlich bin ich nur noch mit Regula im Gruppenraum und helfe ihr beim Aufräumen. Inzwischen weiß ich, dass ich am Samstag bei Chantal Belle und Marc Meister zum Abendessen eingeladen bin. Netterweise MIT Regula.

»Ich war erst einmal da«, erzählt sie. »Die beiden haben in Zürich eine gigantische Villa.«

Regula scheint sich nicht besonders auf den Abend zu freuen.

»Ich kann die Frau nicht ausstehen«, sagt sie schließlich. »Der Mann ist okay, allerdings ein knallharter Geschäftsmann. Aber bei ihm weiß man wenigstens, woran man ist. Sie jedoch ist frustriert, ein ehemaliges Model, das bald keiner mehr kennt. Es macht sie krank, nicht mehr im Mittelpunkt zu stehen. Ich glaube, sie lacht extra nicht mehr, weil das die Faltenbildung um die Augen fördert.«

Wir lachen dafür beide und versprechen uns, einander beizustehen. Regula wird mich am Samstag abholen. Sie wurde zu meiner Fahrerin degradiert oder befördert.

»Baby you can drive my car. Yes I gonna be a star«, singe ich den alten Beatles-Song und schon lachen wir wieder und unsere Augenfältchen freuen sich.

»Du wirst mir sehr fehlen«, sagt Regula. »Du hast zwar recht verbissen gekämpft, und ich habe mir oft Sorgen gemacht um dich, aber wenn ich jetzt das Resultat sehe, freue ich mich mit dir.«

Draußen wird es dunkel. Es sieht nach einem bösen Gewitter aus. Zeit, mich aufs Rad zu schwingen und in die Pedale zu treten. Gut, dass ich so fit bin. Der immer näher kommende Donner beflügelt mich. Ich schaffe es gerade noch in die Tiefgarage, da geht das Gewitter schon los. Es gießt wie aus Kübeln.

Auf dem Balkon wartet Kater Mikesch darauf, eingelassen zu werden. Regen mag er auch nicht besonders. Er schüttelt sich ein wenig, streicht mir irgendwie dankbar um die Beine. Hat er sich wohl gefürchtet vor dem lauten Donner? Sein Futter beruhigt ihn schnell wieder.

Ich habe es also geschafft.

25 Kilo in 25 Wochen.

Es ist unglaublich, aber wahr. Ich kann endlich wieder schöne Kleider tragen. Das habe ich am meisten vermisst. Und ich bin wieder beweglicher, schneller. Glücklicher? Eigentlich sollte ich jetzt feiern. Mit einem Cheeseburger und Pommes? Einen kleinen Moment lang ziehe ich dies durchaus in Erwägung. Dann wird der Moment länger und länger. Ich greife zum Telefon und bestelle mir das Ersehnte beim Lieferservice unseres Imbiss-Königs.

Jetzt werde ich ganz aufgeregt. Mikesch beäugt mich argwöhnisch. Ich decke den Tisch mit einer roten Decke, die ich von meiner Mutter bekommen habe. Dann stelle ich ein paar Kerzen hin und zünde sie an. Ich fülle Wasser in ein kostbares Kristallglas. Die neue Whitney-Houston-CD sorgt für den musikalischen Background.

Es klingelt. Und schneller als gedacht, sitze ich am feierlich gedeckten Tisch und habe Pommes und Cheeseburger auf dem Teller. Zuerst halte ich einen Moment inne. Ist das nicht wunderbar? Keiner ist da, der mich abhalten könnte. Keiner stört diesen andächtigen Moment.

Keine Frage, dieses Essen schmeckt hervorragend. Ich weiß aus langen Sitzungen, dass der Nährwert gleich null ist, dafür Kohlenhydrate und Fett in Mengen in meinen Magen wandern.

Scheiß drauf! Nein, das habe ich nicht gesagt. So was würde mir nie über die Lippen kommen. Aber gedacht, das gebe ich zu. Es ist der Frust der langen Diätmonate der sich hier Luft macht.

Ich versuche langsam zu essen und mindestens einige der Stücke von Whitney Houston dabei anzuhören. Die neue CD enttäuscht mich aber ein wenig. Whitneys Stimme hat viel von ihrem Glanz verloren. Trotzdem ist sie noch immer eine ganz große Nummer, keine Frage.

Nachdem ich mir das sündige Mahl einverleibt habe, spüle ich das Geschirr und lege mich vor den Fernseher. Kein Sport mehr heute. Fertig. Einfach mal alle guten Vorsätze vergessen. Kein Muss und Soll, nur Will. Ich schaue mir eine Sendung über ausgewanderte Schweizer an. Ich mag solche Reportagen. Überhaupt sehe ich gerne Sendungen über fremde Länder. Gerade findet eine junge Familie eine Riesenspinne in ihrem neuen australischen Zuhause. Cool sucht der Papa bei Wikipedia das Tier heraus und alle sind erleichtert: Sie kann zwar beißen, ist aber ungiftig. Ich amüsiere mich und fühle mich herrlich wohl, so vollgefressen und sicher in meinen vier Wänden.

Tina Amgwerd *25 Kilo in 25 Wochen. Gesündigt. Zufrieden und glücklich.*

Sonja scheint auch gerade im Internet zu sein, denn sie schreibt postwendend zurück, wie sehr sie sich mit mir freut, und dass ich es unterlassen solle, wieder in alte Fressmuster zurückzufallen.

Blöde Kuh. Sie hat natürlich recht.

Ich gehe früh ins Bett. Mikesch begleitet mich und beschützt mich vor Riesenspinnen und anderem Unheil.

Trotzdem wache ich schon bald wieder auf und habe ganz schlimme Magenschmerzen. Ist das ein Überbleibsel eines Albtraums oder Wirklichkeit? Mir ist es so übel wie schon lange nicht mehr. Ich hole im Badezimmer eine Schüssel und stelle sie zur Sicherheit neben mein Bett. Dann verkrieche ich mich wieder unter die Bettdecke, liege ganz zusammengekrümmt und still da.

»Gott straft sofort«, hätte meine Mutter jetzt wohl gesagt. Aber sie hätte immerhin auch ein mitleidiges Lächeln für mich gehabt. Jetzt bin ich ganz alleine und weine ein wenig vor Selbstmitleid. Dabei bin ich selbst schuld, das ist mir sofort klar. Wie kann man seinen Magen mit solchem Müll füllen? Wo er sich doch gerade an gesunde Kost gewöhnt hatte!

Ich schlafe nicht viel in dieser Nacht, und der Tag im Geschäft wird lang und anstrengend. Mitten am Vormittag schickt mich meine Chefin Vroni sogar in die Pizzeria rüber. Sie verordnet mir eine Tasse Kamillentee, so schlecht sehe ich aus. Das freut Salvatore. Er bedient mich, und sein sonnigstes Lächeln schenkt er mir gratis dazu.

»Ich habe dich in der Zeitung gesehen«, verkündet er verschwörerisch. Als ich ihn ungläubig anschaue, holt er tatsächlich unsere Lokalzeitung, öffnet sie und hält mir mein Foto unter die Nase.

»Jetzt weiß ich wenigstens, warum du nie hier gegessen hast. Ich dachte schon, dir schmeckt die italienische Küche nicht.«

In dem kleinen Artikel mit dem riesigen Foto, auf welchem ich mit der Ex-Miss abgebildet bin, steht, dass ich bei Slim-Happy die erfolgreichste Teilnehmerin des Jahres sei. Dass das Jahr noch weitere sechs Monate hat, scheint keinen zu stören. Da wären ja noch Hunderte Rekorde möglich. Der Titel ruft es laut in den Schwyzer Talkessel hinaus: »25 Kilo in 25 Wochen.« Das Bild ist witzig, denn ich halte den riesigen Blumenstrauß der schönen Chantal praktisch vor ihr bezauberndes Antlitz. Da wird sie sich aber nicht freuen. Und ich sehe gut aus auf dem Foto, schlank und fröhlich.

»Salvatore!«, rufe ich dem schönen Kellner hinterher. Er ist schon wieder unterwegs zum nächsten Gast. »Ich LIEBE italienische Küche. Überhaupt alles Italienische.«

Über meine letzte, doch recht freche Bemerkung bin ich selber erschrocken. Aber ich hab's nun mal gesagt. Ich habe wohl das Flirten noch nicht verlernt. Ein überraschtes Strahlen aus Salvatores dunklen Augen, dann muss er weiter und ich sowieso. Aber es knistert ein wenig zwischen uns. Ganz eindeutig.

Am Nachmittag kommt wieder eine Kleiderlieferung. Dazu auch das Wochen-Infoblatt aus der Zentrale. Darauf werden immer die neusten Ideen der

Geschäftsleitung verkündet. Auch werden Läden an den Pranger gestellt, die vom anonymen Prüfer, der ab und zu vorbeigeschickt wird, bei irgendwelchen Fehlern ertappt worden sind. Und wir werden gelobt, wenn der Geschäftsgang gut ist. Jeder muss auf dem Zettel unterschreiben, denn das Lesen ist Pflicht. Anschließend wird er in einem schwarzen Ordner abgeheftet.

Vroni hält mir das Blatt diesmal besonders auffällig unter die Nase.

»Tina, wir müssen aufpassen. Die Geschäftsleitung will wieder vermehrt die Kleiderordnung kontrollieren lassen.«

Oha!

Wir dürfen eigentlich nur Kleider von GG tragen. Aber wie sollte ich? Es ist mir inzwischen alles zu groß. Ich mogle ein wenig. Eine schwarze Hose kann man wohl kaum so schnell identifizieren. Ich habe sie bei der Konkurrenz gekauft. Die Oberteile ändert mir Vroni ab, bis sie passen. Also wird doch keiner etwas merken?

Ich mache mir da keine Sorgen.

Abends renne ich auf meiner Joggingrunde im Eigenwies vorbei. Dort wohnt meine Freundin Liz, die meine Geburtstagsparty so ungehalten verlassen hat, wegen des heiklen Themas Schweinegrippe. Ich trabe fast in Zeitlupe an ihrem Haus vorbei, in der Hoffnung, sie im Garten anzutreffen. Im letzten Moment ruft sie hinter mir her: »Tina, warte doch mal!«

Ich bleibe laut atmend vor ihr stehen. Liz trägt schmutzige Arbeitskleidung und Gartenstiefel. Schweiß steht auf ihrer Stirn. In den Armen trägt sie frisch geerntete Gurken. Liz hat wohl wieder einmal ihren riesigen Garten geplündert.

»Ich habe dich in der Zeitung gesehen, Tina, und ich bin stolz auf dich. Du weißt, ich kämpfe schon gar nicht mehr gegen meine Fettpolster.«

Ich erzähle ihr zum Trost von meinem gestrigen Ausrutscher mit dem Cheeseburger. Wir lachen. Aber dann wird es wieder still zwischen uns. Ich schaue sie nur an.

»Tina, es tut mir leid, dass ich so ausgerastet bin auf deiner Party.«

»Schon gut, Liz. Auch wenn ich es jetzt noch nicht verstehe. Geht es dir nicht gut?«

Nur mit Mühe bewahrt Liz ihre Fassung.

»Wir haben Probleme, Leo und ich. Und wer weiß: Plötzlich bleiben mir nur noch die Kinder. Daher sorge ich mich vielleicht zu sehr um sie. Entschuldige. Ich war eine hysterische Zicke.«

Ich möchte sie in den Arm nehmen, aber ich spüre, dass sie Distanz wahren möchte.

»Ich kann jetzt nicht darüber reden. Aber ich weiß ja, dass ich zu dir kommen kann, wenn es so weit ist.«

»Bestimmt.«

»Renn du jetzt nur weiter. Wir sehen uns.«

»Pass auf dich auf, Liz!«

Ich renne also weiter, aber die Schritte sind irgendwie schwerer geworden, so als würde ich ein wenig von Liz' unausgesprochenem Leid mittragen.

Liz' Ehemann Leo ist der große Karrieremann. Ich dachte immer, dass die Wirtschaftskrise den Banker ein wenig durchschütteln würde und hätte es ihm insgeheim auch ein wenig gegönnt. Aber weit gefehlt. Er arbeitet in einer Abteilung, die sich mit Problemkunden befasst. Da gibt es natürlich jetzt besonders viel zu tun. Er hat wirklich Glück mit dem Unglück anderer.

Und jetzt machen die sich selber Probleme?

Hat er eine Neue?

Oder haben die beiden nur einfach die Nase voll voneinander, nach zehn Ehejahren?

Von einem Mann wie Leo hätte ich längst genug. Er bringt viel Geld nach Hause, sieht gut aus, trägt immer elegante Anzüge, ist sicher intelligent. Aber kann er lachen, herumalbern, locker sein? Ich habe ihn noch nie so erlebt. Er will, dass Liz nicht auswärts arbeitet, sondern einen perfekten Haushalt führt, ihm sozusagen den Rücken freihält. Und sie hat sich das als höchstes Ziel auf ihre sämtlichen Fahnen geschrieben.

Und jetzt?

Ach, es ist gar nicht so schlecht, alleine zu leben, wenn auch sicher nicht der Idealfall. Gerade im Moment komme ich jedenfalls gerne in die leere Wohnung. Kater Mikesch ist auch schon wieder auf dem Balkon, und ich lasse ihn ein. Bevor es dunkel wird, lese ich die Biografie einer Schweizerin, die in Kenia ein Spital führt. Ich liebe es, mich in fremde Länder wegzubeamen. Ich bin früher gerne gereist. Nach meiner Lehre als Krankenschwester habe ich nur drei Jahre in dem Beruf gearbeitet. Als ich genug Geld gespart hatte, packte ich meine sieben Sachen und reiste mit Sonja ein ganzes Jahr durch die Welt. Danach suchte ich einen schnellen Job, weil ich total abgebrannt war. Im Spital war keine Stelle offen. Ich fand eine Anstellung in einem Altersheim, wo ich genau vier Jahre blieb. Das reichte. Ich hatte zu viele Menschen sterben sehen, zu viel menschliches Elend erlebt, zu oft mitgeweint, mitgelitten. Die Arbeitsbedingungen waren hart: Zu wenig Zeit für die alten Leute, zu wenig Personal. Irgendwann konnte ich nicht mehr. Man riet mir, eine Auszeit zu nehmen. So kam ich zu GG und wurde Verkäuferin. Das war natürlich nur für ein paar Monate gedacht. Ich bin einfach hängengeblieben.

Wenn ich mein Leben mit dem meiner Freundinnen vergleiche, bin ich trotzdem zufrieden. Ich bin schlank geworden, bin frei und ungebunden, habe einen schönen Job, werde sogar gerade gefeiert. Vor dem Einschlafen schreibe ich in Facebook:

Tina Amgwerd *ist glücklich und mag alles Italienische.*

Ich schlafe wunderbar, ohne auch nur zu ahnen, dass der nächste Tag einem Erdbeben gleichkommen könnte. Ich träume vom Fliegen, kein Wunder, wo ich doch derart viel Gewicht verloren habe und mich so unglaublich leicht fühle.

Es ist Freitag, der Dreizehnte. Ein Zufall, selbstverständlich. Wer glaubt schon an Unglück nach Datum? Ich denke, dass das Unglück einen prinzipiell völlig unerwartet überfällt, aus unvermuteten Richtungen, egal wann und warum.

An diesem Freitagmorgen fühle ich mich so fit und froh, dass ich mich ein wenig als Baum auf den Balkon stelle und dann kurz auf dem Trampolin herumhüpfe, bevor ich zur Arbeit marschiere. Das Einkaufszentrum steht ja nur ein paar Häuser weiter. Ich bin in den ersten Stunden alleine im Geschäft und arbeite wie ein Wiesel. Heute kommen viele Kundinnen, die eigentlich nur ein wenig reden wollen. Sie haben mich in der Zeitung gesehen und möchten Diättipps von mir haben. Ich sehe die krankhafte Hoffnung in ihren Augen, von mir irgendein Wunderrezept zu erfahren. Wie wird man schlank und kann trotzdem alles essen, ohne sich zu bewegen? Ich kenne diese Hoffnungen, habe sie schließlich selber jahrelang gehegt und gepflegt. Das sind die Hoffnungen, die das Geschäft mit dem Übergewicht so lukrativ machen. Ich habe doch selber schon so viele Experimente gemacht: von der Wunderpille aus Asien über das neue Buch mit CD zur Beeinflussung des Unterbewusstseins bis zur teuren Tiefenwärmetherapie bei der Kosmetikerin. Ich habe irgendwelche widerlichen Drinks getrunken, statt zu essen, obskure Diäten gemacht, bei denen nur Ananas und Kohl auf dem Speiseplan standen, oder habe mir Akupunkturnadeln in den Körper stechen lassen.

Natürlich tut mir die Bewunderung der Kundinnen gut. Auch ihr Neid. Tatsächlich mache ich nebenbei auch noch ein recht gutes Geschäft. Ich kenne die meisten Kundinnen und weiß, was ich ihnen anbieten kann. Wenn ich so weitermache, werde ich auch noch das Gesicht von GG: Umsatzrekord-Frau des Monats. Ja, auch wir haben nicht mehr so viel Umsatz wie vor einem Jahr. Die Wirtschaftskrise holt einfach alle ein, irgendwann, irgendwie. Aber wir beschäftigen dafür unsere Aushilfen nicht mehr so oft und arbeiten selber mehr. So läuft der Laden noch immer gut.

Am Nachmittag kommt eine Kollegin dazu, die mir hilft. Nadia zeigt mir schockiert einen Zeitungsausschnitt.

»Schau mal Tina: Jetzt sind wir Dicken sogar schon an der Klimaerwärmung schuld«, schimpft sie.

Tatsächlich steht da, dass Schlanke deutlich weniger Lebensmittel benötigen und somit auch weniger Energie für deren Produktion und Transport. Auch die Abgase von Transportmitteln würden sich reduzieren, wenn die Menschen dünner wären.

»Eine Milliarde schlanker Weltbewohner würde

demnach pro Jahr eine Milliarde Tonnen Treibhausgase weniger produzieren«, steht da.

»Noch mehr Diskriminierung«, sagt Nadia bitter. »Jetzt bin ich also eine Umweltsünderin, und jeder kann es sehen. Am Ende bin ich auch noch für den Weltunfrieden mitverantwortlich.«

Nadia leidet sehr unter ihrem hohen Gewicht, aber sie hält einfach keine Diät durch, wird richtig krank, wenn sie nicht genug essen darf.

Am späteren Nachmittag taucht ER unerwartet auf: Der süße Beat Böni, unser Oberchef, der Leiter von GG-Zentralschweiz. Er trägt einen hellen Anzug mit einem schwarzen T-Shirt und sieht damit umwerfend aus. Meine Kollegin und ich stehen ihm ehrfürchtig und eifrig bei seinen Fragen und den kleinen Korrekturvorschlägen zu Diensten. Natürlich muss auch er immer demonstrieren, wer hier das Sagen hat, und lässt jedes Mal irgendwelche Kleider von einer Ecke in die andere umräumen. Was soll's. Darüber lachen wir insgeheim. Er ist so süß, blond und blauäugig. Er darf das. Böni kommt sonst nie, wenn meine Chefin Vroni nicht da ist. Ob eine von uns heute mit ihm Kaffee trinken darf? Ich würde mich dazu zur Verfügung stellen, keine Frage. Rein vom Dienstalter her gesehen, würde ich auch eindeutig VOR meiner Kollegin dafür infrage kommen.

»Tina, ich würde gerne mit Ihnen in der Pizzeria einen Kaffee trinken. Ich habe etwas mit Ihnen zu besprechen«, sagt er schließlich. Er wirkt dabei nicht gerade so, als würde er versuchen wollen, mich anzubaggern. Vielleicht verstellt er sich absichtlich? Oder will er mich befördern? In die Geschäftsleitung, wo all die schlanken Leute arbeiten?

Wir sitzen in einer ruhigen Ecke der Pizzeria an einem kleinen, wackligen Tisch. Salvatore hat uns bedient und mir so auffällig zugezwinkert, dass sogar Böni darauf aufmerksam wird und lächelt.

»Tina, wie schwer waren Sie, als Sie bei uns angefangen haben?«, fragt er.

»25 Kilo schwerer als heute«, entgegne ich stolz.

»Wir gefällt Ihnen Ihr Job?«

»Ich arbeite immer noch gern bei GG.«

»Sie sind auch eine sehr gute Mitarbeiterin. Ich höre eigentlich nur Gutes von Ihnen.«

Na also.

»Sie sehen sehr gut aus. Welche Kleidergröße tragen Sie denn inzwischen?«

»36 und 38«, sage ich und strahle ein wenig dabei.

Wir trinken Kaffee, und ich frage mich langsam, worauf dieses Gespräch hinauslaufen wird.

»Es ist mir unangenehm, aber ich muss mit Ihnen ein ernstes Gespräch führen. Sie wissen, wir stellen mit Absicht immer Verkäuferinnen ein, die Übergewicht haben. Das nimmt den Kundinnen ihre Hemmungen und fördert das Verständnis für sie. Jetzt sind SIE aber plötzlich schlank.«

Er trinkt noch einen Schluck Kaffee und in mir macht sich große Unruhe breit.

»Tina, ich möchte Sie bitten, sich eine andere Stelle zu suchen. Ich möchte Ihnen nicht sofort kündigen. Bitte gehen Sie von sich aus. Ich werde Ihnen ein fantastisches Zeugnis ausstellen, und Sie werden freigestellt, sobald Sie es wünschen, völlig unbürokratisch.«

Ich habe mich ein ganz klein wenig verschluckt an meinem Kaffee. Ich huste und habe sicher nur deshalb Tränen in den Augen.

»Ich müsste sowieso jemanden entlassen. Die Verkaufszahlen stagnieren. Das wissen Sie ja selber. Und Sie sind noch jung, ungebunden und jetzt auch noch so schlank und schön: Sie werden problemlos eine andere Stelle finden.«

Aha.

Ich sage gar nichts mehr ohne meinen Anwalt.

»Wir verkaufen Größen von 42 bis 56. Sie können ja nicht einmal mehr in unserem Laden einkaufen, geschweige denn, die offizielle Kleiderordnung erfüllen.«

Tja.

Was erwartet er? Dass ich ihm, weil er so blond und blauäugig ist, sage, alles sei in Ordnung und ich verstünde ihn natürlich, und überhaupt hätte ich schon genau die gleichen Gedanken gehabt, und ich müsste ihm unbedingt noch für sein Verständnis und seinen Weitblick danken?

Ich könnte ihm glatt mit meinem imaginären

Holzbein eins überziehen, so wütend und verletzt bin ich. Das hätte er verdient.

Verbissen rühre ich in meiner Kaffeetasse herum. Mir fällt kein Wort ein, das ich an diesen Blondschopf verschwenden möchte. Ich bin so maßlos enttäuscht, so schockiert, so überrumpelt.

Auch ihm ist die Situation unangenehm. Er bezahlt, gibt mir die Hand, stammelt noch ein paar Sätze und geht.

Sobald er weg ist, kann ich mich nicht länger beherrschen, und ich weine. Ich weine in eine Papierserviette hinein, so als könnte und wollte ich nie mehr aufhören. Nach einer Weile spüre ich einen Arm auf meiner Schulter. Salvatore sitzt neben mir, ziemlich durcheinander, und reicht mir sein kariertes Stofftaschentuch. Welcher Mann hat denn noch so was? Aber es tröstet mich, in diesen alten Stoff hineinzuschnäuzen. Salvatore geht kurz weg und stellt dann ein kleines Glas vor mich hin.

»Ein altes Hausmittel. Amaretto.«

Ich ignoriere die Zahl der Kalorien, die nach sechsmonatiger Slim-Happy-Gehirnwäsche sofort vor meinem geistigen Auge aufblitzt, und trinke das Glas in einem Zuge aus. Leider geht es mir jetzt nicht besser. Ich bin nur einen Moment lang abgelenkt, weil die Flüssigkeit mir fast die Speiseröhre verbrennt.

»Wann hast du Feierabend?«, will Salvatore wissen. Wir stellen fest, dass wir beide um 18 Uhr gehen können.

»Ich hole dich ab. Es ist ein herrlich sonniger Abend. Ich bin heute dein Seelentröster. Du kannst mir alles erzählen. Was meinst du?«

Im Moment klingt das tatsächlich verlockend. Mir graut es vor meiner leeren Wohnung, und auf Sport oder grünen Salat habe ich ganz und gar keine Lust. Böni hat mir gerade den Boden unter den Füßen weggezogen. Oder ihn zumindest kräftig durchgerüttelt. Und Salvatore bietet mir seinen Halt. Und er ist süß.

Salvatore fährt einen klapprigen kleinen knallgelben Fiat. Wir fahren nach Brunnen, wo wir eine Weile am Vierwaldstättersee entlangspazieren. Jetzt erfährt er meine ganze Geschichte.

»Ich kann es nicht fassen, dass man seinen Job verlieren kann, weil man so schön geworden ist!«, schimpft Salvatore. »Die haben dich nicht verdient.«

Er kann aber auch nicht wirklich verstehen, warum mich das so erschüttert.

»Es gibt doch viele Stellen im Verkauf. Du bist jung, schön, knackig und bekommst ein gutes Arbeitszeugnis. Du wirst schnell wieder Arbeit finden. Du passt eigentlich wirklich nicht mehr in diesen Laden für Übergrößen.«

Vielleicht ist das so. Andererseits habe ich mich jetzt einfach sechs Monate darauf gefreut, meine Traumfigur zu bekommen. Ich dachte, das große Glück warte am Ende der langen Hungerzeit. Inzwischen ist es mir aber bloß gelungen, meinen Freund

und meine Arbeitsstelle zu verlieren. Kann man mich da als Spaßbremse bezeichnen, wenn ich das heulende Elend kriege?

Allerdings spaziere ich gerade mit einem wirklich herzigen jungen Mann durch Brunnen. Ich sollte nicht undankbar sein. Er hätte mich vor einem halben Jahr noch nicht einmal gesehen. Jetzt überschüttet er mich mit seinem Charme. Und er hat viel davon. Außerdem ist er einfach schön. Seine schwarzen Locken fallen ihm beinahe auf die Schultern. Seine braunen Augen scheinen ständig zu leuchten und zu blitzen, weil er so viel lacht und so viel Energie ausstrahlt. Seine Hände sind feingliedrig, als wäre er ein Pianist. Und sie sind ständig in Bewegung.

Wir essen auf der Terrasse eines italienischen Restaurants, das seinem Onkel Giuseppe gehört. Wir schauen auf den See hinaus, können auch ohne zu reden zusammensitzen. Verwandte und Freunde kommen vorbei, um uns zu begrüßen. Ich fühle mich wohl.

Ich lasse mich dazu hinreißen, ein richtiges Menü zu bestellen. Tris di pasti. Ein Teller mit drei Sorten Teigwaren. Diesmal koste ich nur von allem und freue mich an den Gewürzen, den Saucen, dem winzigen Glas Wein. Salvatore ist nicht wirklich zufrieden mit meinem Appetit, aber ich muss auf meinen eigenen Magen hören. Ich esse viel Salat dazu.

Später spielt Onkel Giuseppe auf seiner Gitarre und singt italienische Lieder. Viele stimmen ein, auch Salvatore traut sich. Ich lehne mich ein wenig an seine Schulter, und das ist ein wirklich beruhigendes Gefühl. Der Freitag, der Dreizehnte nimmt trotz allem ein harmonisches Ende.

Obwohl: Das Ende ist noch offen.

Gegen Mitternacht fragt Salvatore direkt in mein Ohr hinein:

»Gehen wir zu mir oder zu dir?«

Er wohne hier im Hause, verrät er mir.

»Schlaf heute bei mir, mit mir«, bittet er mich direkt und schaut mir dabei unverschämt tief in die Augen. Dieser so eigenartige Tag hat mir die Antwort eigentlich schon vorgegeben. Wir gehen also die dunklen Treppen hoch zu seiner Wohnung.

Wohnung?

Der arme Kerl hat nur ein winziges Zimmer, das riecht wie ein alter Turnschuh. Auf kleinem Raum hat er eine große Unordnung veranstaltet. Das bringt ihn jedoch gar nicht in Verlegenheit. Salvatore reißt die Fenster auf. Wir stehen eine Weile engumschlungen am offenen Fenster und schauen hinaus auf den See, in welchem sich heute Abend die Sterne spiegeln. Ein wunderbares Schauspiel, nur für uns gemacht. Schließlich muss ich ihm helfen, das Bett freizuräumen. Es ist ihm gar nicht peinlich, dass stapelweise Zeitschriften, schmutzige Wäsche und Pizzakartons herumliegen. CDs und italienische Zeitungen fliegen auf den Boden.

Die ganzen Müllberge sind schnell vergessen und verziehen: Salvatore ist ein zärtlicher Liebhaber, ein perfekter Seelentröster. Einzig ich allein bin anfangs ein wenig verkrampft. So schnelle Abenteuer waren noch nie meine Sache, und daran scheint auch meine neue Figur nichts geändert zu haben. Ich bin immer noch die gleiche Tina, die es gerne langsamer angehen würde. Trotzdem: Wir haben Spaß, wir lachen, wir haben guten Sex. Salvatore bemüht sich um mich, zeigt mehr Gefühl, als ich erwartet hätte.

Es ist schön. ER ist schön.

Es tut mir gut. ER tut mir gut.

Irgendwann in der Nacht, als Salvatore tief schläft und laut dabei schnarcht, ziehe ich mich an und gehe. Einfach so. Ich rufe mir draußen ein Taxi und fahre nach Hause, in mein eigenes Bett, in dem ich wunderbar schlafen kann. Heute gibt es keinen Eintrag bei Facebook. Ich bin müde und glücklich und unglücklich auch noch dazu. Ich habe meinen Job verloren, aber die Nacht mit Salvatore hat mir gutgetan, meinem Ego, meiner Seele. Jetzt will ich meine Gedanken ausschalten und das gute Gefühl mit in den Schlaf hinübernehmen.

Am Samstag erwache ich mit gemischten Gefühlen. Immerhin habe ich heute frei. Aber da war doch irgendwas? Ach ja! Ich habe heute meine Audienz bei Herrn und Frau Slim-Happy persönlich. Regula, meine Gruppenleiterin, meint ja, das sei eine Ehre, eine Auszeichnung. Im Augenblick erscheint mir dieses Essen eher irgendwie lästig. Ich würde mich heute gerne ein wenig in meine vier Wände verkriechen und versuchen, meine Gefühle zu ordnen.

Ich gehe rennen. Auch wenn ich wenig von Sport halte: Mein Kopf wird wieder klarer, die Gedanken und Gefühle werden durchgelüftet und leichter. Heute tut mir das Rennen richtig gut.

Danach bade ich in wertvollen Ölen und versuche anschließend, das Beste aus mir zu machen: ein schwarzes Kleid, etwas Make-up, bunter Schmuck. Nur meine roten Haare gebärden sich so wild wie immer auf meinem Kopf.

Als Regula mich gegen Abend abholt, bin ich ziemlich aufgeregt, weil ich mir gar nicht vorstellen kann, was heute passieren soll. Auch Regula hat sich fein gemacht und kommt in einem dicken Mercedes angefahren. Slim-Happy scheint seine Leute gut zu bezahlen.

»Nein, nein, das Auto gehört meinem Mann«, lacht sie mich aus.

Wir fahren nach Zürich, und unterwegs erzähle ich von meiner Beinahe-Kündigung. Regula ist schockiert. Sie kann es fast nicht glauben.

»Aber irgendwie kann ich die schon verstehen. Du passt da tatsächlich nicht mehr rein. Na ja, vielleicht tut sich ja heute wieder eine Tür auf. Zu Slim-Happy passt du nämlich jetzt umso besser.«

Genaues weiß sie allerdings auch nicht. Sie denkt, man werde mir heute irgendwelche Angebote machen.

»Denk einfach immer daran: Die verschenken rein gar nichts. Das sind eiskalte Geschäftsleute. Denk gut über alles nach, bevor du Zusagen machst.«

Die Villa steht in der Nähe des Zürcher Zoos, also recht zentral und doch wunderbar ruhig. Wir fahren durch ein Tor und kommen in einen einladenden Innenhof. Das Haus sieht aus wie eine alte Herrschaftsvilla. Ich bin wirklich beeindruckt und fühle mich angekommen in einem alten Spielfilm. Werden sich jetzt die Bediensteten zum Spalier aufstellen, um uns zu begrüßen?

Nein, nur Chantal Belle und Marc Meister kommen an die Tür. Regula hat einen imposanten Blumenstrauß mitgebracht. Auf so was wäre ich gar nicht gekommen. Chantal nimmt ihn gnädig entgegen und geht damit in die Küche. Wir betreten mit Marc die große Terrasse, auf dem er uns einen Aperitif serviert. Ich nehme nur einen Schluck von dem bunten Getränk mit dem Schirmchen. Egal, was es ist, es hat sicher zu viele Kalorien. Und Alkohol bin ich einfach nicht mehr gewohnt. Heute möchte ich lieber einen klaren Kopf behalten.

Chantal schwirrt um mich herum und versprüht so viel Charme, dass es mir ganz schummerig wird.

Schließlich werden wir in den Speisesaal geleitet. Ja, so etwas gibt es hier. Unbequeme Stühle mit hohen Lehnen, um einen langen Tisch gereiht. Alles sehr edel, keine Frage. Über uns hängt ein Leuchter, der jedem Ballsaal Ehre gemacht hätte. Schon fange ich an, mir Sorgen wegen des Essens zu machen. Die werden mir doch nicht mehrere Gänge vorsetzen?

Die Sorgen waren unbegründet. Schließlich wohnt und lebt und regiert hier Chantal. Sie kommt aus der Küche mit einem kleinen Rollwagen. Tellerservice. Ein winziges Rindsfilet, umgeben von etwas Gemüse und einem Salatblatt, auf welchem tatsächlich ein paar Tropfen kostbares Dressing drapiert sind. Dazu reicht sie uns ein winziges Vollkornbrötchen. Marc serviert den Wein dazu und gießt viel Wasser in unsere Gläser. Ich lächle in mich hinein. Wetten, dass Marc ab und zu heimlich den Kühlschrank plündert? Immerhin ist er nicht so schlank, wie wir anderen alle.

Während des Essens werde ich langsam, aber sicher ausgefragt. Ich komme kaum dazu, dieses unbedeutende Stückchen Fleisch zu essen. Chantal will alles über meine Diät wissen.

»Haben Sie wirklich die SH-Regeln befolgt oder haben Sie zu unerlaubten Mitteln gegriffen?«

Ich könne ruhig ehrlich sein. Wir seien ja »entre nous«.

Unerlaubte Mittel?

Denkt sie, ich hätte diese Kapseln mit Bandwurm-Köpfen geschluckt?

Mir Fett absaugen lassen?

»Ach, ich war lange Jahre ein Topmodel. Da gibt es schon einige Tricks. Wir haben beispielsweise

Watte gegessen, getränkt in Kirsch- oder Orangensaft. Das hat den Magen ruhiggestellt, gefüllt. Wir fühlten uns eine Weile satt.«

Genau so sieht sie aus: Als hätte sie jahrelang Watte gegessen!

»Wir haben auch erbrochen oder uns Ephedrin besorgt. Das hat wunderbar aufgeputscht und die Hungergefühle genommen.«

Ich schaue die Frau entgeistert an. Sie soll doch auch Slim-Happy repräsentieren und erzählt mir solche Storys.

»Tina hat sich genau an unsere Regeln gehalten«, mischt sich Regula nun ein, die wohl meine zunehmende Verärgerung bemerkt. »Sie war eine absolut vorbildliche Teilnehmerin. Sie hat allerdings sicher mehr Sport getrieben, als wir es normalerweise empfehlen. Aber das sind ja keine unerlaubten Mittel. Keineswegs.«

Chantal schaut Regula ganz befremdet an, als wäre sie erstaunt darüber, dass meine Fahrerin es wagt, den Mund aufzumachen. Vielleicht täusche ich mich ja, aber Chantal scheint mir in ihrem Leben definitiv zu viel Watte gegessen zu haben. Diese Watte scheint sich inzwischen in ihren Gehirngängen festgesetzt zu haben.

Wir reden über dies und das. Nach dem Essen, einen Nachtisch gibt es natürlich nicht, setzen wir uns in den Salon, wo Chantal uns einen winzigen Espresso serviert.

Marc fragt nach meinem Job. Wie sehr ich denn

angebunden, respektive flexibel sei. Da kann ich nur trocken lachen.

»Ich bin sehr flexibel«, erkläre ich. »Ich verliere nämlich meinen Job.«

Ich erzähle ausführlich von meinem Gespräch mit Böni und von seinem Wunsch, ich möge mir doch eine neue Stelle suchen.

In Marcs Gesicht macht sich darauf eine eigenartige Zufriedenheit breit. Er holt nun seine Mappe und packt diverse Unterlagen auf den Tisch, zwischen das kostbare Kaffee-Porzellan. Er setzt sich sogar eine Brille auf. Jetzt wird es ernst.

»Dann kommen wir jetzt zum Geschäft. Wir möchten Ihnen anbieten, für die nächsten drei Monate das Gesicht von Slim-Happy zu werden. Wir bieten Ihnen etwas mehr Geld, als sie bei GG verdient haben. Dazu stellen wir Ihnen die Kleider, die sie für diverse Anlässe benötigen. Sie bekommen Chantal an Ihre Seite als Betreuerin.«

In meinen Ohren klingt Regulas Alarm: Die verschenken rein gar nichts!

»Wir werden Sie in dieser Zeit mit möglichst vielen Auftritten und Aufträgen aller Art überschütten. Es werden keine Ferien sein. Sie werden Werbefotos für uns machen, möglichst viele Schweizer SH-Gruppen besuchen. Ich werde versuchen, Sie in Talkshows und in die Zeitungen zu bekommen, eventuell mit Homestorys.«

Auch Marc muss einmal atmen. Ich selber halte den Atem schon lange an.

»Bedingung ist natürlich, dass sie kein Gramm zunehmen. Es wird auch eine Klausel geben, dass sie in dieser Zeit nichts tun dürfen, was SH schaden könnte.«

Er müsse nur noch ein paar Sachen ändern und anpassen, dann könne ich den Vertrag gleich mitnehmen und zu Hause in Ruhe studieren.

»Wir würden ihn für die Monate Juli bis September abschließen. Danach gibt es die Option, für uns als Gruppenleiterin tätig zu sein. Aber darüber müssten wir dann neu sprechen.«

Und in der ersten Septemberhälfte stehe eine Kenia-Reise auf dem Programm.

»Wir hatten doch dieses Jahr die Aktion ›Frauen für Frauen – Diät gegen Hunger‹.«

Ich erinnere mich: Jede zehnte Einschreibegebühr wurde auf ein Konto für ein Frauenprojekt gutgeschrieben.

»Wir werden mit diesem Geld sehr werbewirksam säckeweise Nahrungsmittel in ein Frauendorf im hintersten Kenia bringen. Die Reise wird der Höhepunkt unserer gemeinsamen Werbekampagne sein.«

Ich bin platt. Er hat jetzt so viel geredet, fast ohne Punkt und Komma. Es klingt alles einerseits überaus spannend, aufregend.

Aber redet er hier wirklich über mich?

Bin ich jetzt plötzlich ein Model?

Ein »Gesicht«?

Andererseits: Ich habe keinen Job mehr und hier

eine Möglichkeit, mich ein wenig für die Diätmonate entschädigen zu lassen. Warum sollte ich nicht zugreifen?

Den Rest des Abends bin ich ziemlich wortkarg. Marc sitzt im Büro, um meinen Vertrag zu bearbeiten. Chantal muss sich ein wenig mit Regula unterhalten, denn ich kann nicht mehr reden.

Meine Gedanken tanzen wilde Tänze:

Tina als Model vor der Kamera.

Tina in einer Fernseh-Talkshow.

Tina in Afrika.

Tina in Designer-Klamotten.

Nein, ich bin nicht meine eigene Spaßbremse! Ich werde diesen Job annehmen. Aber natürlich erst, nachdem ich den Vertrag in Ruhe studiert habe.

Regula und ich atmen beide erleichtert durch, nachdem wir die Villa verlassen haben. Nein, so richtig wohl kann es einem dort nicht sein. Dafür sind Chantal und Marc zu kühl, zu komisch, zu anders.

»Aber du wirst viel Zeit mit den beiden verbringen müssen, wenn du den Vertrag unterzeichnest«, warnt Regula. »Vor allem mit Belle-Chantal!«

»Ja, und vor der muss man sich in Acht nehmen. Sie frisst Watte!«

Wir lachen, und unsere Augenfältchen vertiefen sich fröhlich. Auf der Heimfahrt erkläre ich Regula, warum ich das Slim-Happy-Angebot annehmen möchte.

»Und zu verlieren habe ich eigentlich wenig. Es sind ja nur drei Monate«, meine ich abschließend.

Regula schweigt.

Wir hören eine CD mit allerlei alten Popsongs und singen ein wenig mit. Zu Hause fragt Regula, ob sie noch schnell mit hochkommen könne. Sie müsse auf die Toilette. Kann sie natürlich.

»Vielleicht könnten wir noch schnell den Vertrag zusammen anschauen?«

»Schnell ist vielleicht bei SH das falsche Vorgehen. Aber wir können ihn langsam gemeinsam anschauen«, bietet Regula an.

Wir gehen die Treppe hinauf zu meiner Wohnung. Das Liftfahren habe ich mir schon lange abgewöhnt. Und ich staune nicht schlecht: Der letzte Treppenabsatz vor meiner Wohnungstür ist voll belegt. Sonja und Salvatore sitzen da zusammen, als wären sie schon länger hier. Sie haben sogar Gepäck dabei, als wollten sie gleich bei mir einziehen.

»Hallo?«

Die beiden lachen über mein überraschtes Mienenspiel. Meine gerunzelte Stirn bringt mir langfristig gesehen sicher wieder ein paar Falten mehr.

Ich lasse Regula schon mal in die Wohnung, denn die hat es plötzlich eilig. Salvatore umarmt mich und meint etwas verlegen: »Ich habe mir Sorgen gemacht. Du warst einfach weg. Und dein Handy hast du auch ausgemacht. Ich wusste nicht, was ich davon halten sollte. Also bin ich hierhin gefahren. Und da saß Sonja vor der Tür.«

Er wolle sicher nicht aufdringlich sein. Aber nach meiner Kündigung habe er plötzlich nicht gewusst, ob er mich allein lassen könne, oder ob ich vielleicht zu deprimiert dazu sei.

»Ja, und dann sind wir ins Plaudern gekommen, und ich wusste doch, dass du keine Nachtschwärmerin bist und bald heimkommen würdest«, meint Sonja dazu.

Die beiden scheinen recht einvernehmlich auf mich gewartet zu haben.

»Wir haben viel gelacht, und einmal hat dein komischer Nachbar die Tür aufgemacht und uns angebrüllt. Wenn wir hier nicht wohnen würden, sollten wir uns gefälligst verziehen. Penner seien hier unerwünscht.«

»Vor diesem Mann musst du dich in Acht nehmen. Der ist nicht ganz sauber«, sagt Salvatore ernst. »Schließ immer die Tür gut ab.«

Ich verschweige ihm, dass mein Nachbar Karatelehrer ist und lade alle in meine Wohnung ein, obwohl mir das Gepäck schon zu denken gibt. Ich werfe die Kaffeemaschine an. Es wird wohl eine lange Nacht.

Regula fragt sofort, ob wir das mit dem Vertrag nicht besser vertagen sollten, wo ich doch auf einmal so viel Besuch hätte.

»Welcher Vertrag?«, fragen die neugierigen Gäste sofort. Ich erzähle also ausführlich von dem Gespräch mit Marc Meister von SH und bewirte dazu alle mit Kaffee und kalorienarmen SH-Keksen, die mit einer schokoladeartigen Paste überzogen sind.

Vorsichtig gebe ich die zwei Vertragsblätter in die Runde und alle lesen und schauen.

»Du darfst nicht zunehmen, sonst gibt's keinen Lohn!«, liest Salvatore schockiert. »So was kann man doch nicht unterschreiben.«

»Immerhin wird nicht mit einer Konventionalstrafe gedroht«, meint Sonja locker. »Dafür ist der Lohn wirklich lausig. Aber Spesen und Kleider werden bezahlt.«

»Doch, da im Kleingedruckten: Wenn du etwas tust, das SH schaden könnte, musst du eine Konventionalstrafe von 20 000 Franken bezahlen«, liest Regula schockiert.

Wir streiten noch eine Weile in der Runde und trinken Kaffee dazu.

»Ich will ja kein Model werden, aber hier kann ich es für drei Monate einmal sein. Der Vertrag ist auf drei Monate beschränkt. Freude an meinem Job bei GG habe ich eh nicht mehr, wenn man mir schon zu verstehen gibt, dass man mich loswerden möchte. Also habe ich eigentlich nichts zu verlieren.«

Am Ende sind alle einverstanden. Regula warnt noch einmal, dass das bestimmt kein Spaziergang werde.

»Du wirst manchmal nicht mehr wissen, wo hinten und vorne ist. Die werden dich zuschütten mit Terminen. Wie gesagt: Die verschenken rein gar nichts.«

Dann erzählt sie, warum sie so lachen musste, als ich dachte, der Mercedes gehöre ihr.

»Du solltest nicht die Illusion haben, dass eine Gruppenleiterin bei SH viel Geld verdient. Geld kannst du verdienen, wenn du nebenbei massenhaft SH-Produkte verkaufst. Je aggressiver du verkaufst, desto besser. Das habe ich, wie du weißt, nie gemacht. Lass dich nicht täuschen: Die können dir gar nicht so viele Gruppen anbieten, dass du davon leben kannst.« Sie kenne keine Leiterin, die nicht nebenbei noch arbeite oder einen Ehemann habe, der für genügend Einkommen sorge.

»Mach einfach die drei Monate mit, und versprich dir ansonsten nichts für die Zukunft. Dann ist gegen diesen Vertrag nichts einzuwenden.«

Ich nehme den Vertrag, den viel diskutierten, und unterschreibe ihn. Alle applaudieren. Regula verabschiedet sich. Sie umarmt mich herzlich und bittet mich, mit ihr in Kontakt zu bleiben. Ich müsse ihr immer erzählen, wie es laufe. Und sollte es Ärger geben, würde sie mir auch gerne zuhören.

Ja, Regula ist eine liebe Frau. Wer weiß, wie oft ich ihr offenes Ohr noch brauchen werde?

Auch Salvatore verabschiedet sich. Er habe sich wirklich nicht aufdrängen wollen.

»Ich habe mir einfach nur Sorgen um dich gemacht.« Er küsst mich zärtlich, schaut mir tief in die Augen und sagt: »Wenn du wieder Trost brauchst: Du weißt, wo du mich findest. Ansonsten komm einfach mal in die Pizzeria einen Kaffee trinken. Ich würde mich freuen.«

Was für ein liebenswerter Mann. Völlig überqualifiziert dafür, bloß eine gelegentliche Trösterrolle zu spielen. Aber viel mehr kann ich ihm zurzeit nicht zugestehen. Er ist süß, aber er hat keine Schmetterlingsschwärme in meinem Bauch freigesetzt. Höchstens einen kleinen, einzelnen, dafür besonders bunten. Aber das reicht mir nicht.

Für Salvatore scheint das okay zu sein.

Es bleibt also nur noch Sonja übrig. Das Gepäck scheint ihr zu gehören. Sie sitzt noch immer an meinem Küchentisch, ihren Kopf in die Hände gestützt. Ihre blonden Haare hängen in die Kaffeetasse.

Ein neues Haarpflegemittel?

Weint sie?

Ich lege ihr die Hand auf die Schulter, und sie erschrickt.

»Kann ich ein paar Tage bei dir wohnen?«, fragt sie schließlich.

»Aber sicher. Willst du mir erzählen, was passiert ist?«

Sie schüttelt ihre blonden Haare. Nein. Reden will sie heute nicht mehr, und ich bin eigentlich ganz froh, weil ich inzwischen so erledigt bin. Es ist nach Mitternacht, und wenn ich jetzt nicht schlafen gehe, muss ich einfach etwas essen. Und das wiederum darf ich ja nicht.

Sonja kennt meine Wohnung. Sie fand sie ja neulich noch ziemlich schlimm: Zu viel Lärm, zu viele Kinder, zu viel Multikulti. Sie weiß also, was ihr blüht: mein Schlafsofa. Es ist nicht unbequem, aber es steht halt im Wohnzimmer, wie beispielsweise auch mein Computer und mein Hometrainer. Privatsphäre gibt es also keine. Es scheint ihr egal zu sein. Zumindest heute.

Wir richten gemeinsam ihren Schlafplatz ein. Ein paar Möbel werden herumgeschoben, damit Sonja Platz für ihr Gepäck hat, einen riesigen roten Koffer und eine knallgrüne Sporttasche mit Rädern

Tina Amgwerd *wird Model, findet alles Italienische noch immer großartig und fragt sich, was die Zukunft bringt.*

Ich tippe noch schnell diesen Facebook-Eintrag, während Sonja das Badezimmer in Beschlag nimmt. Und ich schaue, was meine Freunde so schreiben. Nur ganz kurz. So viel Zeit muss sein.

Beim späten Sonntagsfrühstück erzählt mir Sonja dann ihr ganzes Elend und weint dazu in ihre Kaffeetasse. Sie will zuerst wissen, ob ich von ihr und dem Hotelier wisse.

»Sascha betrügt mich. Plötzlich hat er keine Zeit mehr. Er ist so engagiert, dass sogar seine Frau ständig hinter ihm her telefoniert hat und misstrauisch geworden ist.«

Sascha betrügt Sonja?

Und Sascha betrügt seine Frau.

Ist Sascha also ein Doppelbetrüger?

Schlimmer als schlimm?

Oder ist nicht sowieso die ganze Situation ein einziges unhaltbares Fiasko?

»Ich habe ihn direkt angesprochen, und er hat es zugegeben. Er habe das nicht gewollt. Es sei einfach passiert. Er habe sich verliebt. Ich kam mir vor wie eine beschissene, abservierte Ehefrau. Das ist wohl die Strafe von oben.«

Sie habe ihre Sachen gepackt, ihm den Job vor die Füße geschmissen und sei weggefahren.

»Jetzt habe ich leider weder eine Wohnung noch einen Job. Ich habe in einem Personal-Appartement gewohnt. Den Job habe ich richtig geliebt, vor allem, weil ich Saschas rechte Hand war, und weil wir so gut zusammengearbeitet haben. Und weil ich ihn geliebt habe. Ich habe nie die Überstunden gezählt, denn es fühlte sich an wie UNSER Hotel. Ich hatte viele Freiheiten, viel Verantwortung.«

Jetzt lacht sie bitter.

»War ja sicher praktisch für ihn, dass er eine Geliebte hatte, die so dachte. Aber ich möchte wenigstens die Genugtuung haben, dass er jetzt total ins Schwimmen gerät, weil er sicher erst jetzt sieht, wie viel ich in den letzen Jahren gearbeitet habe, und wie viele Aufgaben er mir nach und nach übertragen hat.«

Sascha werde ihr ein ausgezeichnetes Arbeitszeugnis ausstellen. Er habe richtig Angst gehabt vor ihr, Angst, sie könnte aus Rache alles seiner Frau erzählen. Sie werde schnell eine neue Stelle bekommen. Aber sie brauche doch ein paar Wochen, um sich neu zu sortieren.

»Ich kann keine Wohnung suchen, bevor ich eine

Stelle gefunden habe. Vielleicht ist diese ja in Davos oder Dubai.«

Jetzt schaut sie mich fragend an.

Ein paar Wochen?

Gestern waren es noch ein paar Tage.

»Schon gut. Aber ich kann dir das Wohnzimmer nicht überlassen. Ich muss an meinen Computer, ich muss auf den Hometrainer. Du wirst also keine Privatsphäre haben.«

Jetzt schluchzt sie wieder. Das sei ihr so was von egal. Sie habe doch nur so schnell wie möglich weggewollt aus Luzern.

»Danke, Tina. Du bist wirklich eine gute Freundin. Danke.«

»Gehst du mit zum Joggen? Ich muss. Sonntag ist mein Sporttag.«

Sie schüttelt nur den Kopf.

Ich ziehe meine Sportkleidung an und renne los. Den Brief mit dem unterschriebenen Vertrag kann ich dabei gleich bei der Post einwerfen. Somit ist alles besiegelt.

Ich werde also das Gesicht 2009 von Slim-Happy. Am Montag fühlt sich das jedenfalls noch sehr gut an. Ich gehe zur Arbeit, und es tut mir gut, diesen Vertrag im Rücken zu haben. Meine Chefin weint tatsächlich, weil sie erst jetzt von meinem Gespräch mit Böni erfährt.

»Ich kann dir gar nicht sagen wie leid mir das tut und wie menschenverachtend ich das finde«, schimpft sie.

Wie gut, dass ich den SH-Job habe. Ich kann also meine Chefin trösten und auch mich selber aufrecht halten. Ich bin jung. Was in ein paar Monaten sein wird, weiß ich nicht. Aber ich lasse mich jetzt nicht runterziehen. Ich bin das Gesicht 2009 von Slim-Happy. Meine Kolleginnen bei GG sind begeistert von meinem Aufstieg.

Tina wird Model!

Meine Chefin hat natürlich noch andere Gründe, meinen Abgang zu beweinen. Immerhin geht es ihr so wie vielen zurzeit: Sie muss in Zukunft die gleiche Arbeit mit einer Angestellten weniger schaffen.

Ja, das Leben ist hart.

Die Wirtschaftskrise lässt grüßen.

»Ich bleibe nur noch diese Woche. Dann nehme ich mir ein paar Ferientage. Und dann beginnt schon der Juli. Böni hat gesagt, das sei okay.«

Meine Chefin ist schockiert und auch böse. Nicht auf mich, Gott sei Dank. Sondern auf die Geschäftsleitung.

»Komm, Tina, wir machen jetzt einfach mal Pause«, beschließt sie. »Wir gehen rüber zu Salvatore und trinken einen Kaffee.«

Vroni hat eine schwere Krise. Sie kann es nicht fassen, dass sie derart übergangen wurde und dass sie keine Chance hatte, ihre Meinung zu äußern.

»Wenn man jemanden entlassen muss, dann hätte ich eine andere vorgeschlagen, Figur hin oder her. Ich sehe doch, wer mit dem Herzen dabei ist. Es ist zum Davonrennen. Das ist der Grund, warum ich es manchmal hasse, bei einem Großkonzern zu arbeiten. Die sehen doch in der Zentrale nur das, was sie sehen wollen. Und das sind eigentlich meist nur die Zahlen.«

Vroni würde am liebsten auf der Stelle alles hinschmeißen, was sie aber nicht kann und eigentlich doch auch nicht wirklich will. Dafür ist sie viel zu professionell.

»Ich werde mich jetzt wieder einmal um einen alten Traum von mir kümmern: Ich wollte schon immer einen eigenen kleinen Laden. Wer weiß, vielleicht bist du der Auslöser für die Umsetzung. Mal sehen.«

Sie habe ja inzwischen etwas geerbt und könnte ihren Traum eigentlich längst realisieren.

Wir sitzen eine ganze Stunde in der Pizzeria. Ich hätte mich gerne ein wenig aufmuntern und bemuttern lassen. Stattdessen kümmere ich mich um Vroni. So läuft das halt manchmal. Sie ist sehr aufgebracht, und ich hoffe, sie macht keinen Fehler. Wenn nur heute keine Kontrolle oder gar Böni kommt!

Ich arbeite also noch ein paar Tage und genieße darauf einige Ferientage, die ich meiner Fitness widme. Irgendwie habe ich schon ein wenig Angst, mein Gewicht nicht halten zu können. 25 Wochen habe ich auf das Ziel hingearbeitet, mein Traumgewicht zu erreichen. Wie lange kann ich mich noch so beherrschen, mich fernhalten von Schwarzwälder Torte und Käsefondue? Ich hoffe, die Zeit bei SH wird mir genügend Motivation liefern, mein Sportprogramm aufrechtzuerhalten.

An meinem letzten Arbeitstag trinke ich noch einen Tee bei Salvatore. Er ist ein wenig komisch, druckst herum.

»Was ist los?«, frage ich irgendwann. Wir haben uns seit der gemeinsamen Nacht und dem Abend in meiner Wohnung nicht mehr verabredet. Ich glaube, es war auch in seinem Sinne.

Hatte ich irgendwelche Signale falsch gedeutet? Hatte ich nicht.

Jetzt bekennt Salvatore nämlich Farbe: »Tina, ich gehe heute Abend mit Sonja aus. Ich wollte es dir einfach sagen. Das ist doch okay für dich?«

Ich umarme ihn kurz und gebe ihm meinen Segen. Ich finde es hochanständig, dass er mir das sagt, obwohl er mir keine Rechenschaft schuldig ist. Wie gesagt: Er ist überqualifiziert, um nur ein Tröster zu sein. Wenn zwischen Sonja und ihm etwas Gutes entstehen könnte, würde ich mich freuen.

Am selben Abend beobachte ich dann Sonja, wie sie nervös um mich herumschleicht und nicht weiß, wie sie mir davon erzählen soll. Aber ich bleibe hart. Sie muss da durch.

»Gehst du aus?«, frage ich scheinheilig.

»Ja«, sagt sie.

»Schön«, antworte ich.

Sie zupft im Flur vor dem großen Spiegel an ihren blonden Haaren herum, dabei sieht sie längst großartig aus. Ich verziehe mich in mein Schlafzimmer und hüpfe ein wenig auf dem Trampolin herum. Da folgt sie mir und setzt sich aufs Bett.

»Ich gehe mit Salvatore aus. Ist das okay für dich? Du hast doch mal gesagt, es laufe nichts zwischen euch?«

Gut, dass das wirklich so ist, denn sonst wäre ich vielleicht vor Entsetzen vom Trampolin gefallen. Jetzt lache ich nur und erzähle ihr, wie mir Salvatore heute schon dasselbe gebeichtet hat.

»Ja, ja, Salvatore ist der perfekte Tröster. Aber eigentlich wäre er gut genug für wesentlich mehr«, sage ich dazu.

Sonja verdreht nur die Augen.

»Wir werden sehen.«

Ganz gerne hätte ich langsam meine Wohnung wieder für mich. Aber ich kann mir kaum vorstellen, dass Sonja mit fliegenden Fahnen in Salvatores kleines, so unordentliches Zimmer einziehen wird. Da müsste die Liebe aber gewaltig zuschlagen. Wir verstehen uns gut, aber nach einer WG habe ich mich nie gesehnt. Sonja ist immerhin bereits aktiv auf Stellensuche. Aber gerade in der exklusiveren Hotellerie, in der sie sich zu Hause fühlt, gibt es zurzeit kaum Stellen. Wirtschaftskrise! Man baut eher überall ab. Sonja hat mir versprochen, notfalls irgendeine Saisonstelle für den Winter anzunehmen. Da gebe es immer irgendetwas, bei ihren Qualifikationen. Der Einzige, der meinen Gast wohl nicht mehr hergeben möchte, ist Kater Mikesch. War er doch immer recht distanziert mir gegenüber, hat er zu Sonja eine ganz besondere Zuneigung gefasst und sucht ihre Nähe, wann immer es geht. Das beleidigt mich beinahe ein wenig. Ich dachte, ich akzeptiere großzügig seinen Eigensinn und sein Eigenleben. Dabei hat er sehr wohl Nähe gesucht, nur eben nicht MEINE. Männer!

Ich bereite mich geistig und körperlich auf den Juli vor. Schon am ersten Juli wird Chantal hier bei mir in der Wohnung aufkreuzen. Sie wolle meine Garderobe begutachten, mich ausmessen und die ersten Termine absprechen. Auch wolle sie mir erklären, was ich bei öffentlichen Terminen sagen solle und was besser nicht.

Ich bekomme schon einen Maulkorb, bevor es überhaupt losgeht! Dabei bin ich in der Öffentlichkeit sowieso nicht sehr gesprächig.

Ich treibe also Sport, als würde man ihn mir bald verbieten. Dazu widme ich mich intensiv der Körperpflege, für die ich wohl bisher wirklich nicht genug Zeit aufgewendet habe. Ich zupfe an meinen Augenbrauen herum, entferne Haare von den Beinen, lasse mir beim Friseur die Spitzen schneiden, reibe mich mit kostbaren Ölen ein. Ich kaufe sogar neue Unterwäsche, weil ich wohl alles tun muss, um etwas mehr Selbstbewusstsein zu haben, wenn ich vor Chantal meine Kleider wechseln muss.

Der erste Juli zeigt mir dann schnell, wo ich stehe, wo der Hammer hängt, wie es in nächster Zeit laufen wird. Ich erstarre innerlich vor Schreck.

Was habe ich nur getan?

Habe ich mich verkauft?

Chantal kommt kurz nach dem Mittag schon ziemlich gestresst hier an. Sie hat keine besonders gute Laune. Wahrscheinlich gab es bei ihr wieder nur Watte zum Lunch. Allerdings sieht sie wirklich gut aus, wenn auch wie immer viel zu aufgedonnert. Aber in ihrem Alter so eine Figur zu haben, das geht sicher nur mit großem Einsatz und Disziplin. Oder eben mit Watte. Meine Katze streckt den Schwanz hoch in die Luft, wie eine Antenne, die negative Schwingungen aufspürt, und verlässt auf leisen Pfoten die Wohnung. Ich verspüre unwillkürlich den Wunsch, es ihr gleichzutun.

Small Talk liegt heute nicht drin. Chantal kommt gleich zur Sache. Sie öffnet ihre Ledermappe und legt einen Stapel Unterlagen auf den Tisch.

»Zuerst würde ich Sie gerne messen, damit wir genaue Zahlen haben, falls wir etwas für Sie einkaufen müssen.«

Sie bittet mich, mich auszuziehen, was ich tue, wenn auch ungern. Chantal mustert mich, wie eine tote Ratte. Begeisterung sieht anders aus. Na ja, ich habe nicht gerade Modelmaße, aber ich bin schlank. Also was soll's? Was hat sie erwartet? Mein Gewebe ist natürlich nicht so straff und fest wie ihres, nach meinem großen Gewichtsverlust. Aber wie hätte sie mich wohl vor 25 Wochen angeschaut?

Chantal fingert an mir herum, misst da und dort, eigentlich überall. Dazu macht sie Notizen und brummelt irgendetwas vor sich hin. Auch auf die Waage scheucht sie mich.

»Sie haben hundert Gramm zugenommen!«, ruft sie aus. »Passen Sie bitte auf!« Dann, als würde sie sich daran erinnern, dass sie länger mit mir arbeiten muss: »Wie gesagt: Wenn Sie Hilfe brauchen, wenn es ohne Hilfe nicht mehr geht, dann kann ich ihnen einen guten Arzt empfehlen. Sie brauchen es nur zu sagen. Der hat auch ein paar Medikamente, die zwar nicht zugelassen sind, aber wirklich helfen gegen den Hunger.«

Hundert Gramm! Gleich erschießt sie mich. Vielleicht habe ich ein wenig Wasser getrunken heute? Außerdem ist das eine andere Waage, als bei SH. Das kann ja heiter werden!

Jetzt steht sie vor meinem Kleiderschrank und fingert darin herum. Ich habe fast nur neue Sachen und beobachte sie daher gelassen. Sie lässt mich ein paar Teile anprobieren und macht sich wieder Notizen.

»Sie haben gute schwarze Hosen. Mehrere. Das schwarze Kleid gefällt mir auch sehr gut. Auch dieses rote, bunte hier, das so schön fällt. Alles andere ist unbrauchbar.«

Unbrauchbar? Die hat sie doch nicht alle!

Sie mustert noch mit schnellem Blick meine Schuhe und Handtaschen.

Jetzt setzt sie sich doch an den Küchentisch und lässt sich von mir sogar zu einem Glas Wasser einladen.

»Ärgern Sie sich nicht«, sagt sie.

Zu spät. Ich ärgere mich schon total. Von Kopf bis Fuß.

»Sie sind jetzt eine Weile ein Model. Vielleicht ein Model wider Willen. Aber da gelten gewisse Maßstäbe, die Sie vielleicht gerade nicht verstehen. Sie werden für uns Werbung machen, und bei diesen Auftritten muss einfach alles passen. Wir überlassen nichts dem Zufall.«

Sie legt mir einen Plan hin für meine erste Arbeitswoche.

Montag: Friseurtermin bei Albano, Zürich, 11.00. Nachmittags einkaufen mit Chantal. Kleider und Zubehör. Fototermin mit Ivan, Zürich, 18.00.

Dienstag: Interview mit Doris Dürr, für das Magazin Fit&Froh, zu Hause, 10.00. Besuch bei SH-Gruppen in Luzern, 14.00 und 18.00.

Mittwoch: Besuch einer SH-Gruppe, Küssnacht, 9.00. Besuch einer SH-Gruppe, Zug, 14.00 und 18.00.

Donnerstag: Interview mit Clara Clavadetscher für ihre Lokalzeitung, zu Hause, 10.00.

Interview für das Schweizer Radio, Sendung für die Frau, Zürich, 15.00.

Freitag: Besuch SH-Gruppe, Andermatt, 10.00. Besuch SH-Gruppe, Altdorf, 14.00.

Samstag/Sonntag: Frei

Die verschenken rein gar nichts, hatte doch Regula schon gesagt.

»Ich war gerade erst beim Friseur«, wage ich einzuwenden. Chantal mustert meine Haare, als wären sie verfilzt und verlaust und ansteckend.

»Albano ist ein Haarkünstler. Er wird Sie beraten. Vertrauen Sie ihm!«

Ich wage gar nichts mehr einzuwenden.

Auf Zusatzblättern sind für jeden Termin genaue Anweisungen und Erklärungen enthalten. Sogar eine Bahnkarte für drei Monate liegt bei, und zwar erster Klasse. Ich werde ganz schön viel unterwegs sein, wie es aussieht.

»Wir möchten nicht, dass Sie den Leuten erzählen, dass Sie während der Diät Ihren Freund verloren haben. Das wirkt zu negativ. Auch möchten wir nicht, dass Sie erzählen, dass Sie wegen Ihrer Figur Ihre Stelle verloren haben. Sagen Sie einfach, dass Sie da nicht mehr hingepasst haben und jetzt etwas Neues suchen.«

Aha. Der Maulkorb.

»Bei Ihren Besuchen der SH-Gruppen reicht es

völlig, wenn Sie sich ein wenig beneiden und bewundern lassen und erzählen, wie Sie das geschafft haben. Es wäre gut, wenn Sie nicht betonen, wie viel Sport Sie gemacht haben, denn das könnte einige entmutigen. Die Leute sollen das Gefühl haben, alleine schon diese Treffs würden ihnen zum Traumgewicht verhelfen.«

Noch mehr Maulkorb.

»Nach unserem gemeinsamen Einkauf werde ich Ihnen zu jedem Termin schreiben, was Sie anziehen müssen. Es wäre schön, Sie könnten sich daran halten.«

Jetzt gibt sie es mir aber! Volle Kanne!

Ich werde immer kleiner hinter meinem Küchentisch. Gleich falle ich unter den Tisch und bin nicht mehr da. Vielleicht gibt es auch irgendwo ein Mauseloch, in das ich mich verkriechen kann?

»Vertrauen Sie mir einfach. Ich lasse Sie nicht allein. Ich gebe ihnen meine persönliche Handynummer. Sie können mich jederzeit anrufen. Bitte auch, bevor Sie einer Fressattacke erliegen.«

Ich gebe gehorsam die heilige Telefonnummer in mein Handy ein. Jetzt kann mir also nichts mehr passieren. Nun tätschelt sie freundschaftlich meine Hände.

»Wir schaffen das schon. Wissen Sie, das ist nur die erste Woche. Danach geht die Post erst richtig ab. Ich glaube, wir bekommen ein paar ganz spannende Sachen für Sie rein. Aber ich will Sie nicht nervös machen. Nehmen Sie einfach einen Tag nach dem anderen. Konzentrieren Sie sich darauf, schlank und schön zu sein, nicht zu viel zu reden und glücklich rüberzukommen.«

Sie will von mir wissen, was denn für mich nun anders sei, seit ich schlank sei.

»Oh, ich kann mir wieder schöne Kleider kaufen; Kleider nach meinem Geschmack, die ich nicht nur nach der Größe aussuche. Ich fühle mich wieder wohl in meinem Körper, bin total fit. Und ich werde von Männern jetzt ganz anders wahrgenommen. Ich hatte schon einen ganz heißen Flirt mit einem wunderschönen Mann, der mich vor ein paar Wochen nicht einmal angeschaut hätte.«

Chantal ist begeistert.

»Genau! DAS wollen wir hören. Das müssen Sie genau so bei jedem Treffen, jedem Interview sagen. Immer wieder. Unbedingt.«

Ja, ja, das blinde Huhn hat gerade ein Korn gefunden ...

»Ach, fast hätte ich es vergessen: Ich bräuchte noch Fotos von Ihnen, auf denen Sie möglichst dick aussehen. Haben Sie so was?«

Sie lässt wirklich nichts aus. Aber ich weiß genau, wo ich suchen muss: Es gibt da eine kleine Schachtel im Kleiderschrank, ganz unten, ganz hinten, in welche ich besonders schlimme Fotos verbannt habe. Hätte ich sie doch gleich verbrannt. Jetzt hole ich die Schachtel, und Chantal wühlt verzückt in den Bildern. Mit ihren manikürten Fingern klaubt sie sich ein paar besonders hässliche Exemplare raus. Einmal stehe ich in Wanderklamotten auf einem Berg und sehe selber aus wie einer. Wenn der Berg zum Berg kommt … Dann ein Foto von einer Silvesterfeier, auf dem das Kleid überall spannt, die Oberarme überquellen, jede Fettrolle einzeln sichtbar ist. Ich schäme mich noch heute für dieses Outfit.

»Ach ja, und noch dies«, fängt sie schon wieder an. Ich versuche mir auszumalen, was sie denn NOCH von mir wollen könnte. Mir fällt nichts mehr ein.

»Passen Sie auf, was Sie so in Facebook schreiben. Das lesen viele. Denken Sie daran, dass die Einträge besonders in diesen drei Monaten in unserem Sinne sein sollten.«

Noch mehr Maulkorb also.

»Wir werden eine Slim-Happy-Fanseite einrichten. Alle Leiterinnen werden nächste Woche gebeten, sich bei Facebook anzumelden. Später werden die Mitglieder eingeladen. Ich wäre froh, wenn Sie jeden Tag mal kurz auf der Seite vorbeischauen und sich einbringen könnten. Natürlich positiv.«

Glücklich, positiv, klar.

»Weiter werden wir Sie bei gewissen Anlässen bitten, einen kleinen Bericht zu schreiben. Einfach nur einen kleinen Schulaufsatz. Wir überarbeiten das schon. Der kommt dann auf unsere Homepage.«

Sicher muss dieser Bericht positiv sein, und ich soll darin glücklich rüberkommen?

Als Chantal endlich weg ist, atme ich zunächst einmal tief durch. Ich hätte jetzt nicht die Nerven, meditative Baumübungen zu machen, obwohl ich sie bräuchte. Viel lieber würde ich karatemäßig die Wand zu meinem Nachbarn malträtieren. Ich bin froh, dass man auch mit Sport Aggressionen loswerden kann. Ich gehe rennen, und ich renne, als wäre Chantal auf ihren Stöckelschuhen hinter mir her. Ich renne, bis die Muskeln brennen, die Lunge schmerzt, der Schweiß rinnt.

Wieder zu Hause, gehe ich unter die Dusche. Sonja kommt auch heim. Sie liegt auf dem Sofa und Kater Mikesch, der Verräter, sitzt bei ihr auf dem Schoß und lässt sich mit Hingabe von ihr streicheln. Gut, dass Sonja bei diesem ersten Treffen nicht dabei war. Sie hätte sicher ihren Mund nicht halten können. Dafür kann ich jetzt alles erzählen. Ihre Empörung, ihr Mitgefühl und ihre Verwunderung tun mir gut.

»Regula hatte mir ja gleich warnend gesagt, die würden niemandem etwas schenken. Stimmt genau. Die drei Monate könnten ganz schön lange werden«, jammere ich.

Sonja schaut sich meinen ersten Wochenplan an.

»Vielleicht hat der Mann mit der Perlenkette recht: Du musst es einfach positiv sehen. Du kannst ja sowieso nicht aussteigen. Es sieht doch irgendwie auch recht spannend aus.«

Dann schwärmt sie mir von Albano vor, dem großen Figaro.

»Bei dem überhaupt einen Termin zu bekommen, das ist schon ein Erfolg. Glaube mir, diese Rechnung könntest du nicht bezahlen. Er ist ein Haar-Artist. Die Promis beten ihn an.«

Sonja schafft es nach und nach, meine Wut abzukühlen.

»Nimm den ganzen Zirkus als eine Belohnung für deine Traumfigur. Viele würden sich einen Finger abschneiden, um einmal eine Weile Model und Promi spielen zu können. Du bekommst jetzt einen Einblick in diese Welt. Das ist doch spannend.«

Und ich könne ja insgeheim, in meinem Innersten, die Tage zählen. So viele seien das schließlich nicht.

»Wenn ich es mir so richtig überlege: Wenn es ganz unerträglich wird, kannst du ja eigentlich doch jederzeit aussteigen.«

Ich ziehe die Brauen hoch und habe ein Fragezeichen im Gesicht.

»Ich sage nur: Nutella-Pralinen, Sahne-Trüffel, Erdbeer-Chili-Pralinen ...«

»Kokos-Trüffel, Baileys-Pralinen, Erdnuss-Traum, Butterschäumchen«, mache ich weiter und wir lachen beide. »Pralinen mit Eierlikör, Cornflakes, Marzipan, Lebkuchen ...«

Jetzt geht es mir wieder gut. Sonja ist eine patente Freundin. Wir lachen den Frust weg. Und vielleicht wird ja tatsächlich alles ganz nett.

Vielleicht ist mein Vater tatsächlich fast ein Tisch?

Und ich bin eine Spaßbremse?

Albano, der Starfriseur, ist wirklich eine Nummer. So was muss man einfach mal erlebt haben. Er wuselt um mich herum, als wäre ich ein Star. Wahrscheinlich denkt er, ich sei einer, und ich werde mich hüten, ihn zu korrigieren. Er selber hat nur noch wenige Haare, dafür ein schönes Gesicht, einen durchtrainierten Körper, makellose Zähne. Er trägt eine schwarze Lederhose und ein weißes Hemd, weit aufgeknöpft, damit man als Kundin seine gebräunte Brust bewundern kann. Er kämmt und bürstet meine Haare in alle Richtungen, fingert darin herum. Dann nimmt er einen Hocker und setzt sich zu mir hin. Er hält sogar meine Hand, während er seine Diagnose verkündet:

»Sie haben wunderbare Haare, sehr viele, sehr stark, sehr wild, tolle Farbe.«

Gut, dann kann ich jetzt gehen.

»Sie haben 25 Kilo abgenommen, nicht wahr? Früher, da brauchten Sie vielleicht die vielen Haare. Sie haben sich dahinter auch ein wenig versteckt oder dachten, Sie können damit von sich ablenken.«

Da hat er nicht unrecht.

»Jetzt könnte man doch ein wenig mutiger sein, nicht wahr?«

Will er meine Haare kurz schneiden?

Grün färben?

Künstlich verlängern und dann hochstecken?

Dauerwelle?

Blonde Strähnchen?

Eigentlich bin ich gegen jede Veränderung, mag

der Kerl noch so blendend aussehen. Auch wenn ihm die Schickeria zu Füßen liegt, ich liebe meine Haare. Ich habe eine rote, wilde Mähne, auf Schulterhöhe geschnitten. Ich glaube, das passt zu mir. Meine Haare fand ich eigentlich immer das Beste an mir. Jetzt kommt's, der Figaro spricht: »Ich würde die Haare gerne oben ganz kurz schneiden, in so kleine Borsten und alles schwarz färben. Schwarz ist das neue Rot. Sie können das gut tragen.«

Schwarz ist das neue Rot?

Ich sehe gleich nur noch rot!

Der hat doch einen an der Waffel!

Vor Empörung verschlucke ich mich fast an meiner eigenen Zunge, und es gelingt mir gerade noch mit Mühe und Not, sie wieder in ihre ursprüngliche Position zurückzuhusten.

Ich stehe auf und sage: »Danke, Albano. Das war's. Ich gehe jetzt. Ich möchte meine Haare lieber so lassen, wie sie sind.«

Jetzt lacht der Star-Figaro, und das steht ihm gut, aber ich verstehe es trotzdem nicht. Er drückt mich sanft wieder in den Stuhl zurück.

»Kompliment! Ich habe gleich gemerkt, dass Sie nicht zu denen gehören, die springen, wenn ich sie dazu auffordere. Wollte nur schauen, ob ich recht habe. Sie wirkten so herrlich misstrauisch, als Sie hier reinkamen. Die meisten hier himmeln mich nämlich an.«

Er lacht weiter.

»Schwarz ist das neue Rot!«

Jetzt könnte er sich langsam wieder einkriegen. Sonst steckt er mich noch an.

»Schwarz ist das neue Rot!«

Er amüsiert sich köstlich über seinen eigenen Witz. Irgendwann beruhigt er sich wieder und wird ernst.

»Tina, Sie haben wunderschöne Haare. Ich würde diese gerne auf Kinnlänge kürzen, am besten durchstufen, mit einer Glanzpflege verwöhnen. Was halten Sie davon?«

Ich bin erleichtert. Jetzt lache ich auch. Der Kerl hat ja wirklich Humor. Könnte durchaus sein, dass ich ihn auch anhimmle, irgendwann.

Jetzt fängt er an, mit meinen Haaren zu arbeiten. Und dabei lacht er immer wieder.

»Schwarz ist das neue Rot!«

Schließlich fängt er an, mich auszufragen. Ein paar Einzelheiten weiß er schon von Chantal. Er kenne viele Frauen, die extrem schlank seien.

»Eine Schauspielerin hat mir erzählt, sie trinke Zitronensaft mit Cayenne-Pfeffer. Mehrmals täglich.«

Er schüttelt sich.

»Wahrscheinlich zieht sich dann ihr Magen zusammen, und sie kann nichts mehr essen. Oder sie benützt es als Brechmittel. Furchtbar.«

Es gebe noch Schlimmeres.

»Eine Frau hat mir von Models erzählt, die tatsächlich Kapseln mit Eiern von Bandwürmern essen. Seither schaue ich den dünnen Frauen immer vorsichtig in die Ohren, wenn ich dort gerade Haare schneide, ob vielleicht ein Wurm herausschaut und mich grüßt.«

Er schüttelt sich theatralisch und sagt dann wieder ganz ernst, ich solle aufpassen, dass man mich nicht in eine Ess-Störung hineinmanövriere.

»Mir sind Models schon reihenweise vom Stuhl gekippt, einfach weil sie nichts mehr essen. Dieses Business ist knallhart.«

Ich solle vor allem auf mich selber aufpassen.

Am Ende hat auch Albano sehr gut auf mich aufgepasst. Die Haare sehen großartig aus, sie glänzen, sie fallen locker. Weniger scheint wirklich mehr zu sein. Ich habe einen modernen Look bekommen.

»Danke, Albano. Ich werde Sie in Zukunft auch anhimmeln, versprochen.«

Der Nachmittag wird richtig anstrengend, und nur so nebenbei: Das Mittagessen wurde völlig vergessen. Als Strafe für meine hundert Gramm zu viel? Immerhin zerrt Chantal mich nicht durch sämtliche großen Kaufhäuser, wie ich befürchtet hatte. Nein, wir shoppen ganz edel. Wir besuchen Läden, die vergoldete Türklinken haben. Chantal kennt man dort persönlich. Wir sitzen in flauschigen Sesseln, und man bringt uns die Kleider herbei, die Chantal beschreibt. Dann muss ich die Sachen anziehen und vor Chantal auf und ab gehen, und sie nickt oder schüttelt den Kopf. Mir wird schon vom Lesen der Preisschilder übel, aber das sind Details, mit denen sich Chantal nicht beschäftigt. Ich habe große Hemmungen, mich vor Chantal und den gestylten Verkäuferinnen zu präsentieren. Man verpasst mir dazu auch noch Schuhe, in denen ich kaum gehen kann. Aber ich gebe mein Bestes. Chantal ist heute sowieso irgendwie gnädig gestimmt. Sie zupft endlos an meinen Kleidern herum und beäugt alles mehr als kritisch. Aber irgendwie kann ich System hinter ihrem Tun entdecken. Sie weiß, was sie will, sie weiß, was mir steht, und sie findet, was sie sucht. Dazu brauchen wir nur vier Edel-Boutiquen zu besuchen. Chantal ist hier voll in ihrem Element. Um so gute Outfits zu finden, müsste ich tagelang durch die Stadt tigern. Jetzt habe ich Kleider, Kostüme, Oberteile, ja sogar eine neue Handtasche und Schuhe.

»Für die Kenia-Reise gehen wir dann noch einmal einkaufen«, erklärt Chantal und packt zufrieden alle Tüten in ihren Wagen. Sie hat die neuen Kleidungsstücke aufgelistet, und in Zukunft bekomme ich nun wohl immer meinen Marschbefehl mit Kleidervorschrift.

Endlich dürfen wir in einem schicken Restaurant ans Salatbuffet gehen. Ich habe wirklich Hunger. Aber Chantal bremst mich, denn wir haben ja heute noch den Fototermin. Auch trinken solle ich besser nicht zu viel. Unter ihrem strengen Blick lade ich ein bisschen grünen Salat, garniert mit ein paar Gurkenscheiben auf meinen Teller. Um das Ganze farblich aufzupeppen, knalle ich übermütig oben noch ein paar Streuselchen Mohrrüben drauf. Dazu ein paar

Tropfen Salatsauce. Das ist alles. Zu trinken gibt es einen Schwarztee mit Süßstoff.

Abends dann mein erstes professionelles Fotoshooting. Ich habe im Fernsehen auch Serien wie »Germany's Next Topmodel« gesehen. Ich weiß also: Posieren ist nicht leicht. Trotzdem habe ich natürlich noch nie stundenlang vor dem Spiegel gestanden, um zu üben. Ich bin schließlich kein Model. Aber wissen das wirklich alle? Wir nutzen das Fotostudio einer großen Tageszeitung. In der Maske werde ich schon erwartet.

»Schauen Sie gut, was gemacht wird. Sie bekommen dann selber das entsprechende Make-up, und so können Sie in Zukunft immer ein wenig an sich arbeiten«, wirft Chantal locker ein.

Als könnte man vom Zuschauen lernen! Als würde ich im Alltag zukünftig mit Make-up herumlaufen!

Ich werde professionell geschminkt. Am Ende gefällt es mir tatsächlich, und ich kann mich noch im Spiegel wiedererkennen. Ich sehe nicht so aufgedonnert aus, wie Chantal immer daherkommt, sondern ganz natürlich. Das freut mich.

Die Visagistin ist eine herzliche Frau, die mir gerne dies und das erklärt. Ich werde wohl zu Hause ein wenig üben müssen.

Ich trage zu Beginn des Fotoshootings ein schwarzes, kurzes Etuikleid, das meine Figur gut zur Geltung bringt, ohne billig zu wirken. Es sitzt wie maßgeschneidert. Dazu schwarze Stöckelschuhe. Fertig. Ich bin wirklich froh, dass Chantal nicht versucht hat, mich auch so nuttig zu stylen, wie sie es selber immer tut. Heute entdecke ich erstmals die professionelle Seite an ihr.

Der Fotograf soll eine große Nummer sein. Nach Albano kommt nun also Ivan. Er habe schon diverse Berühmtheiten ins rechte Licht gerückt. Ich habe jetzt richtig Angst. Mein erster Auftritt am Set ist nicht zu überbieten: Ich stolpere mit meinen hochhackigen Schuhen über ein Kabel und bringe eine Lampe zu Fall. Scherben, Lärm, Aufregung.

Ich möchte nach Hause!

Ivan ist von Chantal wohl auf mich vorbereitet worden. Er ist die Ruhe selbst.

»Regen Sie sich nicht auf. Ist doch alles versichert hier. Bleiben Sie ganz ruhig«, sagt er und legt mir den Arm auf die Schulter.

Dann will er meine Füße sehen. Sie werden abgenickt. Er lässt mich auf ein Podest steigen. Dort soll ich barfuß gehen, hüpfen, stehen. In einer Hand trage ich die Schuhe, die andere habe ich irgendwie in den Haaren. Später machen wir das gleich noch einmal, allerdings auf einem Trampolin. Jetzt soll ich natürlich höher springen.

»Konzentrieren Sie sich!«, ruft Chantal. Sie hält sich sonst zurück, da von Ivan ständig klare und detaillierte Anweisungen kommen. Zwischendurch wird mein Make-up aufgefrischt.

Dann dasselbe noch einmal von vorne. Ich trage

jetzt ein geblümtes, leicht fließendes Sommerkleid, das von der Windmaschine noch zusätzlich bewegt wird. Die Farbtöne harmonieren wunderbar mit meinen Haaren. Das Kleid ist ein Juwel.

»Die Fotos sollen Leichtigkeit vermitteln. Sie haben jetzt kein Gewicht mehr. Sie könnten fliegen, wenn Sie nur wollten«, erklärt Ivan seine Vorstellungen.

Wir arbeiten hart. Als endlich alle einigermaßen zufrieden sind, fährt Chantal mich mit all meinen Taschen in rasantem Tempo zum Bahnhof, wo ich gerade noch den letzten Zug nach Ibach erwische. Sie lässt sich sogar zu einer flüchtigen Umarmung hinreißen und dankt mir für meinen Einsatz.

Ich bin erst nach Mitternacht zu Hause, total erledigt. Gut, dass die Wohnung leer ist. Ich möchte nur noch ins Bett fallen. Zuerst schreibe ich noch etwas total Positives und Glückliches in Facebook:

Tina Amgwerd *war heute Model. Ich habe Starfriseure und Starfotografen kennengelernt. Es war total aufregend. Die Fotos gibt es bald unter www.slimhappy.ch.*

Na, bin ich nicht eine artige Werbeträgerin? Todmüde falle ich ins Bett und schlafe erschöpft ein. Ich träume davon, dass ich ungeschickt irgendwelche kostbaren Beleuchtungskörper umstoße und Chantal mir zur Strafe Watte in den Mund schiebt. Ein wirklich hässlicher Albtraum. Ich erwache mitten in der Nacht und bin völlig durcheinander. Es rumpelt in meiner Wohnung. Geht der Albtraum weiter? Ganz gerädert verlasse ich mein Bett und öffne vorsichtig meine Schlafzimmertür.

»Sonja, geht es dir gut?«, frage ich verblüfft. »Es ist drei Uhr morgens!«

Es scheint ihr gut zu gehen. Sie tänzelt auf mich zu und umarmt mich. Dann geht sie wieder ins Wohnzimmer, wo sie alle ihre Sachen zusammenpackt, so wie es aussieht. Überall verteilt liegen ihre Habseligkeiten, die sie schichtet und sortiert.

»Ich verlasse dich«, erklärt sie.

»Du ziehst zu Salvatore?«, frage ich verwundert. Ich kann mich noch zu gut an sein winziges, chaotisches Zimmer erinnern. Aber Sonja lacht mich aus. Sie zieht mich neben sich auf das Schlafsofa.

»Dein Salvatore ist wirklich süß. Mehr als das. Ich habe mich ein wenig in ihn verliebt. Aber ich weiß auch, dass ich jetzt nicht normal bin, so kurz nach der Trennung. Ich kann doch jetzt keine neue Beziehung anfangen. Das wäre total unreif.«

Er habe ihr aber extrem gutgetan.

»Er hat mir wieder Selbstvertrauen gegeben und Mut gemacht. Ich bin jung, ich habe super Referenzen. Ich werde noch einmal neu anfangen, und diesmal alles besser machen.«

Daher freue sie sich riesig über ihren neuen Job.

»Du hast einen Job?« Und wieso muss sie deswegen mitten in der Nacht packen?

»Dein Salvatore ...«

»Das ist nicht MEIN Salvatore!«

»Salvatore hat einen Bruder, Luigi, der mit seiner Frau ein wunderschönes Hotel in Silvi Marina führt. Das liegt an der Adria, in den Abruzzen. Seine Frau hatte einen Unfall, und es geht ihr gar nicht gut. Er braucht dringend eine kompetente Hilfe, weil ja ganz bald die Hauptsaison beginnt.«

Die hätten dort viele deutschsprachige Gäste. Sonja spricht auch sehr gut Italienisch.

»Es ist ein vornehmes Hotel. Eines, das teuer ist und viel Qualität bietet. Ich habe dort eine echte Aufgabe. Das Schiff soll ja nicht untergehen.«

Sonja scheint sich tatsächlich über ihre neue Herausforderung zu freuen.

»Ich geb's zu: Ich gehe gerne für eine Weile hier weg. Und im Herbst sehe ich weiter. Dann weiß ich auch, ob es mit Salvatore ernst werden könnte. Wir haben sogar schon darüber gesprochen, gemeinsam ein Lokal zu führen. Hier oder dort. Was auch immer. Wir werden sehen.«

Sonja will schon im Morgengrauen losfahren. Wir umarmen uns. Sie wird mir fehlen. Und Mikesch erst! Aber ich werde es auch genießen, wieder alleine zu leben und mehr Platz zu haben. Der Job ist für Sonja sicher eine feine Sache.

»Übrigens, ich habe da gestern was im Internet gefunden. Das musst du dir ansehen.«

Sonja zeigt mir alte Fotos von Chantal Belle. Sie hat ein wenig recherchiert. Das hätte mir selber auch in den Sinn kommen können.

»Sie war wunderschön«, sage ich bewundernd.

Beeindruckend, wie sie auf den Bildern strahlt, wie glücklich und liebenswert sie aussieht. Chantal hatte nicht nur eine Traumfigur, sondern einen unglaublichen Charme.

»Da kann man sich doch vorstellen, dass ihr das Älterwerden schwerfällt«, meint Sonja. »Unsereiner hat nicht so viel zu verlieren.«

Sie lacht.

Sonja und ich machen die Nacht zum Tage. Wir packen gemeinsam, reden über dies und das, trinken Kaffee. Ich zeige ihr meine neuen Kleider, und Sonja bewundert sie neidisch. Später bringe ich meine Freundin mit ihrem Gepäck zum Wagen. Bald wird es hell. Sonja will sich auf den Weg machen. Sie verspricht, regelmäßig E-Mails zu schicken.

»Pass gut auf Mikesch auf!«, ruft sie mir zum Schluss noch aus dem Autofenster zu. »Und bleib schön schlank! Und lass dir nicht alles gefallen! Und sei nicht deine eigene Spaßbremse!«

Dann ist sie weg.

Ich bin ein bisschen traurig. Eine Freundin, die ohnehin nur selten Zeit für mich hatte, lebt in Zukunft sogar im Ausland. Ich schicke ihr meine besten Wünsche hinterher.

Jetzt ist es aber höchste Zeit, wieder an mich selber zu denken. Lohnt es sich noch, schlafen zu gehen? Ich bin total gerädert, aber auch viel zu aufgekratzt, um jetzt zu schlafen. Um 10 Uhr kommt eine Journalistin. Ich beschließe, ein wenig zu joggen, was mir tatsächlich richtig guttut. Die Sonne geht auf, und ich bin unterwegs, mit lockeren Schritten. Die frische Morgenluft füllt meine müden Lungen. Nach einer Dusche ziehe ich das vorgeschriebene leichte Sommerkleid an. Ich schminke mir die Müdigkeit aus dem Gesicht und bin bereit für Doris Dürr, die für das Magazin Fit&Froh schreibt. Das Gespräch zu führen, ist gar nicht so einfach, denn ich überlege immer zweimal, was ich denn nun eigentlich sagen darf oder soll oder muss. Ich wirke sicher ziemlich steif und fühle mich auch so. Aber als ich Frau Dürr erzähle, dass dies mein erstes Interview überhaupt ist, spüre ich, wie sie mir meine Art verzeiht und versucht, mir zu helfen. Sie hat einen Fotografen dabei, einen sehr nervösen Mann, der ständig um uns herumturnt und Fotos von allen Seiten macht. Dabei sitzen wir doch nur am Küchentisch und reden. Schließlich fotografiert er mich noch auf dem Hometrainer sitzend und, was mir sehr gut gefällt, auf dem Balkon, lesend, mit meinen Füßen auf dem Geländer.

»Wir bekommen ja auch noch die Fotos von Ihrem gestrigen Shooting«, sagt Frau Dürr am Ende unseres Gespräches. Sie wünscht mir Glück.

»Ich finde, Sie können mit Recht stolz auf sich selber sein. Sie haben so viel abgenommen, und jede Frau, die das schon versucht hat, weiß, wie hart das ist. Sie können vielen Frauen ein Vorbild sein. Das ist doch etwas Gutes!«

Na ja, motivieren möchte ich die Frauen schon.

Aber ich möchte sie nicht mit meinem Vorbild unter Druck setzen. Weil es eine schafft, muss es die andere nicht auch schaffen können. Das alles behalte ich aber für mich. Ich will ja nicht das Risiko eingehen, negativ und nachdenklich rüberzukommen, sondern ausschließlich GLÜCKLICH und POSITIV.

»Ja, ich bin durchaus stolz, aber vor allem erleichtert und glücklich. Sehr glücklich. Ich bin ein neuer Mensch.« Ich könnte mich glatt ohrfeigen für diesen Satz, aber ich möchte sichergehen, dass sie mich so wahrnimmt, wie es Chantal gerne hätte: glücklich und positiv.

Nach einer Stunde bin ich wieder alleine. Ich ziehe meine Sportsachen an und strample ein wenig auf dem Hometrainer. Dann krieche ich, verschwitzt wie ich bin, ins Bett und schlafe eine Stunde lang tief und fest.

Am Mittag fahre ich nach Luzern. 14 Uhr, Besuch einer SH-Gruppe. Erstmals ärgere ich mich über die Kleideranweisung. Ich komme mir lächerlich vor, wie ich in den hochhackigen Schuhen in den Zug steige und später in Luzern über die Bahnhofsbrücke klappere. Immerhin darf ich Jeans tragen, knalleng, kombiniert mit einer kurzen, bunten Bluse, die perfekt zu meinen Haaren passt. Die Jeansjacke gefällt mir auch gut. Ich würde nur NIE solche Schuhe anziehen. Vielleicht sollte ich in Zukunft in der neuen, großen Handtasche immer bequeme Schuhe mitnehmen und nur das Lokal mit den vorgeschriebenen Schuhen betreten. Wir werden sehen. Jedenfalls bin ich ziemlich schlecht gelaunt, als ich endlich vor dem Gebäude stehe, in welchem die SH-Treffen stattfinden. Meine Zehen tun weh. Und ich verstehe den Sinn dieser Schmerzen nicht. Beeindrucke ich wirklich jemanden, bloß weil ich mich auf Stöckelschuhen bewege? Ich kann das nicht glauben. Hohe Absätze verlängerten optisch die Beine, und der Gang werde weiblicher, erklärte mir Chantal beim Einkaufen. Ich habe nicht das Gefühl, dass mein Gang weiblicher wird, wenn meine Zehen schmerzen. Aber meine Laune wird eindeutig schlechter.

Das Treffen muntert mich dann ein wenig auf. Ich werde von einer sehr netten Leiterin der Gruppe vorgestellt, und wir reden eine Weile über meinen Erfolg. Teilnehmerinnen stellen mir Fragen oder erzählen von ihren Problemen. Es ist alles sehr locker und kollegial. Ich spüre, wie einige wieder Hoffnung schöpfen, wenn sie mich sehen. Nach zwanzig Minuten kann ich mich setzen. Die Treffen haben ja immer ein besonderes Thema, und heute ist Lachen angesagt. Lachen? Beate, eine Lachtrainerin, ist zu Besuch. Sie ist eine sehr fröhliche Frau und die Lachfältchen gehören bei ihr zum Berufsbild.

»Sie können fünfzig Kalorien verbrauchen, wenn Sie zehn Minuten herzhaft lachen«, verspricht Beate und lächelt. »Wenn Sie das jeden Tag machen, können Sie im Jahr damit zwei Kilo abnehmen.« Aber es sei vor allem auch entspannend und stärke das Immunsystem.

»Lachyoga ist sehr gesund, auch für die Psyche. Es gibt den Spruch: Wir lachen nicht, weil wir glücklich sind, sondern wir sind glücklich, weil wir lachen. Da steckt sehr viel Wahrheit drin.«

Jetzt räumen wir die Stühle weg, wir ziehen die Schuhe aus. Was bin ich froh.

Anfangs sind wir alle noch etwas gehemmt. Aber Beate zaubert das schnell weg. Wir gehen durch den Raum, reichen uns die Hände und lachen uns dann gegenseitig laut an. Wir strecken langsam die Hände nach oben, über den Kopf, und beim Herunterfallen lachen wir laut. Hahaha. Oder wir tun so, als würden wir telefonieren und jemand würde uns etwas wahnsinnig Witziges erzählen. Wir spazieren herum und lachen in den Hörer hinein. Nach einer Weile ist das Lachen raumfüllend, laut, manchmal wirklich echt und ansteckend. Wir kommen uns näher dabei. Es ist eine fröhliche, wohltuende Geschichte. Ob das nun mein Immunsystem stärkt? Egal. Aber es tut gut. Die Stunde vergeht wie im Fluge.

Und ich darf noch einmal lachen. Die Stunde um 18 Uhr, die ich ja auch besuchen muss, hat noch einmal das gleiche Programm. In der Zeit dazwischen bummle ich durch die Luzerner Altstadt und kaufe mir spontan ein paar bequeme Sandalen. Sie haben sogar ein Profil und sind bestimmt Afrikatauglich. Oh, jetzt geht es mir wirklich gut.

Es ist bereits nach 21 Uhr, als ich daheim wieder das Treppenhaus hochmarschiere. Ich bin guter Dinge, denn der Tag war irgendwie schön, die Termine ließen sich alle problemlos erledigen, und ich habe jetzt eine Wohnung ganz alleine für mich. Aber meist kommt es halt doch anders, als man denkt: Salvatore sitzt auf der letzten Treppenstufe vor meiner Wohnungstür. Er schießt ganz nervös hoch, als er mich sieht.

»Tina, hast du etwas von Sonja gehört? Ich mache mir solche Sorgen. Sie ist noch nicht in Silvi Marina angekommen. Man hat mich angerufen. Sie ist doch ganz früh losgefahren, nicht wahr?«

Ich ziehe den völlig aufgelösten Mann in meine Wohnung und schließe die Tür, bevor mein Nachbar wieder ausrastet. Salvatore geht unruhig durch die Wohnung, und Kater Mikesch verfolgt ihn. Vielleicht sucht Mikesch auch nur demonstrativ nach Sonja.

Männer!

»Ja, Sonja ist um kurz nach fünf Uhr weggefahren. Aber das ist eine wirklich sehr weite Strecke. Da kann es doch leicht Verspätungen geben«, versuche ich Salvatore zu beruhigen.

Vielleicht ein Stau?

Eine kleine Panne?

»Warum geht sie dann nicht an ihr Handy?«, fragt Salvatore.

Akkuprobleme?

Konzentration aufs Autofahren?

Ich lasse mir einen Kaffee aus der Maschine. Mikesch mag diesen Lärm gar nicht und verzieht sich unter die Eckbank. Ich esse drei Knäckebrote und streiche etwas Light-Streichkäse drüber. Dazu gibt es eine Tomate.

»Wie kannst du nur so ruhig bleiben!«, meint Salvatore vorwurfsvoll.

»Du liebst sie«, sage ich und lächle.

»Ja«, antwortet er. »Mit ihr könnte ich mir alles vorstellen. Sie braucht nur etwas Zeit. Die kann sie haben.«

Schließlich setzt er sich auch zu mir und trinkt eine Tasse Kaffee.

»Kann ich hier bleiben?«, fragt er schließlich. »Vielleicht ruft sie dich an. Ich könnte doch auf dem Sofa schlafen. Wahrscheinlich finde ich sowieso keinen Schlaf.«

»Okay«, sage ich und seufze innerlich ein wenig. »Du kannst gerne fernsehen, solange du willst. Ich muss aber jetzt ins Bett. Ich bin ziemlich fertig und muss morgen ganz früh raus.«

Das Sofa ist ja noch immer bezogen. Salvatore wird sicher gerne in Sonjas Bett liegen. Und Mikesch sitzt auch schon zu seinen Füßen. Ich kann mich also verabschieden.

Im Bett liege ich wach. Zuerst fällt mir ein, dass ich nicht im Internet war und dass das aber zu meinen Pflichten gehört. Jetzt kann ich jedoch nicht mehr ins Wohnzimmer, wo mein Computer steht, weil da ja wieder einmal jemand wohnt. Ich werde morgen noch früher aufstehen. Ich muss nun doch über Sonja nachdenken. Was, wenn ihr tatsächlich etwas passiert ist? Bisher habe ich den Gedanken einfach von mir weggeschoben. Außerdem musste ich Salvatore beruhigen. Aber jetzt, so ganz alleine für mich, mache ich mir doch auch Sorgen. Der Verkehr in Italien ist streckenweise ziemlich heftig und die Fahrweise der Leute abenteuerlich.

Was, wenn sie am Morgen noch immer nicht angekommen ist?

Wie sollen wir dann vorgehen?

Was können wir tun?

Am Morgen brauche ich gar keinen Wecker, denn es ist erst gerade hell geworden, da höre ich Salvatore im Flur auf und ab gehen. Er scheint mit Italien zu telefonieren. Er spricht laut und aufgeregt. Mit einem Schlag bin ich wach und habe Angst. Ich gehe kurz ins Bad, und anschließend erzählt mir Salvatore, was ich eigentlich nicht hören will:

»Sie ist nicht angekommen! Sie hat nicht angerufen! Es MUSS etwas passiert sein.«

Ich kann noch gar nicht reagieren. Es ist eindeutig zu früh am Morgen für solche Nachrichten. Ach was, es ist nie die richtige Zeit dafür.

Warum sollte sie nicht angekommen sein?

Ich habe noch das Bild vor mir, wie sie abgefahren ist, voller Lebensfreude und Tatendrang. Sie hat gelacht und gestrahlt und alberne Sprüche geklopft.

Warum sollte sie nicht angekommen sein?

Die Frage dreht sich wie ein Kreisel in meinem Kopf, während ich eine Kanne Tee mache. Dann setze ich mich an den Küchentisch, trinke und esse eine Banane dazu.

»Wie kannst du so ruhig bleiben? Wie kannst du jetzt essen?«

Salvatore ist ein Italiener. Er ereifert sich, er stürzt sich kopfüber in seine eigene Verzweiflung und badet darin. Wir lieben ja die Italiener wegen ihrer Emotionalität. Ich aber verdränge das Schlimmste, versuche Antworten zu finden, die harmlos und logisch sind. Kater Mikesch verlässt die Wohnung über die Katzentreppe. Er mag es nicht, wenn die Emotionen hochkochen. Ich auch nicht. Aber Sonja ist nicht angekommen. Das alleine wäre keine Tragödie. Aber dass sie niemanden angerufen hat, nicht einmal ihren Arbeitgeber, den sie hängen lässt, das ist völlig untypisch für sie.

»Mein Bruder Luigi hat ein paar Bekannte bei der Polizei. Er will schauen, ob die etwas wissen. Ob unterwegs etwas passiert sein könnte.«

Salvatore setzt sich zu mir.

»Entschuldige«, sagt er leise und nimmt sich auch eine Tasse Tee. Der schöne Mann sieht mitgenommen aus. Seine schwarzen Haare hängen ihm trostlos ins Gesicht.

»Was können wir tun?«, fragt er und schaut mich mit seinen dunklen Augen hilfesuchend an. Ich habe keine Ahnung. Sie ist eine erwachsene Frau. Können wir sie bei der Polizei als vermisst melden?

»Ich muss heute arbeiten, habe drei Termine. Aber ich werde dazwischen bei der Polizei vorbeigehen und zumindest melden, dass wir Sonja vermissen. Vielleicht erfahren wir ja aus Italien etwas. Kannst du nicht am Abend wieder herkommen, wenn wir bis dahin nichts gehört haben? Dann lasse ich Jenny und Liz auch kommen, und wir halten eine Krisensitzung.«

Ich klinge sicherer, als ich mich fühle, aber Salvatore scheint mein Plan zu gefallen. Er sitzt schon wieder etwas aufrechter am Tisch.

Ich muss unter die Dusche. Dann setze ich mich an den Computer. Zuerst rufe ich meine E-Mails ab und hoffe auf ein Zeichen von Sonja. Nichts. Dafür eine Nachricht von Chantal. Sie schreibt, ich müsse mich ab sofort um die Fanseite von SH kümmern. Tatsächlich: SH hat nun bei Facebook eine Fanseite. Aber viel ist da noch nicht los, außer dass man mich vorgestellt hat und zwar mit wirklich wunderschönen Bildern.

Bin ich das wirklich?

Ich schaue ganz genau hin. Haben die an den Bildern nachträglich noch herummanipuliert? Ich sehe echt gut aus. Und der Fotograf hat genau diese Leichtigkeit eingefangen, die er haben wollte. Allerdings stehen auch alte Fotos von mir im Netz, auf denen ich wirklich zum Fürchten aussehe. Ich könnte mir durchaus vorstellen, dass man diese auch ein wenig manipuliert und meinen Hüften frech noch ein paar Kilos mehr aufgeladen hat. Aber was soll's: Das ist Vergangenheit.

Ich schreibe also, dass ich stolz und glücklich bin, das SH-Gesicht 2009 zu sein. Dazu erzähle ich, dass nächste Woche im Magazin Fit&Froh ein Interview mit mir erscheint.

»Es war eine neue Erfahrung für mich, interviewt zu werden. Genauso spannend und aufregend wie mein erstes Fotoshooting. Zurzeit besuche ich einige SH-Gruppen. Es macht Spaß, so viele Mitglieder persönlich kennenzulernen.«

Positiv.

Glücklich.

Ich hab's doch voll drauf!

Auch auf meiner eigenen Seite schreibe ich nur Gutes.

***Tina Amgwerd** freut sich über ihre Fotos auf der Fansite von Slim-Happy und auf der Homepage www.slimhappy.ch. Das Abnehmen hat sich gelohnt.*

Nichts davon, dass ich mir Sorgen um meine Freundin mache und deswegen kaum schlafen konnte. Nichts darüber, wie sehr es mich heute anwidert, mit SH-Gruppen lachen zu gehen, wo ich doch jeden Moment irgendeine schlimme Nachricht erwarte. Keine Andeutung, wie doof ich Schuhe mit hohen Absätzen finde.

Um neun Uhr stehe ich in Küssnacht vor einer weiteren SH-Gruppe, geschminkt und im vorgeschriebenen Sommerkleid. Leider regnet es wie aus Kübeln, und ich hätte freiwillig nie im Leben so ein leichtes Kleidchen angezogen. Aber ich werde ja nicht fürs Denken bezahlt. Ich bin ein SH-Soldat.

Trotz allem wird es eine ganz angenehme Stunde, mit netten Leuten, interessanten persönlichen Gesprächen. Und mit Lachen. Ich kann erstaunlich schnell abschalten, und das Lachen tut einfach gut. Anschließend fahre ich mit dem nächsten Zug heimwärts und gehe zum Schwyzer Polizeipräsidium. Ein bisschen komisch komme ich mir schon vor. Ich bin nicht einmal eine Angehörige von Sonja. Werden die mich überhaupt anhören?

Sie hören mich an.

Ich bin froh, auf einen Bekannten zu treffen. Hubert kennt uns alle. Er war auf derselben Schule, ist nur zwei Jahre jünger. Das erleichtert alles ein wenig.

Er schreibt auf, was ich zu erzählen habe. Er findet, wir müssten unbedingt auch ihre Eltern informieren. Aber ich weiß ja, dass die nichts wissen.

»Sonja hatte keinen Kontakt mehr zu ihren Eltern, seit sie ein Teenager war.«

»Ja, aber vielleicht, wenn etwas Schlimmes passiert ist, würde man von Italien aus doch ihre Eltern suchen und informieren«, gibt Hubert zu bedenken. Er will noch Verschiedenes wissen.

»Ich werde mal ein paar Rundfragen starten. Und wir beide bleiben in Kontakt. Ist das okay?«

Ich nicke. Er nimmt mir das Versprechen ab, dass ich bei Sonjas Eltern vorbeigehe. Sie wohnen ganz in der Nähe meiner Wohnung. Ich mache das nicht gerne. Ich tu es für Sonja. Ich weiß nicht, was zwischen Sonja und ihren Eltern gelaufen ist, aber es muss sehr schlimm gewesen sein. Sie ist als Teenager zu ihrer Großmutter gezogen und hat den Kontakt zu den Eltern komplett abgebrochen, aber erklären wollte sie uns das nie. Und jetzt stehe ich vor ihrem Elternhaus, einem kleinen, alten Gebäude an der Bahnhofstraße. Ich klingle. Ein grauer Vorhang im ersten Stock bewegt sich kurz. Ich winke. Etwas später öffnet sich die Tür. Sie ist alt geworden, Sonjas Mutter, und sie sieht sehr schlecht aus, krank und grau, gebeugt und zittrig.

»Frau Schelbert, ich bin Tina Amgwerd, eine Freundin von Sonja.«

»Ja, ja, ich erinnere mich«, erklärt sie freundlich und reicht mir die Hand. »Ist etwas passiert? Möchten Sie hereinkommen?«

Das Haus riecht ein wenig muffig. Es ist düster, mit kleinen Fenstern, die wenig Sonne und Licht hereinlassen. Die Räume sehen leblos aus. Aber das sind nur meine ersten Eindrücke, auf die ich selber nicht besonders viel gebe. Wir gehen in die Küche, und Frau Schelbert besteht darauf, mir einen Kaffee zu servieren. Dann sitzen wir uns gegenüber, und sie bittet mich zu erzählen.

»Wir vermissen Ihre Tochter. Sie ist gestern kurz nach Sonnenaufgang losgefahren, um in Italien eine neue Stelle anzutreten. Die Reise dauert normalerweise etwa zehn Stunden. Sie ist aber nicht angekommen, und sie hat sich nirgendwo gemeldet. Wir machen uns Sorgen.«

Die alte Frau schaut mich mit großen Augen an.

»Und da kommen Sie zu mir?«

Sie wisse gar nichts mehr von Sonja. Sie würde sie vielleicht nicht einmal mehr erkennen, wenn sie ihr auf der Straße begegnete.

»Erzählen Sie mir doch bitte etwas von ihr. Was hat sie denn gerade gemacht? Was wollte sie in Italien? Geht es ihr gut?«

Ich bringe sie kurz auf den neusten Stand.

»Als sie ging, war sie glücklich und freute sich auf ihren neuen Job. Sie war voller Energie.«

Die Frau nickt, aber sie weiß überhaupt nichts. Nebenbei erfahre ich, dass ihr Mann seit Jahren im Pflegeheim ist.

»Er erkennt mich nicht mehr. Er erkennt sich manchmal selber nicht mehr.«

Sie verspricht mir, mich anzurufen, sollte sie etwas erfahren, und ich verspreche ihr dasselbe.

»Bei mir wird sie sich bestimmt nicht melden«, meint sie zum Schluss tonlos. Als ich mich verabschiedet habe, gehe ich mit beschleunigtem Schritt die Straße entlang. Ich will möglichst schnell viel Distanz zu diesem Haus gewinnen. Da waren so viele negative Schwingungen zu spüren. Es schüttelt mich regelrecht. Leider fängt es wieder an zu regnen. Das passt ja gut zur Stimmung. Immerhin habe ich mich inzwischen mit dem Schuhproblem arrangiert. Die Stöckelschuhe reisen nur noch in der Handtasche mit. Am Nachmittag habe ich noch zwei Termine in Zug. Zweimal reden und lachen und repräsentieren.

Dazwischen telefoniere ich mit Salvatore, der nichts Neues gehört hat, aber froh ist, dass ich aktiv war. Dann rufe ich Liz und Jenny an und bitte sie, heute Abend zu mir zu kommen. Liz sagt sofort zu. Jenny müsste eine Stunde absagen und möchte wissen, ob es denn wirklich so dringend sei. Ich bejahe. Das reicht ihr. Sie versucht eine Aushilfe zu engagieren. Doch, auf diese Freundinnen ist Verlass.

Wir sitzen abends zusammen. Liz und Jenny beäugen neugierig Salvatore. Ich erzähle, was Salvatore mit allem zu tun hat, was passiert ist und schaue dann in ihre betretenen Gesichter. Es geht ihnen wie mir: Die erste Reaktion ist, die schlimmsten Szenarien gleich mal möglichst auszuschließen, und nach harmlosen, logischen Erklärungen zu suchen. Aber sie finden auch keinen Grund, warum Sonja sich bei niemandem gemeldet hat.

»Ich finde tausend harmlose Gründe, warum sie nicht angekommen sein könnte. Aber nicht einen, warum sie niemanden informiert hat«, meint Jenny schließlich.

Genau so ist es.

»Ich habe keine Ahnung, was wir noch tun könnten. Die Polizei ist informiert, auch in Italien. Aber einfach nichts tun, das erscheint mir auch unmöglich«, sage ich in die still gewordene Runde.

Salvatore verkündet schließlich: »Ich möchte gerne morgen nach Silvi Marina fahren, genau die Strecke, die ich Sonja erklärt habe. Ich möchte an den Raststätten halten und herumfragen. Vielleicht lasse ich mich auch einfach von der Intuition leiten. Ich werde heute noch Flyer drucken in Deutsch und Italienisch. Ich werde euch allen heute noch neue Fotos mailen, die ich am Wochenende gemacht habe.«

Salvatore weint.

Ist das eine gute Idee, die Strecke abzufahren?

»Ich begleite dich«, sagt Liz spontan. »Es ist sicher gut, wenn auch eine Frau dabei ist.«

»Wie willst du das machen mit den Kindern und so? Leo wird schockiert sein«, wage ich einzuwerfen.

»Leo ist mir ausnahmsweise einmal egal. Ich gehe jetzt nach Hause und organisiere das.« Sie habe als letzte Erinnerung an Sonja einen blöden Streit wegen ein paar kranken Hotelgästen und ein bisschen Schweinegrippe. Das könne sie nicht so stehen lassen.

»Ich werde morgen wieder mit der Polizei Kontakt aufnehmen. Möglich, dass man Vermisstenmeldungen im Fernsehen bringen kann. Aber das müsste vielleicht eher in Italien geschehen. Ich werde mit Hubert reden«, erkläre ich.

Meine Gäste verlassen mich nach und nach. Mikesch miaut vor der Balkontür, und ich lasse ihn ein. Er stolziert durch die Wohnung, als würde er jemanden suchen. Ich glaube, ich bringe ihn um, wenn er jetzt einfach wieder geht, weil ja NUR ICH zu Hause bin. Aber nein, Katzen sind absolut unberechenbar. Mikesch gewährt mir heute seine Zuneigung. Merkt er wirklich, dass ich diese heute so dringend brauche? Wir kuscheln ein wenig auf dem Sofa. Es tut gut, seine Wärme zu spüren. Sein Schnurren wiegt mich in den Schlaf.

Am Donnerstag habe ich zwei wichtige Interviews. Ich rufe daher schon um 8 Uhr bei der Polizeidienststelle an. Hubert hat Zeit für mich. Er sagt, dass er in der Schweiz eine Rundfrage gemacht hat.

»Es hat auf der Strecke nach Italien keine Unfälle gegeben, in die Sonja verwickelt war. Es gab keine besonderen Meldungen, nichts. Die gleiche Rundfrage starten nun auch die Italiener.«

Hubert versucht mich zu beruhigen.

»Jeden Tag werden in der Schweiz zehn Leute als vermisst gemeldet. Jeden Tag! Die meisten tauchen immer sehr schnell wieder auf.«

Und die anderen?

Hubert rät mir, alle Möglichkeiten zu nutzen, die ich habe.

»Lass das Foto auf Facebook verbreiten, schreibe E-Mails und lass diese weiterleiten.«

Die Polizei könne im Moment nichts tun.

»Sonja ist eine erwachsene Frau. Sie war glücklich, gesund. Du hast selber gesagt, dass ihre Lebensumstände gerade im Umbruch waren. Vielleicht hat sie sich entschieden, sich eine Weile von allem zu distanzieren? Eine Weile abzutauchen und irgendwo neu anzufangen?«

Ich lache laut. Es klingt zu unwahrscheinlich, zu abenteuerlich.

»Wir denken immer, unsere Freunde so gut zu kennen. Aber was wissen wir wirklich?«, gibt Hubert zu bedenken.

Ja, was weiß ich wirklich über Sonja?

Bis vor Kurzem wusste ich nicht einmal, wem ihr Herz gehörte. Was alles hat sie mir noch verschwiegen?

Ich starte das Internet.

Nun, Chantal wird das nicht gut finden, wenn ich auf meiner Facebook-Seite nach Sonja suche. Aber darauf kann ich nun keine Rücksicht nehmen. Salvatore hat schöne Fotos geschickt. Mir kommen die Tränen, als ich Sonja darauf lachen und strahlen sehe. Aber ich reiße mich zusammen, lade das Foto hoch und schreibe ein paar Zeilen. Ich bitte meine Facebook-Freunde, diese Meldung weiterzuschicken. Sie könnten so tatsächlich in kurzer Zeit viele Menschen erreichen.

Um Chantal zu beruhigen, schaue ich auf der Fanseite von SH vorbei. Tatsächlich haben da nun einige Leiter und Mitglieder Kommentare, Fragen und gute Wünsche hinterlassen, und so schreibe und kommentiere und beantworte ich. Und ich lasse alle an meinem Glück über meine Traumfigur teilhaben.

Habe ich sie überhaupt noch im Griff, meine Kilos? Ich könnte ständig essen, am liebsten möglichst viel warmes, pampiges Zeug. Das ist die Aufregung, die Ungewissheit. Alte Verhaltensmuster.

Vorsichtig steige ich auf die Waage. Glück gehabt. Das Gewicht ist okay. Ich muss aber aufpassen. Ich muss mein Sportprogramm irgendwie um meine Termine herumbauen. Ich möchte Chantal die Freude nicht gönnen, mir meine eigene Unzulänglichkeit um die Ohren zu hauen.

Am Morgen habe ich einen Interviewtermin mit unserer Lokalzeitung. Clara Clavadetscher ist eine sehr nette Journalistin. Wir reden eine Weile, und ich lasse sie ganz vorschriftsgemäß an meinem Glücksgefühl und meiner großen Freude über mein Traumgewicht teilhaben. Fotos nimmt sie aus dem Internet. Am Nachmittag fahre ich nach Zürich, wo ich mein erstes Radiointerview gebe. Ich bin furchtbar aufgeregt, denn ich weiß, SH hört mit.

Was also sagen?

Was nicht?

Am Ende plappere ich vor Nervosität wie ein Wasserfall, und als ich das Studio verlasse, frage ich mich, was ich denn nun eigentlich alles gesagt habe und ob das auch wirklich positiv und glücklich rübergekommen ist. Ich versuche, mich an meine Worte zu erinnern. Der Moderator hat jedenfalls sehr gelacht, als ich ihm erzählen musste, was der letzte Auslöser für mein Umdenken, meine Diät, gewesen war.

Ich war in Luzern und habe eingekauft. Bei Stocker, meiner Lieblingsbuchhandlung, holte ich mir Nachschub für meine Stunden auf dem Balkon, die ich so liebe. Mit meiner schweren Tasche kehrte ich auf dem Heimweg im Café Bachmann ein. Dort, auf der Toilette, beim Händewaschen, begegnete mir eine Frau, die Tränen in den Augen hatte. Sie schämte sich so sehr, als sie mich ansprach.

»Können Sie mir helfen. Ich kriege meine Hosen nicht mehr zu«, sagte sie zu mir. Zu zweit quetschten wir dann ihr Bauchfett zusammen und zwängten den Reißverschluss zu. Das ist mir so nahe gegangen. Die Situation war so erniedrigend. Ich dachte: NIEMALS soll mir so etwas passieren! Im Zug nach Hause las ich ein Inserat von SH und meldete mich noch am selben Abend an.

Ich hatte die Geschichte inzwischen selber schon fast wieder vergessen. Aber genau so fing alles an. Und jetzt bin ich schlank.

Und glücklich?

Glücklicher?

Mein Leben hat sich jedenfalls verändert. Und die Zukunft ist noch völlig offen.

Wieder zu Hause schaue ich zuerst im Internet, ob sich jemand wegen Sonja gemeldet hat. Viele Freunde schreiben mir, dass sie die Suchmeldung weitergeleitet hätten. Das ist gut. Aber Neuigkeiten gibt es keine. Ich drucke Sonjas Foto ein paarmal aus und stecke sie in meine Handtasche.

Dann gehe ich joggen. Der Tag ist sonnig und warm. Es kostet mich Überwindung, loszurennen, aber dann merke ich schnell, wie gut mir das tut. Ich schalte dabei nicht ab, eher um. In meinem Kopf drehen sich die Gedanken trotzdem weiter, aber sie bekommen irgendwie Leichtigkeit. Es ist, als würden sich Knoten lösen. Normalerweise.

Heute aber komme ich trotzdem verwirrt und verunsichert heim. Auch eine kalte Dusche hilft wenig. Ich hoffe, Salvatore und Liz geht es gut. Nicht, dass ich noch mehr liebe Menschen verliere.

Wie gerne würde ich jetzt essen. Meine Seele schreit nach Tomatenspaghetti und Pralinen. Ich lenke mich im Internet ab. Auf meiner persönlichen Facebook-Seite wollen nun einige mehr über Sonja wissen. Ich schreibe ein paar Dinge, weil es sicher gut ist, das Thema warmzuhalten. Auf der SH-Fanseite hinterlasse ich meine fröhlichen, gut gelaunten Kommentare. Erzähle von meinem ersten Radiointerview und beantworte ein paar Fragen von SH-Mitgliedern:

Ob ich nie gesündigt hätte in den 25 Wochen.

Ob Mangos zu viel Zucker hätten, um als Früchte sorglos gegessen zu werden.

Welche Kleidergröße ich denn jetzt tragen könne.

Später ruft Salvatore kurz an. Er klingt müde und resigniert. Es gebe gar nichts zu berichten. Aber sie hätten auf dem Weg nach Silvi Marina unzählige Flugblätter verteilt und aufgehängt. Die italienische Polizei habe auch nichts zu vermelden gehabt. Wir verabreden uns für Sonntagabend bei mir. Salvatore und Liz bleiben zwei Nächte im Süden.

»Ich bin einfach zu fertig, um morgen gleich wieder loszufahren, und Liz war total schockiert vom Verkehr rund um Milano. Sie weigert sich, hier in Italien noch einmal Auto zu fahren«, erzählt er.

Am Freitag lache ich wieder um mein Leben. Ich besuche die SH-Gruppen in Andermatt und Altdorf, wo noch einmal Lachyoga vorgestellt wird. Ich bin froh, beschäftigt zu sein, und kann bei den Treffen recht gut abschalten. Das ist für mich ja nicht nur ein Job, nein, ich bin ein Teil dieser Gruppen, fühle mich solidarisch mit den Frauen. Die Gespräche sind mir wichtig. Nur sehe ich halt auch die Verzweiflung in manchem Blick und frage mich, ob ich diesen Menschen nicht falsche Hoffnungen mache. Nicht jeder kann es schaffen, davon bin ich überzeugt. Auch in meiner Gruppe waren Frauen jahrelang dabei und viele fast ganz ohne Erfolg. Manch einer Frau möchte man sagen: »Lebe jetzt und genieße es. Vergeude nicht zu viel Lebenszeit mit einem sinnlosen Kampf und dem Zählen von Kalorien. Schlank sein ist nicht das oberste aller Ziele.«

Aber hätte mir das jemand vor ein paar Wochen gesagt, hätte ich auch nicht hingehört. So ist es eben.

In Altdorf kommt als große Überraschung auch noch Chantal Belle vorbei. Sie beobachtet, wie ich mich verhalte und scheint zufrieden zu sein, obwohl ich mich in ihrer Anwesenheit völlig verkrampfe. Beim Lachen macht sie natürlich nicht mit. Das könnte ja Lachfalten verursachen. Da raucht sie lieber vor der Tür und wartet auf mich.

»Sie machen das gut«, sagt sie, und ich starre wieder einmal wie hypnotisiert auf ihre knallroten Lippen, die mich total irritieren. Ich frage mich, wie sie diese noch bewegen kann, wo sie doch so vollgekleistert sind mit roter Pampe.

»Täusche ich mich, oder sehen Sie ein wenig müde aus? Ist alles in Ordnung mit Ihnen?«, fragt die ehemalige Schönheit doch tatsächlich.

Da sie es ja doch erfahren wird, irgendwie und irgendwann, erzähle ich ihr von Sonja. Chantal legt ihre Stirn in Falten, und ich bekomme ein schlechtes Gewissen, dass ich sie mit Problemen belästige und damit ihrer Haut schade.

»Das tut mir sehr leid«, sagt sie mitfühlend und legt ihre manikürte Hand eine winzige Sekunde lang auf meine Schulter. Ja, sie hat eben doch Herz.

»Aber bitte versuchen Sie, Privates und Geschäftliches strikt zu trennen«, holt sie mich gleich wieder auf den Boden der Realität. »Bringen Sie diese Geschichte nicht in Zusammenhang mit SH. Dies ist eine Ermahnung. Denken Sie an Ihren Vertrag!«

Wenn Blicke töten könnten, dann würde sie jetzt auf der Stelle zusammenbrechen und nur noch ein letztes, leises Röcheln oder Winseln von sich geben, um sich dann vom Diesseits ins Jenseits zu verabschieden. Aber das lässt Chantal kalt. Sie verabschiedet sich und erklärt noch, dass ich einen kleinen Bericht über diese erste Woche als Gesicht von SH für die Homepage der Firma schreiben solle.

»Darin werden Sie natürlich ihre Probleme nicht

erwähnen, sondern eine positive Grundstimmung rüberbringen.«

Glücklich.

Positiv.

Freude und Frohsinn bis zum Erbrechen.

»Ich werde Ihnen das Programm für die nächste Woche am Samstag mailen. Es wird aufregend werden!«

Wie kann die nächste Woche noch aufregender werden, als es diese bereits war?

Was müsste da passieren?

Ein Meteoriteneinschlag auf meinem Balkon?

Ein spontaner Blinddarmdurchbruch?

Der Besuch eines Außerirdischen?

Ich glaube, ich werde wieder meine Baumübungen auf dem Balkon machen müssen. Meine innere Ruhe ist in Gefahr, bleibenden Schaden zu nehmen.

Ich verbringe am Samstag viel Zeit am Computer. Schreibe wunderbare Sachen, suche aber nebenbei auch nach Spuren von Sonja. Ihr Verschwinden bedrückt mich sehr. Es ist, als hätte ich zwar 25 Kilo verloren, trüge jetzt dafür aber eine riesige seelische Last mit mir herum. Auch wenn ich sie zwischendurch einmal verdränge oder vergesse, ist sie spürbar.

Aber Ablenkung ist in Sicht. Der Marschbefehl von Chantal Belle ist in meinem E-Mail-Eingang gelandet. Tatsächlich: Sie hat mir nicht zu viel versprochen. Zuerst sehe ich zwar nur, dass ich freie

Tage bekomme. Aber die werde ich mit Sport und Fitness füllen müssen, denn zwei Fernsehauftritte stehen an.

- **Montag:** Besuch einer SH-Gruppe, Emmenbrücke, 9.00. Besuch einer SH-Gruppe, Ebikon, 14.00. (Jeans und Blumen-Bluse)

- **Dienstag:** frei

- **Mittwoch:** Fernsehstudio Zürich, 14.00. Aufzeichnung Talkshow mit Kurt Aschenbacher. (Ausstrahlung 20.00) (Schwarzes Etuikleid, schwarze Schuhe, kein Schmuck)

- **Donnerstag:** frei

- **Freitag:** Fernsehstudio Basel, 14.00. Aufzeichnung Sendung Xundheit zum Thema Übergewicht. (Ausstrahlung Samstag, 18.00) (Sommerkleid mit Blumen, weiße Ohrringe, weiße Sandalen)

- **Samstag/Sonntag:** Frei

»Ich werde Sie bei den Fernsehauftritten begleiten. Regen Sie sich nicht auf. Das sind auch nur Menschen. Konzentrieren Sie sich auf ihr Gegenüber. Alle anderen sind unwichtig«, erklärt sie im Begleitschreiben.

Wie haben die SH-Bosse es bloß geschafft, mich in zwei Fernsehsendungen zu bekommen?

Die Fernsehleute werden sich kaum um mich gerissen haben.

»Bitte studieren Sie noch den Anhang: Unser Projekt in Kenia. Es ist ein MUSS, dieses in beiden Fernsehsendungen zu erwähnen.«

Meine Kenia-Reise! Fast hätte ich sie vergessen. Wir werden ein Frauendorf in Samburu besuchen, es heißt »Umoja«, was übersetzt »Einheit« heißt. Hier leben misshandelte, zwangsverheiratete, vor Genitalverstümmelung geflüchtete Frauen gemeinsam, ohne Männer. Sie betreiben Viehzucht und verkaufen ihren Glasperlenschmuck an Touristen, die auf dem Weg zum Samburu-Nationalpark bei ihnen Halt machen. Ich staune. Ein wirklich gutes Projekt, wie es scheint. Wir werden dort säckeweise Lebensmittel hinbringen. Was sie aber wohl noch dringender bräuchten, wäre Regen. Die Dürre soll ihnen sehr zu schaffen machen.

Ich freue mich auf diese Reise. Endlich mal etwas, bei dem ich mich wirklich mit ganzem Herzen positiv einbringen kann.

Am Sonntagabend kommen Liz, Salvatore und Jenny. Wir sitzen wieder einmal um den Küchentisch herum. Es gibt Kaffee und Wasser.

»Früher gab es hier zum Kaffee immer Pralinen«, versucht sich Jenny im Plaudern. Sie erzählt Salvatore von meinen Pralinen-Experimenten. »Jedes

Mal hat sie etwas Neues ausprobiert. Sie hat sogar vor Leberwurst-Pralinen nicht zurückgeschreckt.«

Salvatore schaut mich entsetzt an.

»Am liebsten mochte ich ihre Lebkuchen-Pralinen«, sagt nun Liz.

»Keine Pralinen mehr. Dafür ist sie jetzt schlank«, meint Jenny abschließend.

Wir drücken uns ein wenig vor dem Thema, das uns zusammengeführt hat. Es gibt einfach so gar nichts Neues, und das wiederum ist furchtbar.

Schließlich fordert Liz Salvatore auf: »Erzähl ihnen, was du mir erzählt hast!«

Er wisse nämlich, warum Sonja damals den Kontakt zu ihren Eltern abgebrochen habe.

»Sonjas Vater hat sie sexuell missbraucht. Er hat sie vergewaltigt, gequält und unter Druck gesetzt. Als Sonja es endlich ihrer Mutter erzählt hat und sogar zur Polizei gehen wollte, hat diese sie zu den Großeltern gebracht. Sonja hat den Kontakt zu ihren Eltern total abgebrochen und dafür geschwiegen.«

Jenny und ich schauen uns fassungslos an.

Mir kommen die Worte des Polizisten in den Sinn. Wie hatte das Hubert so schön formuliert? Wir denken immer, unsere Freunde gut zu kennen. Aber was wissen wir wirklich über sie?

Salvatore kannte Sonja erst ein paar Tage, und sie hat ihm mehr anvertraut als uns. Von ihrem Hotelier-Freund habe ich auch erst vor Kurzem erfahren.

»Was sind wir nur für Freundinnen? Wir fühlen uns einander nahe, und wir erzählen uns nichts, vertrauen uns nichts an«, sage ich und vergrabe meinen Kopf in meinen Händen. Ich bin erschüttert. »Wir sind ja wie Männer.«

»Hat sie nie das Bedürfnis gehabt, mit uns darüber zu reden? Es muss sie doch ständig beschäftigt haben. So was steckt man sicher nicht einfach weg«, fragt sich Jenny, auch total aufgewühlt. »Haben wir nicht richtig hingehört? Dachte sie, sie könne uns nicht vertrauen? Konnte sie einfach nicht darüber reden?«

Salvatore weiß sogar, dass Sonja eine Therapie gemacht hat.

»Das Ganze hat nichts mit ihrem Verschwinden zu tun«, betont er. »Es ging ihr gut.«

Ja, das glaube ich schon. Aber bisher dachte ich, Sonja zu kennen. Ich glaubte zu wissen, was Sonja tun würde und was nicht. Jetzt bin ich völlig verunsichert.

»Du redest ja auch nicht über deine Probleme«, sage ich frech zu Liz.

»In unserer Ehe kriselt es. Das kommt überall vor«, winkt diese ab. »Kein Grund, viele Worte darüber zu verlieren.«

»Es könnte dir aber guttun, darüber zu reden. Wir könnten dir vielleicht helfen, mit Rat und Tat?«, erwidere ich.

Liz atmet tief durch und sagt:

»Leo wollte immer, dass ich daheim bleibe, schön

Hausfrau und Mutti spiele. Und jetzt geht er fremd mit einer Karriere-Tussi aus seiner Bank. Die ist halt aufregender als eine Frau, die kaputte Fingernägel von der Gartenarbeit hat und nach dem Abendessen oft einschläft, weil sie so fix und fertig ist.«

»Das tut mir leid«, sagen Jenny und ich wie aus einem Munde.

»Irgendwann, wenn ich genug Wut gesammelt habe, schmeiße ich ihn raus. Aber ich habe halt nicht das Gefühl, dass es mir hilft, darüber zu reden. Ich will das Ende ja selber noch nicht wirklich akzeptieren.«

»Wenn du Hilfe brauchst, bitte rede mit uns«, bitte ich sie.

Sogar Salvatore bietet seine Hilfe an, falls sie irgendwann einen Mann im Hause brauche.

Plötzlich ergreift Jenny das Wort.

»Ich habe auch immer geschwiegen. Ich bin lesbisch und habe schon seit zwei Jahren eine feste Beziehung. Meine Freundin ist im Gemeinderat und im Erziehungsrat und Lehrerin von Beruf. Darum halten wir unsere Beziehung geheim. Ein Outing würde ihr bestimmt schaden. Ich hätte schon oft gerne mit euch geredet, aber ich wollte euch nicht unser Geheimnis aufbürden. Es ist für uns schon schwer genug.«

Ich bin sprachlos, schockiert, überwältigt.

Sind wir überhaupt Freundinnen? Freundinnen würden doch über alles miteinander reden, reden können, reden wollen.

Oder nicht?

Ich stehe auf und umarme Jenny. Liz kommt dazu. Auch Salvatore schließt sich an, und nach einer Weile lachen wir über uns selbst.

Ich hole eine Flasche Wein aus dem Schrank und die schönen Gläser, die mir Peter überlassen hat. Wir stoßen an und versprechen uns, mehr zu reden, offener zu sein, uns wieder näherzukommen. Gerade jetzt brauchen wir einander sehr.

Schließlich heitert sich die Stimmung kurzfristig etwas auf, als ich von meinen Fernsehauftritten erzähle. Das finden alle enorm spannend.

»Kurt Aschenbacher, den hätte ich gerne einmal kennengelernt«, schwärmt Liz. »So ein charmanter Mann.«

»Er ist schwul«, sagen Jenny und ich wie aus einem Munde.

»Das ist mir doch egal«, lacht Liz. »Sicher sind noch andere interessante Gäste da, Promis und so.«

»Das wäre doch eine gute Gelegenheit, Sonjas Foto mal ins Fernsehen zu bringen«, meint Salvatore plötzlich.

Alle schauen mich an.

»Das kann sie nicht machen«, sagt Jenny energisch. »Die SH-Leute bringen sie sonst um, und ich möchte nicht noch eine Freundin verlieren.«

»Ich habe einen Vertrag. Und ich wurde gewarnt: keine Vermisstensuche im Zusammenhang mit SH. Aber mal sehen.«

Ich kann das unmöglich machen. Aber ein ganz

klein wenig spiele ich doch mit dem Gedanken. Es wäre eine großartige Chance. So eine wird es nicht noch einmal geben.

»Ich werde auf jeden Fall ein Foto einstecken. Ich habe eh immer welche dabei.«

Haben wir alle, wie wir feststellen.

Salvatore geht auf den Balkon und raucht. Er habe erst gerade wieder damit angefangen. Das sei der emotionale Stress. Ich kann ihn verstehen. Ich würde auch gerne wieder mit Fressorgien anfangen. Wir Frauen reden noch über dies und das. Liz erzählt, dass ihre Tochter Tamara jetzt Geige lernt.

»Leo macht es rasend, wenn er heimkommt, überarbeitet und schlecht gelaunt, und Tamara dann voller Ausdauer ganz hässlich klingende Bogenübungen macht.«

Dabei lacht sie so schadenfroh, als würde sie ihre Tochter immer wacker zum Üben aufmuntern.

Toni, ihr Sohn, brauche jeden Monat neue Turnschuhe. Er sei ständig in Bewegung, in allen Sportvereinen gleichzeitig.

»Ich sollte die Kinder vielleicht doch gegen Schweinegrippe impfen lassen.«

Jenny und ich verdrehen die Augen, schweigen aber. Der Impfstoff wurde so arg schnell zugelassen. Er scheint mir weitaus gefährlicher zu sein als die eher harmlose Schweinegrippe.

Für mich gab es heute nur Salat zum Abendbrot. Der Wein steigt mir unglaublich rasch zu Kopf, und irgendwann fallen mir fast die Augen zu. Chantal hatte mir eingeschärft, ich müsse vor einem Fernsehauftritt auf jedes Gramm achten.

»Man sieht im Fernsehen dicker aus, als man ist«, warnte sie mich.

Um Mitternacht schmeiße ich meine Freunde raus. Ich kann nicht mehr. Sie nehmen es gelassen, denn sie müssen ja auch alle am Montag arbeiten.

Wir umarmen uns mehrmals und versprechen uns noch dies und das. Kurz darauf liege ich im Bett und schlafe tief und fest.

Am Montag besuche ich also wieder zwei SH-Gruppen. Diesmal machen wir Meditationsübungen. Wir programmieren unser Unterbewusstsein und stellen uns vor, wie wir schlank und rank im Bikini am Meer liegen und uns auf einem Liegestuhl in der Sonne räkeln. Das fällt mir im Moment leicht.

Am Dienstag treibe ich Sport bis zum Umfallen. Ich habe wirklich Angst, ich könnte irrtümlich zugenommen haben.

Und man stelle sich vor: Hundert Gramm würden dann im Fernsehen vielleicht aussehen wie zweihundert Gramm!

Nicht auszudenken! Der Supergau!

Ich fürchte mich ein wenig vor den Fernsehauftritten. Sie sind eine Nummer zu groß für mich.

Am Mittwoch fahre ich nach Zürich, das Kleid in einer Kleidertasche, die ich möglichst hoch halte, damit nichts knittert. Ich trage Jeans und Turnschuhe, was mir missbilligende Blicke von Chantal einbringt, als sie mich am Bahnhof abholt.

»Sie haben ja einen Pickel«, sagt sie schockiert und zeigt mit ihrem Zeigefinger auf meine Nase. Stimmt. Da war was. Heute Morgen sah ich im Spiegel eine kleine Unreinheit. Trotzdem habe ich nicht gleich bei der Telefonseelsorge angerufen. Ich habe einfach weggeschaut. Sehr unprofessionell. Ich bin einfach kein Model und werde nie eines sein. Mein Äußeres hat zu wenig Bedeutung für mich.

Chantal beruhigt sich wieder. Was bleibt ihr anderes übrig.

Das Fernsehstudio ist mehr eine Fernsehstadt. Zahlreiche Gebäude reihen sich aneinander. Wir passieren eine Schranke mit Gesichtskontrolle. Chantal fährt den Sicherheitsbeamten unwirsch an. Dieser kontrolliert zuerst unbeeindruckt unsere Eintrittsberechtigung und erlaubt sich sogar einen kurzen Anruf. Dann erst öffnet er langsam die Schranke. Wir betreten eine für mich völlig neue Welt.

Chantal Belle beweist hier wieder ihre Professionalität. Sie scheint sich auszukennen, lotst mich gekonnt durch das uns zugewiesene Gebäude und bringt mich in die Maske. Dort müssen wir noch etwas warten. Keine Zeit verrinnt ungenutzt. Chantal macht mit mir ein Sitztraining. Mein Kleid ist doch eher kurz, und sie hat recht: Ich weiß nicht, wie ich mich hinsetzen soll, damit meine Beine gut aussehen, und ich nicht zu viel Haut preisgebe.

Chantal übt mit mir und beweist Geduld und Können. Ich bin ihr dankbar.

Vor der Maskenbildnerin kommt dann tatsächlich der große Kurt Aschenbacher vorbei. Er ist charmant und witzig, macht ein paar Scherze, stellt ein paar Fragen.

»Ich sehe schon, Sie schaffen das mit links. Sie sind locker drauf«, meint er und verschwindet.

Das war das ganze Vorgespräch? Die ganze Vorbereitung?

Ich bin froh, Chantal an meiner Seite zu haben. Das gebe ich zwar ungern zu, aber es ist so. Sie hilft mir beim Umziehen, kämmt sogar meine Haare höchstpersönlich und sprüht Lack drauf, als gäbe es kein Morgen.

Die Visagistin kümmert sich anschließend um mein Gesicht, inklusive Pickel. Ich erkläre ihr, dass ich keinesfalls zu stark geschminkt werden möchte. Chantal mischt sich ein und sagt, ich hätte doch überhaupt keine Ahnung, wie das dann im Fernsehen wirken würde.

»Sie werden wie ein Fleischkäse aussehen, wenn Sie zu wenig Make-up haben, wie eine Wasserleiche, wie eine Made«, warnt sie mich.

Die Visagistin zwinkert mir zu und sagt leise, dass sie mich schon verstehe, und dass ich ihr vertrauen könne.

»Sie brauchen wirklich mehr Make-up, als Sie denken. Aber Sie werden trotzdem ganz natürlich rüberkommen.«

Ja, ja. Und glücklich und positiv.

Sobald ich fertig bin, ist es auch schon Zeit in den letzten Raum zu gehen, wo sich nur noch die geladenen Gäste aufhalten. Chantal wird nett, aber bestimmt verabschiedet. Sie kann die Sendung aus dem Publikumsraum mitverfolgen. Ich würde verdammt gerne mit ihr tauschen.

Ich betrete den Vorraum zum Senderaum und schaue mich neugierig um. Wo sind nun all die Promis, die mir meine Freundinnen versprochen haben? Gut, Elvis ist schon tot. Michael Jackson auch. Aber sonst einer, den man kennt? Brad Pitt zum Beispiel? Im Moment ist überhaupt noch gar keiner da.

Aschenbacher ist bekannt dafür, dass er in seiner Talkshow immer alle Sorten Menschen zusammenwürfelt. Sie kommen dann einzeln rein und sitzen auf einem hypermodernen Gartenstuhl, in einer ansonsten kahlen Kulisse, wo über Gott und die Welt geredet wird. Ich fand die Sendung immer gut.

Wer ist also heute eingeladen?

Ein Prominenter ist doch immer dabei.

Dann kommt er rein, der Promi. Und ich muss tief durchatmen und von 100 rückwärts zählen, um mich etwas zu beruhigen. Nein, es ist nicht Mundartrocker Polo Hofer, nicht der Kabarettist Emil Steinberger, nicht irgendein cooler Rapper wie Bligg. Es ist der Optimismus-Guru, der Mann mit der Perlenkette, der Holzbein-Prediger!

Er kommt auf mich zu und bleibt dann stehen.

»Sie schauen mich an, als wäre ich ein Gespenst. Ich bin's nur, Sven Safirelli.«

Er streckt mir seine Hand entgegen, und ich drücke sie, kann aber gerade einen Moment lang meinen Mund nicht bewegen.

»Ich spüre ganz eigenartige Schwingungen. Kennen wir uns? Habe ich Ihnen etwas getan?«

Ich muss mich selber innerlich kräftig durchschütteln. Er hat mir schließlich tatsächlich gar nichts getan.

»Nein, nein. Ich war nur so überrascht«, stammle ich. »Sie haben an meinem Geburtstag im Fernsehen gesprochen. Über eine positive Einstellung zum Leben und so.«

»Das hat Ihnen nicht gefallen?«

»Nein, irgendwie nicht. Vor allem das mit dem Holzbein, das fand ich ein wenig zu viel des Guten.«

Er lacht und lässt seine geweißten Zähne blitzen.

»Ja, das mit dem Holzbein hatte ich einem Kabarettisten abgeschaut. Ich habe auf diesen Spruch sehr viele negative Reaktionen bekommen. Das tut mir leid. Ich habe Ihnen doch nicht den Geburtstag verdorben mit meiner Ansprache? Dann müsste ich Ihnen allerdings sagen, dass es Gründe für Ihre heftige Reaktion auf meine Worte geben muss. Sehr oft ist es genau das, was Sie sich eigentlich anhören müssten, aber eben nicht wollen.«

Ja, ja, mag sein.

»Es gibt halt Situationen, in denen Sprüche und

Aufmunterung nicht weiterhelfen. Ich denke, dann wirken Ihre Ansprachen peinlich.«

»Zum Beispiel?«

Ich zeige ihm das Foto von Sonja und erzähle ihm, dass sie einfach verschwunden sei, und dass mir da positives Denken gar nicht weiterhelfe, außer vielleicht, um mich kurzfristig ein wenig zu beruhigen.

»Oh. Und jetzt wollen Sie das Bild heute in der Sendung zeigen?«

»Wollen schon. Aber ich verliere meinen Job, wenn ich das tue. Und ich bekomme riesigen Ärger.«

Sven Safirelli greift nach dem Foto.

»Ach, geben Sie's schon her. Ich bin Ihnen noch ein Geburtstagsgeschenk schuldig. Ich zeig's in die Kamera. Kein Problem. Kurt ist ein Freund von mir. Keine Sorge, ich erwähne Sie mit keinem Wort. Ich behaupte einfach, Sonja wäre eine Freundin von mir.«

Ich bin platt. Sven Safirelli freut sich wie ein Kind über seinen Schachzug. Er fragt mich noch nach ein paar Details. Aufschreiben muss er sich scheinbar nichts. Ich bin verblüfft.

Jetzt kommen die anderen Gäste, und Sven geht einfach davon und trinkt ein Glas Wasser, als wär nichts gewesen.

Eine Putzfrau vom Zoo Zürich, die schon mit diversen Tieren kämpfen musste, ist hier. Ein junger Mann, der Aids hat und gerade ein Buch darüber geschrieben hat, steht auch schon nervös herum. Anfangen wird eine junge Schauspielerin, die bald im Schweizer Fernsehen in einer neuen Herzschmerz-Serie groß rauskommen wird.

Ich bin plötzlich ganz ruhig. Die Perlenkette von Sven Safirelli leuchtet von Weitem. Er zwinkert mir zu. Wir sind Verbündete. Und er strahlt eine große Ruhe aus. Wahrscheinlich, weil er wirklich an seinen positiven Quatsch glaubt und somit weiß, dass alles gutgehen wird, was immer er auch tut. Schön für ihn.

Die Sendung läuft rund. Ich bin der zweite Gast. Ich versuche, locker auf dem hypermodernen Stuhl zu sitzen, ganz wie mir das Chantal gezeigt hat. Haltung!

Ich versuche, meine riesige Freude über meine Traumfigur in Worte zu fassen, betone, wie wichtig solche SH-Gruppen sind. Außerdem erzähle ich, wie ich mich auf Kenia freue, wo wir ein Frauenprojekt unterstützen werden. Frauen für Frauen – Diät gegen Hunger. Frauen, die freiwillig hungern, für Frauen, die es unfreiwillig müssen. Es läuft super. Kurt Aschenbacher macht es mir leicht. Er spürt sofort, wenn ich nicht mehr weiter weiß. Er stellt die richtigen Fragen im richtigen Moment. Ich könnte ihn küssen.

Als letzter Gast kommt Sven Safirelli. Er macht Werbung für seine Seminare und erzählt von einer neuen Fernsehsendung, die er bald bekommt. Darin wird er Menschen beraten, die Probleme haben.

»Im Moment hat vielleicht sogar eine liebe Freundin von mir Probleme. Sie ist einfach verschwunden. Am Dienstag vor einer Woche wollte sie nach Italien fahren, um in Silvi Marina eine Stelle anzutreten, und ist da aber nie angekommen.«

Sven Safirelli hält frech das Foto in die Kamera.

»Wenn jemand etwas weiß, soll er sich doch bei mir melden. Ich mache mir Sorgen. Oder Sonja, wenn du das siehst: Bitte melde dich!«

Kurt Aschenbacher ist ein wenig aus dem Konzept geraten. Aber er fängt sich sofort wieder und unterstützt das Unternehmen.

»Sie können sich gerne auch bei uns melden. Wir leiten Ihre Informationen weiter.«

Ich sitze hinter den Kulissen und bin total aus dem Häuschen. Perfekt! Besser könnte es gar nicht laufen. Und ich habe nichts damit zu tun. Ich habe meine SH-Aufgabe voll erfüllt.

Als Sven Safirelli aus dem Aufnahmeraum zurückkommt, umarme ich ihn und danke ihm herzlich.

»Ich behalte das Bild, wenn ich darf. Ich kann manchmal Kontakte herstellen, die nicht erklärbar sind, habe manchmal Eingebungen. Lassen Sie es mich einfach versuchen.«

Der schon wieder! Aber bitte: Soll er es versuchen.

Zum Abschied sagt er: »Denken Sie immer an das Holzbein! Es hat bestimmt eine Bedeutung für Sie!«

Lacht, und weg ist er.

Die Sendung ist vorbei. Ich ziehe mich um, schminke mich ab. Chantal Belle holt mich ab und fährt mich zum Bahnhof. Sie ist total zufrieden, was beinahe einem Ritterschlag gleichkommt.

»Über das Foto wollen wir lieber nicht reden. Keine Ahnung, wie das gelaufen ist. Ich will es gar nicht wissen. Sie waren gut. Danke.«

Ich danke ihr auch, denn sie hat mir sehr geholfen, mich gut betreut und unterstützt. So etwas kann sie, keine Frage. Sie ist eben ein Profi.

Ich schaffe es gerade noch nach Hause vor den Fernseher, um die Ausstrahlung der Aschenbacher-Sendung zu sehen. Sogar Mikesch schaut in den Fernsehkasten hinein und wundert sich.

Ja, was mache ich bloß da drin?

Es wundert mich selber.

Ich kann mir fast nicht zuschauen. Meine Aufregung steht mir ins Gesicht geschrieben. Aber ich sehe schlank aus, sitze gut, habe Haltung. Ich strahle, lächle, und ich glaube fast, morgen wird sich die halbe Schweiz bei SH anmelden, um auch so schlank und rank zu werden, wie ich es tatsächlich jetzt bin, und um damit auch so glücklich zu werden, wie ich es scheinbar bin.

Nach der Sendung steht mein Telefon nicht mehr still. Es rufen Leute an, die sich schon jahrelang nicht mehr gemeldet haben. Einige wollen einfach nur Hallo sagen und mir gratulieren. Andere kennen

Sonja und sprechen mir ihr Mitgefühl aus, können sich vorstellen, wie schlimm es sein muss, wenn ein Mensch einfach verschwindet.

Bald wird mir das Telefonieren zu viel, aber ich nehme weiterhin jeden Anruf entgegen. Es könnte ja ein Hinweis auf Sonjas Aufenthalt dabei sein. Aber diese Hoffnung wird nicht bestätigt. Als es dann auch noch an der Tür klingelt, wundere ich mich schon langsam darüber, was so ein Fernsehauftritt alles auslösen kann.

Oder ist das nur der Karate-Nachbar, der sich über die vielen Anrufe beschweren will?

Zu spät.

Ich habe nicht durch den Spion geschaut, sondern einfach die Tür aufgemacht.

Und wer steht da?

Ein Mann mit Gitarre.

Peter.

Meine Gefühle schlagen Purzelbäume. Ich würde ihn gerne umarmen und küssen, und gleichzeitig gerate ich in Versuchung, ihn umgehend rückwärts die Treppe hinunterzustoßen und die Tür wieder zu schließen, als wäre nichts gewesen.

»Pepe! Du siehst gut aus!«

Pepe.

Er ist der Einzige, der mich so nennt. Es ist sein Kosename für mich, seine Abkürzung von Pralinen-Prinzessin. Dazu muss man wissen, wie wir uns kennengelernt haben: Ich nahm an einem Pralinen-Wettbewerb in unserem Dorf teil. Er saß in der Jury, weil sein Musikverein das Fest damals organisiert hatte. Und ich gewann mit meiner Leberwurst-Praline damals den ersten Preis. Und sein Herz.

Er umarmt mich kurz, aber herzlich.

»Darf ich reinkommen, Pepe?«

Ich kann ihn nicht da stehen lassen. Wir waren zu lange ein Paar und sind uns immer noch so vertraut.

Wir setzen uns in die Küche. Ich mache Peter einen Kaffee. Er schaut sich neugierig um.

»Schön hast du es hier. Machst du manchmal noch Pralinen?«

»Nein. Diese Zeiten sind vorbei.«

Besser die Fronten sind gleich geklärt. Die gemeinsamen Stunden in der Küche, als er mir schmachtende Liebeslieder vorgesungen hat und ich Pralinen kreierte, gehören der Vergangenheit an.

»Dafür siehst du jetzt super aus, Pepe. Kompliment. Als ich dich heute im Fernsehen gesehen habe, war ich platt.«

Aber er habe eben auch das Foto von Sonja gesehen und sich gedacht, ich möchte vielleicht mit jemandem reden.

Er ist schon süß, mein Peter. Ich mag seine blonden Locken, in denen ich immer gerne gewühlt habe. Und er hat einen Blick, der immer mein Herz erreicht hat.

Ich muss mir gewaltsam in Erinnerung rufen, wie sehr er mich enttäuscht hat. Er hatte kein Verständnis für meine Diät. Ihm fehlten einfach die nächtlichen Spaghetti-Orgien, die Pralinen, die endlosen Feste und Feiern, die ich eine Weile ausfallen lassen musste. Er war nicht bereit, mir etwas Zeit zu geben, Zeit für mich, Zeit dafür, meinen Körper wieder in Ordnung zu bringen, in Form, in Figur. Es ging doch nur um 25 Wochen! Andererseits hat er ständig schönen, schlanken Frauen hinterhergeschaut, hat mich mit meinen Pfunden oft aufgezogen, mich sogar im Streit damit beleidigt. Er meinte dann, ich solle meinen Frust über mein Übergewicht nicht an ihm auslassen. Oder ich solle doch mal wieder ordentlich essen, weil ich sonst so unausstehlich sei.

Unsere Beziehung ging leise, aber erschreckend schnell in die Brüche, ohne große Dramen, aber mit einem immer größer werdenden Schweigen, einer Leere, einem Abgrund zwischen uns. Jeder dachte wohl, der andere habe sich verändert, und vielleicht hatten wir beide recht.

Ich erzähle Peter von Sonja, ich erzähle ihm von meinem neuen Job bei SH und wie ich meinen alten verloren habe. Ich zeige ihm die Homepage von SH mit den Vorher-Nachher-Fotos und die SH-Facebook-Seite mit den vielen Einträgen. Es wird eine lange Nacht. Dazwischen gehe ich ans Telefon, wenn es klingelt. Peter packt die Gitarre aus. Er kann nicht anders. Während ich die Küche aufräume, spielt er ein paar leise Lieder. Es könnte so schön sein, aber ich will nicht die gleichen Fehler immer wieder machen, den gleichen Schmerz noch einmal fühlen. Da bin ich wirklich vorsichtig. Um ein Uhr morgens möchte ich schlafen gehen, aber ohne Peter. Er macht sich allerdings Hoffnungen und kommt mir immer näher.

»Du willst doch jetzt auch nicht alleine sein. Lass mich bei dir schlafen, Pepe.«

Es wäre so leicht, schwach zu werden.

»Du hast mir so gefehlt, Pepe. Wir waren ein so gutes Paar. Wir könnten es wieder versuchen, ganz neu anfangen.«

Ich mag es, wenn seine Stimme so schmeichelt, wenn seine Augen so funkeln. Es tut gut, sich in seine Arme zu schmiegen, seine Wärme zu spüren. Eine Dosis Geborgenheit könnte mir doch nur guttun? Der Geruch seines Körpers weckt Erinnerungen. Alles ist so vertraut.

Könnte ich nicht einfach den Moment genießen? Da ist ein Mann, der möchte die Nacht mit mir verbringen. Und ich könnte ein paar Streicheleinheiten dringend gebrauchen.

»Komm, Pepe, lass mich deinen neuen Körper anschauen. Ich will deine Rippen zählen.«

Ups.

Falsche Worte zum falschen Zeitpunkt.

Sein Pech.

Gerade schaltet sich schlagartig mein Gehirn wieder ein.

Wenn es nur um Fleischbeschau geht: Kommt nicht infrage! Wenn es wichtig ist, wie ich jetzt aussehe, dann habe ich ab sofort keine Lust mehr. Was haben wir uns wegen meiner Diät gegenseitig genervt. Er sollte nicht ausgerechnet jetzt mit meinem Aussehen anfangen, weder im Spaß, noch im Ernst.

Ich komplimentiere Peter nett, aber bestimmt aus meiner Wohnung hinaus. Er ist so schnell draußen, dass er noch mal klingeln muss, worauf ich ihm schon seine Gitarre entgegenstrecke.

»Spaßbremse«, schimpft er vor sich hin.

Statt Pepe könnte er mich also in Zukunft Esbe nennen. Spaßbremse!

Nein, es hat keinen Sinn. Unsere Beziehung ist nicht mehr zu retten. Also besser gleich konsequent sein. Beinahe hätte ich es nicht geschafft.

Ich gehe noch kurz ins Internet. Viele E-Mails sind gekommen, und bei Facebook gibt es viele neue Einträge. Fremde Frauen bewundern und beneiden mich. Dabei bin ich im Moment einfach traurig und fühle mich allein und verlassen. Ich mache einen SH-freundlichen Eintrag:

Tina Amgwerd *hat beim Fernsehen interessante Menschen kennengelernt. Plötzlich ist mein Leben spannend.*

Ich werde morgen auch einen netten Bericht für die Homepage von SH verfassen. Auf der Facebook-Fanseite gibt es bereits einen Link zur Fernsehsendung. Ich könnte sie also wieder und wieder ansehen. Aber das ist nicht nötig. Lieber gehe ich jetzt schlafen. Ich springe noch kurz auf dem Trampolin, einfach um meinen Körper ein wenig zu spüren, und schleiche dann ins Bett.

Nicht einmal Mikesch ist da.

Niemand.

Aber ich bin schlank und schön.

Am Morgen schlafe ich noch, als mich ein stürmisches Klingeln und Klopfen an der Wohnungstür aus meinen Träumen holt.

Ist was mit Sonja? Ist sie wieder da?

Oder Peter?

Egal. Ich muss aufmachen.

Es ist die Polizei.

Polizei am Morgen bringt Kummer und Sorgen?

Hubert hat einen Kollegen in Uniform dabei, und er sieht heute sehr offiziell aus, sehr förmlich. Ich spüre sofort, dass etwas passiert ist. Und ich versuche, mich auf das Schlimmste vorzubereiten.

Ich lasse die beiden in der Küche Platz nehmen und ziehe mir schnell etwas anderes an. Mein knallbunter Pyjama harmoniert irgendwie nicht mit der Polizeiuniform.

»Wir haben heute die Fahndung nach Sonja eingeleitet.«

Schön. Nur ein Fernsehauftritt und endlich bewegt sich die Polizei? Allerdings: Fahndung?

»Warum denn eine Fahndung? Das klingt ja, als wäre sie auf der Flucht?«

Hubert räuspert sich. Es fällt ihm schwer, mir zu erzählen, was geschehen ist.

»Hans Hüsch, der Luzerner Hotelier, bei dem Sonja gearbeitet hat und mit dem sie ja ein Verhältnis hatte, hat Sonja angezeigt. Es sieht so aus, als hätte sie von der Türkei aus sein Geschäftskonto leer geräumt. Es geht dabei um 500 000 Franken.«

Sonja in der Türkei?

Sonja hat ein Geschäftskonto leer geräumt?

Es kommt mir vor, als müsste ich gleich aufwachen und könnte dann über einen dummen Traum lachen. Aber die beiden Polizisten sitzen mir gegenüber und sind sehr, sehr ernst.

Ich werde nun befragt, und man will alles noch genauer wissen, als ich es ohnehin schon erzählt hatte. Das Gespräch wird aufgezeichnet. Eigentlich freue ich mich ja, dass man nun alles wirklich hören will, dass man mich endlich ernst nimmt.

Aber wenn es wirklich so ist?

Wenn sich Sonja irgendwo ein neues Leben aufbaut, mit geklautem Geld von ihrem Ex-Lover? Sollte ich da nicht besser gar nichts mehr sagen?

Und doch: Das kann doch einfach nicht sein! Das würde sie niemals tun!

Sie muss doch wissen, wie sehr wir uns sorgen. Selbst wenn sie sich an ihrem Ex-Freund rächen möchte, und selbst wenn sie ein neues Leben anfangen wollte: Sie würde mir doch ein Zeichen geben.

Oder nicht?

Was hat Hubert gesagt? Wir würden immer denken, unsere Freunde zu kennen, wüssten aber oft nur wenig von ihnen.

Hubert bittet mich noch, ihm die Namen meiner Freundinnen und den von Salvatore zu geben. Die würden heute auch noch befragt.

Ich bin schockiert, betroffen.

Jetzt bin ich nicht mehr nur traurig, sondern auch ein wenig wütend.

Ich brauche Sport.

Draußen regnet es in Strömen. Ich setze mich auf den Hometrainer, stelle ein anspruchsvolles Berg- und Talprogramm ein und lasse über die Stereoanlage eine Schweizer Rockband donnern. Ich strample los. Der Schweiß beginnt bald zu tropfen, aber ich fühle mich noch immer traurig und wütend. Ich strample weiter, bis sich meine Tränen mit den Schweißtropfen vermischen und Mikesch auf dem Balkon ganz schrecklich miaut und eingelassen werden will. Ich füttere den durchnässten Kater, dann krieche ich ins Bett. Mikesch klettert ausnahmsweise neben mich, und so schlafen wir, bis das Telefon wieder klingelt. Jenny, Liz und Salvatore rufen mich natürlich an, nachdem sie von der Polizei befragt worden sind. Und sie sind aufgebracht, wie ich.

»Leo hat getobt. Es hat ihm schon nicht gepasst, dass ich nach Italien gefahren bin. Und jetzt meint er, ich sei in eine ganz gefährliche Sache verwickelt«, erzählt Liz.

Sind wir das am Ende tatsächlich?

Auch Jenny kann sich kaum mehr beruhigen und meint: »Was, wenn die alle recht haben, und Sonja ist abgehauen, räumt diesem Hotelier das Konto leer und lässt es sich irgendwo gut gehen? Wäre das nicht ein Hammer? Wenn ich daran denke, kriege ich so eine Wut! Sie muss doch wissen, dass wir uns große Sorgen machen.«

Salvatore hat ein anderes Problem. »Die verdächtigen mich, ich hätte etwas mit der ganzen Sache zu tun. Die denken, ich werde ihr bald hinterherreisen oder so. Womöglich werde ich sogar überwacht.«

Er ist beleidigt, verletzt, sauer.

»Wenn ich mich so in Sonja getäuscht haben sollte, dann würde mich das sehr erschüttern.«

Da geht es ihm wie uns allen auch. Willkommen im Club!

Am Mittag ruft sogar Sven Safirelli an, der Optimist mit der Perlenkette. Er möchte wissen, ob ich schon etwas gehört habe, und sagt dann: »Bei mir hat sich auch niemand gemeldet. Das finde ich sehr außergewöhnlich, bei den hohen Einschaltquoten der Talkshow. Aber die Polizei kam bei mir vorbei, und es war schwierig, glaubhaft zu machen, dass ich Sonja gar nicht kenne.«

Aber er lacht, als er das erzählt. Es hat ihn wohl nicht allzu sehr belastet. Er könne auch geistig keine Verbindung zu ihr herstellen, und er habe den Verdacht, dass sie das auch gar nicht wolle. Er wünsche mir alles Gute.

Ich habe Hunger. Es ist wohl nur die Seele, die nach Pizza, Pasta und Pralinen schreit. Ich weiß das, nur hilft es mir nicht weiter. Lustlos stochere ich in einem gemischten Salat herum.

Den Nachmittag verbringe ich am Computer. Ich finde im Internet unter anderem eine Seite, auf der vermisste Menschen vorgestellt werden. Es gibt Leute, die verschwinden einfach, und die Angehörigen suchen jahrelang nach einer noch so winzigen Spur. Schlimm.

Ich schreibe einen Bericht über meinen ersten Fernsehauftritt. Ich beantworte E-Mails und Facebook-Einträge.

Am Abend wird vor den Nachrichten eine Suchmeldung nach Sonja im Fernsehen ausgestrahlt. Immerhin redet keiner von Fahndung und von kriminellen Kontotransaktionen. Trotzdem sehe ich mir den Zeugenaufruf mit gemischten Gefühlen an.

Am Freitagmorgen fahre ich nach Basel. Schon wieder ein Fernsehauftritt. Chantal begleitet mich. Das beruhigt mich mehr, als ich zugeben möchte.

»Heute geht es vor allem um Gesundheit. Es ist wichtig, dass Sie betonen, wie sehr wir gegen das Hungern sind. Ernährungsumstellung ist das Schlüsselwort. Und die Wichtigkeit der Gruppen, die müssen Sie auch betonen. Es werden Leute vorgestellt, die mit verschiedenen Diäten Erfolg hatten. Unsere soll am besten abschneiden. Das liegt alles in Ihrer Hand«, erklärt sie mir auf dem Weg zum Fernsehstudio.

Okay. Jetzt bin ich natürlich total locker und entspannt …

Die Sendung Xundheit zum Thema Diäten dauert eine Stunde. Diesmal sitze ich eine Stunde lang im Studio, ständig in Anspannung. Dabei komme ich nur kurz zu Wort. Der Moderator stellt SH selber vor. Ich strahle dann in die Kamera, glücklich und stolz, und darf gerade mal drei, vier Sätze sagen. Dafür werden wieder diese hässlichen Fotos von früher gezeigt, auf denen ich so aufgeblasen und aufgedunsen aussehe.

Chantal Belle ist zufrieden mit mir.

»Sie haben das Beste daraus gemacht«, meint sie anschließend. »Ich danke Ihnen.«

Die Sendung wird schon um 18 Uhr ausgestrahlt, und so schaffe ich es nicht nach Hause, um sie anzusehen. Aber das ist in Ordnung. Ich komme dafür wieder rechtzeitig für all die Anrufe von meinen Freunden und solchen, die so tun, als wären sie es. Plötzlich scheine ich äußerst interessant geworden zu sein. Plötzlich möchten sich einige in meinem Glanz sonnen. Das belustigt mich irgendwie.

Leider gibt es nach wie vor kein Lebenszeichen von Sonja, und kein einziger Mensch scheint ihr jemals begegnet zu sein, seit sie von hier weggefahren ist.

Ich gehe früh schlafen. Das Telefon weckt mich schon um 7 Uhr 30. Ich kann das nicht ignorieren. Sicher ist es wichtig, wenn einer es wagt, mich am Samstagmorgen aus dem Bett zu klingeln.

Es ist Chantal.

»Sie nehmen ab sofort keine Anrufe mehr entgegen, Sie gehen nicht ins Internet, und Sie öffnen auch keinem die Tür! Das ist ein Befehl! Ich bin unterwegs zu Ihnen.«

Ich verstehe gar nichts.

»Haben Sie mich verstanden?«

»Keine Anrufe, kein Besuch, kein Internet, ab sofort«, wiederhole ich gehorsam.

»Genau. Ich erkläre Ihnen alles, wenn ich da bin.«

Zack. Sie hat aufgelegt.

Heute sind wir aber kurz angebunden.

Es übersteigt meine Vorstellungskraft, was denn jetzt wieder passiert sein könnte. Ich mag auch gar nicht darüber nachdenken. Tatsächlich klingelt das Telefon nun häufiger. Ich ziehe das Kabel raus und schalte mein Handy auf stumm. Ich staune selber über mich: Wie komme ich dazu, solche obskuren Befehle ernst zu nehmen? Was hat die SH-Gehirnwäsche mit mir gemacht?

Ich gehe duschen, gönne mir ein Naturjoghurt und einen Milchkaffee, höre ein wenig Radio, und obwohl ich es nicht will, rumort es gewaltig in meinen Gehirnzellen. Hat das Ganze etwas mit Sonja zu tun?

Es klingelt an der Tür.

Es ist Liz. Sie schneidet Grimmassen, während ich sie durch den Spion beobachte. Ich darf sie nicht einlassen. Sagt wer? Chantal!

Ich öffne Liz die Tür. Sie umarmt mich stürmisch.

»Ich habe mir Sorgen gemacht. Ich habe versucht,

dich anzurufen. Hast du etwa die Zeitung gelesen und verkriechst dich? So ein verdammter Mistkerl!«

Zeitung?

Mistkerl?

Am Küchentisch wird mir dann alles sonnenklar. Es ist unglaublich. Wenn ich die Zeitung nicht selber vor Augen hätte, würde ich es nicht glauben. Ich hatte jetzt gerade mal zwei Fernsehauftritte und bin doch anscheinend schon prominent genug, um eine Skandalgeschichte auf Seite zwei unserer Boulevard-Tageszeitung Blitz wert zu sein.

»Das Gesicht von Slim-Happy hat mehrere Gesichter«, steht da. »Sie strahlt in die Kamera, obwohl ihre beste Freundin vermisst wird. Ihr Ex-Freund Peter Schmidt sagt: Tina hat kein Herz. Sie hat nicht nur am Körper abgenommen, sondern auch an der Seele. Sie hat mich einfach rausgeworfen, als sie schlank wurde, als würde ich zu ihrem neuen Leben nicht mehr passen.«

Peter erzählt noch fröhlich einiges mehr. Er vergisst auch nicht zu erwähnen, dass »Große Größen« mich entlassen habe, weil ich zu schlank geworden sei. Auch muss er noch betonen, dass meine Diät eine richtige Spaßbremse aus mir gemacht habe. Immerhin gibt es ein wunderschönes Foto von mir. Auf einem weiteren Bild schaut Peter ganz verzweifelt in ein Bierglas.

»So ein Mistkerl!«, wiederholt sich Liz empört.

Mir ist richtig übel. Chantal wird mich in Einzelteile zerlegen vor Wut. Ich kann es ihr nicht übel nehmen. Wieder einmal habe ich mich in einem Menschen total getäuscht. Nie im Leben hätte ich Peter eine solch hässliche Schlammschlacht zugetraut. Am liebsten würde ich ihn sofort anrufen. Aber ich glaube, jetzt warte ich tatsächlich erst einmal auf Chantal.

Es ist gut, Liz hier zu haben, und ich bin froh, dass ich den Artikel zuerst mit ihr habe lesen können. Ich erzähle ihr von Chantals Anruf.

»Ich bleibe bei dir. Ich bin dein Schutzschild gegen ihre bösen Schwingungen«, verspricht sie mir. Aber da kennt sie Chantal schlecht. Als diese hier eintrifft, braucht sie keine drei Minuten, um Liz aus meiner Wohnung zu werfen. So viel zu meinem Schutzschild!

Chantal setzt sich zu mir an den Küchentisch. Nein, sie zetert nicht und ist erstaunlich ruhig.

»Das muss schlimm sein für Sie«, sagt sie mitfühlend und tätschelt meinen Arm. »Ich kenn das. Habe ich alles schon erlebt.«

Sie seufzt. Weil sie sich nach diesen Zeiten zurücksehnt, oder weil es so schlimm war?

»Erzählen Sie mir alles über Peter«, fordert sie mich auf. Während ich mein vergangenes Liebesleben vor ihr ausbreite, was mir peinlich ist, hört sie aufmerksam zu.

»Ja, ja, so was habe ich mir schon gedacht. Gekränkte Männerseelen können sich unmöglich benehmen.«

Es sei jetzt wichtig, dass ich ihr als Profi vertraue und dass ich mich an ihre Anweisungen halte.

»Zuerst einmal müssen Sie wissen, dass nichts älter ist als die Zeitung von gestern. Das heißt für uns: Alles ist schnell vergessen. Aber wir dürfen keinen neuen Zündstoff bieten. Im Klartext: Nicht versuchen, etwas richtigzustellen, andere Journalisten einzuspannen, Druck auf Blitz zu machen.«

Ich solle mich dieses Wochenende einfach ganz rausnehmen, nichts hören, nichts sehen, nichts reden.

»Sie werden nur auf ihrer Facebook-Seite ein kleines Statement abgeben und auf der SH-Fanseite schreiben, dass es Ihnen gut geht, und dass auch ein frustrierter Ex-Freund daran nichts ändern könne.«

Auf der SH-Homepage werde sie selber einen kleinen Text schreiben.

»Keine Interviews! Keine Diskussionen!«

Das muss ich ihr versprechen. Dabei drängt es mich gar nicht ins Rampenlicht. Ganz im Gegenteil. Ich kann es noch immer kaum fassen, dass man meiner Wenigkeit so eine Schmiergeschichte gewidmet hat.

»Das Foto ist aber wirklich schön«, lacht Chantal unerwartet. »Jeder kann sehen, dass Sie wirklich schlank und schön sind und eine positive Ausstrahlung haben. Außerdem ist mehrmals der Name SH gefallen, und der ist auch noch richtig geschrieben. Ich denke, wir nehmen das als Werbung. Immerhin haben wir doch gute Arbeit geleistet, wenn Sie bereits nach so kurzer Zeit bei SH schon eine eigene Story in der Blitz bekommen haben.«

Sagt es, faltet energisch die Zeitung zusammen und steckt sie ein.

Ich schaue sie entgeistert an.

Sie lacht wieder.

»Tina, Sie müssen noch viel lernen.«

Ich verspreche ihr, mich das ganze Wochenende über in meinen vier Wänden aufzuhalten und nicht mit fremden Menschen zu sprechen. Dabei: Fremd war ja auch Peter nicht. Liz hatte es schon gesagt: Mistkerl!

Chantal drückt mir den Plan für die nächste Woche in die Hand. Nur SH-Gruppenbesuche, allerdings weit verstreut und mit viel Fahrerei verbunden. Diesmal hat Chantal keine Kleidervorschriften dazu notiert. Ich weiß das zu schätzen.

Dann, als sie mich verlassen will und die Tür öffnet, rennen wir fast in Peter hinein, der wie ein Häufchen Elend davorsteht und gerade klopfen will.

»Dass Sie es noch wagen, hier aufzutauchen«, faucht Chantal ihn an. »Wir überlegen gerade, Sie anzuzeigen und auf Schadensersatz zu verklagen.«

Dabei bringt sie es fertig, mir zuzuzwinkern.

»Passen Sie auf, mit wem Sie in Zukunft reden und halten Sie sich von Tina fern!«, raunzt sie ihn noch einmal an und verschwindet dann.

Peter ist ganz erstarrt.

»Wer war das denn?«

»Die Chefin von SH, meine Chefin, Chantal Belle.«

»Oh.«

Er steht da. Ich warte.

»Es ist nicht so, wie du denkst«, stößt er hervor. Kenne ich diesen Satz nicht aus billigen Komödien? Und ist es dann nicht doch meist genau so, wie man gedacht hat?

»Kann ich reinkommen? Bitte hör mich an. Nur kurz.«

Ich lasse ihn rein, bleibe aber demonstrativ im Flur stehen.

»Ich war sauer auf dich, keine Frage. Gestern Abend saß ich in der Barcarola-Bar und war schon ziemlich angetrunken. Der Fernseher lief, und da kam gerade dein Auftritt. Neben mir saß nur ein einziger Mann, und der war von der Blitz, was er aber nicht gesagt hat. Als ich über dich geschimpft habe, wollte er mehr wissen. Besoffen wie ich war, erzählte ich ihm alles Mögliche. Der Mann, er hieß Edi, hat auch wacker mitgetrunken und über seine Frau geflucht. Am Ende ließ er den Barmann noch ein Foto von uns beiden machen. Sich selber hat er dann später weggeschnitten.«

Er sei so schockiert gewesen, als er heute die Zeitung gelesen habe.

»Ich wollte dir doch so etwas nicht antun. Das ist ja peinlich. Peinlich für mich. Es tut mir leid, Pepe. Sehr leid.«

Tatsächlich hat er Tränen in den Augen. Ich habe sogar ein ganz klein wenig Mitleid mit dem Kerl, aber wirklich nur ein wenig.

»Ich werde heute noch bei Blitz vorbeigehen und das alles klarstellen.«

»Nein, das wirst du nicht. Hör mir jetzt genau zu«, sage ich eindringlich und stochere mit dem Finger in seine Richtung. »Du wirst jetzt einfach mit niemandem reden. Du wirst nicht noch mehr Öl ins Feuer gießen. Hast du mich verstanden? Wenn jemand fragt, kannst du sagen, dass du betrunken warst und alles nicht so gemeint war. Fertig. Schluss. Du wirst nicht zur Blitz gehen. Hast du das verstanden?«

»Ich werde nicht zur Blitz gehen«, wiederholt er und fragt: »Wirst du mir verzeihen?«

»Vielleicht«, sage ich. »Aber nur, wenn du jetzt die Klappe hältst und nicht alles noch schlimmer machst. Und nur wenn du jetzt gehst und dich eine Weile nicht mehr meldest.«

Peter lässt den Kopf hängen und geht.

»Tschüs, Pepe, es tut mir leid.«

»Ja, schon gut. Geh jetzt, bitte.«

Männer!

Ich bleibe ein Wochenende brav zu Hause. Dann reise ich eine ganze Woche lang kreuz und quer durch die Schweiz und lerne neue Orte, neue Gegenden kennen. Es ist sehr, sehr heiß und die SH-Treffen sind nicht besonders gut besucht. Umso besser lerne ich die einzelnen Leute kennen und umso persönlicher werden die Gespräche. Bei den Treffen, wie im Internet, werde ich häufig nach dem Blitz-Artikel gefragt. Es fällt mir leicht, das Ganze als einen Ausrutscher eines enttäuschten Liebhabers darzustellen, was es ja eigentlich auch ist. Und wenn die Leute merken, dass ich es auf die leichte Schulter nehme, ist es auch schnell kein Thema mehr. Zwei Journalisten rufen an. Auch bei ihnen lache ich nur und sage, ich hätte das schon mit Peter besprochen und ihm verziehen. Einer will dann noch weiterbohren wegen Sonja und wegen GG. Aber ich erzähle ihm einfach von meiner Arbeit und was ich jetzt so tue und wie begeistert ich von allem bin, bis es ihm langweilig wird.

Zwei Wochen lang schickt man mich von Treffen zu Treffen. Am ersten August bin ich bei Liz und Familie eingeladen. Besonders wohl ist es mir nicht, bei so einem Familienfest mit Leo, den ich nicht besonders leiden kann. Aber es ist unser Bundesfeiertag, und ich wäre ungern allein zu Hause geblieben. An unserem Bundesfeiertag finden überall Grillpartys statt, die meistens im Regen enden. Abends werden Feuerwerke in die Luft geschossen – und zwar richtig: jedes Jahr 1450 Tonnen.

Zu meiner Überraschung ist auch Jenny eingeladen, und sie hat ihre Freundin Trix mitgebracht.

»Ich habe etwas gelernt aus Sonjas Verschwinden«, sagt Jenny. »Ich möchte ehrlicher und offener sein, gerade mit euch. Außerdem wollen Trix und ich zusammenziehen und einfach alles gemeinsam durchstehen, was dann vielleicht passiert.«

Ich freue mich für die beiden und hoffe, sie müssen für ihre Liebe keinen zu hohen Preis bezahlen. Hier in der Innerschweiz sind die Leute in Sachen Homosexualität gerne tolerant, solange es nicht jemanden betrifft, den sie kennen. Leo sieht das erstaunlich locker. Von ihm hätte ich nicht so viel Verständnis erwartet, so steif wie er immer wirkt. Die Kinder beschäftigen uns mit Spielen aller Art, und gegen Mitternacht lassen wir uns sogar breitschlagen, einen Lampionumzug durchs Quartier zu machen. Immer mehr Kinder schließen sich uns an. Wir besuchen Nachbarn, und überall werden wir freundlich willkommen geheißen. Der Abend ist richtig gemütlich.

Anfang August schickt mir Chantal wieder einmal einen Arbeitsplan, und diesmal hat sie wirklich eine Überraschung für mich: SH will einen Werbespot mit mir drehen. Es soll wieder etwas mit Trampolin gefilmt werden, und ich werde einen Satz sagen müssen: »Ich fühle mich so leicht, als könnte ich gleich abheben.«

Stundenlang stehe ich daheim vor dem Spiegel und versuche, den Satz ganz natürlich zu sprechen. Dann begeistert. Dann cool und gelangweilt. Anschließend wechsle ich die Betonungen, bis alles keinen Sinn mehr ergibt, betone mal dieses, mal jenes Wort. Bald lernt sogar mein Kater sprechen, so oft wiederhole ich den Satz.

Ich muss damit aufhören!

Der Satz wird sonst bei den Aufnahmen nicht mehr normal über meine Lippen kommen.

Der Spot wird in Zürich gedreht, und ich muss schon morgens um sieben am Set sein. Regula, meine ehemalige Gruppenleiterin, wird wieder einmal als Fahrerin engagiert. Das ist schön. Regula will alles wissen über meine ersten SH-Wochen. Sie ist eine gute Zuhörerin, sie lacht und seufzt an den richtigen Stellen. So bin ich auf der Fahrt ins Studio abgelenkt. Ich habe nämlich wirklich Angst. Ich habe keine Ahnung, was auf mich zukommen wird. Das Fotoshooting war schon abenteuerlich. Ein Spot-Dreh muss noch viel aufregender sein. Hoffentlich versage ich nicht. Wie soll ich locker sein und hüpfen und reden, mit hundert Leuten um mich rum? Ja, das weiß ich schon: Es ist wieder Trampolinspringen angesagt. Diesmal steht ein riesiges Trampolin mitten im Studio. Ein Trampolinspringer aus der Schweizer Mannschaft steht mir zur Seite. Als ich das Studio betrete, springt er zum Einwärmen gerade ein paar Salti, und alle schauen ihm zu. Nur Chantal entdeckt uns sofort.

»Hallo, ihr Lieben«, ruft sie und umarmt uns beide kurz. Sie scheint beste Laune zu haben, ist wohl wieder einmal in ihrem Element. Sie schiebt einen Garderobeständer vor sich her, an dem diverse Kleider hängen. Dabei musste ich von zu Hause auch alle meine neuen Sachen mitbringen. An der Garderobe wird es also nicht liegen, wenn alles schiefgeht. Auch an der Maske nicht. Es malen zwei

Männer in meinem Gesicht herum, eine Frau balsamiert meine Füße ein und lackiert meine Zehen- und Fingernägel. Jedes einzelne Haar auf meinem Kopf wird mit Lack in die gewünschte Position gebracht. Es dauert kaum eine Stunde, und ich erkenne mich kaum mehr wieder. Ich bin hübsch, attraktiv, sexy. Man hat mich in ein weißes Kleid gesteckt, das oben wenig Stoff hat, aber unten viele luftige Volants, die sich beim Trampolinspringen sicher schön bewegen werden. Sogar die Unterwäsche wurde mir diesmal vorgelegt. Ja, hier geht es um viel Geld. Alles muss perfekt stimmen. Das hat mir Chantal heute schon mehrmals gesagt. Damit will sie mich nicht beunruhigen, sondern mir den Ernst der Lage klarmachen. Als wäre das noch nötig. Ich bin doch so schon nervös genug.

Ich soll also wieder auf dem Trampolin herumhüpfen, nur diesmal etwas höher, weil man nachträglich mit dem Hintergrund herumspielen will.

Franz Hurschler, der Profi, erklärt mir, dass ich den Körper angespannt halten soll, damit ich die Kontrolle nicht verliere. Quatsch mit Sauce! Sofort heißt es, ich wirke steif und verkrampft. Man lässt sogar leise Musik laufen für mich, damit ich den Rummel um mich ein wenig vergessen kann. Können sollte.

Ich bin so nervös, dass meine Beine wie Gummi sind. Von allen Seiten donnern Scheinwerfer ihr Licht in meine Richtung, dazu bläst mir die Windmaschine kräftig ins Gesicht. Immerhin muss ich nicht gleichzeitig sprechen. Was für eine Gnade!

»Bitte lachen!«

»Locker bleiben!«

»Schön in der Mitte bleiben!«

»Lachen!«

»Hallo, Sie sind gerade total glücklich und fühlen sich unbeschreiblich leicht! Zeigen Sie uns das!«

»Wo bleibt der Wind?«

»Warum ist dort immer noch ein Schatten?«

»Maske! Sie schwitzt.«

Ja, klar, ich schwitze. Man pudert mich ab. Ich springe und hüpfe wieder weiter. Mal soll ich die Arme mitschwingen lassen, mal finden sie das doch nicht gut. Ich komme mir vor wie eine Marionette. Ich habe nichts zu sagen, nur zu funktionieren. Aber das ist mein Job, und ich gebe mir Mühe, will mich ja auch keinesfalls blamieren.

Nach einer Stunde gibt es endlich eine erste Pause. Regula bringt mir ein Glas Wasser.

»Trinken Sie nicht zu viel«, kommt prompt Chantal daher. »Nur ein paar Schlucke. Sonst schwitzen Sie noch mehr, und Ihr Bauch wirkt aufgebläht.«

Regula verzieht das Gesicht wie einen Kaugummi. Chantal ist schon wieder weg. Sie schaut sich mit dem Regisseur ein paar Aufnahmen an. Ich lasse mich auf einen Sessel fallen.

»Neiiiin!«, schreit die Frau aus der Garderobe. »Sie zerknittern das Kleid!«

Ich stehe schon wieder, bevor sich auch nur ein Fältchen im Kleidchen hätte bilden können. Ich bin ein Soldat, denke nicht, gehorche nur.

Und das soll den ganzen Tag so weitergehen?

Franz Hurschler, der netterweise immer neben dem Trampolin steht, allzeit bereit mich zu retten, sollte ich denn stürzen, will mich aufmuntern und meint:

»Sie machen das gut. Bleiben Sie ganz ruhig. Konzentrieren Sie sich auf das Springen und das Lachen.«

In der kurzen Pause hat der Produktionsleiter sich ein paar Aufnahmen angesehen und ist zufrieden. Kleiderwechsel. Diesmal bin ich die Businesswoman, trage eine Brille und ein Kostüm in Grau und muss einen Aktenkoffer mit aufs Trampolin nehmen. Im Moment kann ich mir wirklich nicht vorstellen, was das am Ende für Werbespots werden sollen. Aber was geht das mich an? Gar nichts.

Ich springe und lache und versprühe meinen Charme, so gut es geht.

Diese Werbeleute haben eine enorme Ausdauer, das muss man ihnen lassen. Beleuchtungskörper werden herumgeschoben, mein Make-up wird aufgefrischt, die Windmaschine genauer ausgerichtet. Manchmal gibt es technische Pannen, und ich kann einen Moment verschnaufen. Gut, dass ich heute so sportlich bin. Vor 25 Wochen hätte ich längst schlapp gemacht. Aber da hätte mir auch keiner beim Trampolinspringen zuschauen wollen. Tja, man müsste eigentlich vorgewarnt werden: Wünsche können sich tatsächlich erfüllen, man kann schlank werden, aber das Leben ist nachher nicht mehr dasselbe wie vorher, im Guten wie im Schlechten.

Von Essen redet hier natürlich keiner. Trinken darf ich nur ab und zu ein wenig Wasser. Ich fühle mich langsam elend. Aber ich sage nichts, weil ich nicht Chantals Zorn auf mich ziehen möchte. Das ist ein Fehler, denn genau um drei Uhr nachmittags rächt sich mein Körper. Ich springe gerade besonders mutig und hoch und lache extrem fröhlich in die Kamera, als es mir plötzlich total schwindlig wird. Dann verliere ich einen ganz kleinen Moment das Bewusstsein. Jedenfalls nehme ich meine Umwelt erst langsam und mühsam wieder wahr. Ich liege am Boden und blicke in ratlose, besorgte Gesichter. Mir ist übel, und ich spüre Schmerzen, kann sie aber nicht richtig lokalisieren. Es ist, als würde mein ganzer Körper wehtun.

»Tina, Tina!«, ruft Regula besorgt.

»Schon gut, ich lebe noch«, antworte ich.

Alle sind erleichtert. Was dachten denn die? So schnell wird man mich nicht los. Ich versuche, wieder aufzustehen, will weitermachen, wie ein altes Zirkuspferd, aber ich kann nicht.

»Du bist heftig auf den Rand des Trampolins aufgeschlagen«, erklärt Regula.

»Mir war so schwindlig. Ich glaube, ich hätte etwas essen sollen, aber ich habe mich nicht getraut.«

Regula wirft Chantal einen bitterbösen Blick zu. Auch andere Mitarbeiter schauen Chantal vorwurfsvoll an. Ich versuche wieder, mich aufzurichten.

»Nein, bleiben Sie liegen. Wir haben den Notarzt kommen lassen.«

Notarzt?

Egal.

Ich darf mich ausruhen. Wenn ich still liege, ist es mir nicht so übel, und die Schmerzen sind erträglich. Vorsichtig bewege ich die einzelnen Körperteile. Alles funktioniert noch irgendwie. Ich könnte bestimmt aufstehen. Aber ich darf ja nicht. Dazu kommt: Mein Kleid ist nun ruiniert, voller Knitterfalten, eine einzige Katastrophe. Regula steckt mir eine Praline in den Mund. So viel Zucker! Meine Geschmacksnerven explodieren. Die Praline schmilzt langsam und setzt immer neue Aromen frei: eine Prise Zimt, etwas Baileys-Likör, im Kern eine ganze Mandel. Lasst mich doch für immer hier liegen und Pralinen essen! Ich schließe die Augen und versuche, nur die Praline zu spüren, nicht die Schmerzen und den Schrecken und die Aufregung um mich herum.

»Wie heißen Sie? Was für einen Tag haben wir heute? Wo sind wir?«

Ein sehr junger Arzt beugt sich über mich. Sein linkes Auge zuckt nervös.

»Wir sind irgendwo in Zürich. Ich bin Tina. Was war die andere Frage?«

»Wo haben Sie Schmerzen?«

»Irgendwie überall. Aber ich glaube, ich könnte schon aufstehen. Es war mir nur schwindlig. Auch jetzt noch ein wenig.«

Der junge Mann tastet mich ab, schaut mir in die Augen, prüft den Blutdruck.

»Wir nehmen Sie mit!«, erklärt er schließlich energisch. »Nur zur Kontrolle. Sie könnten eine leichte Gehirnerschütterung haben. Vielleicht ist nichts gebrochen, dann haben Sie nur Prellungen. Aber wir müssen das genauer abklären.«

Wie bitte? Ich soll ins Krankenhaus? War ich da schon jemals?

Ich glaube nicht. Und ich will das auch nicht. Aber ich habe kein Mitspracherecht.

»Da musst du hin, Tina«, redet Regula auf mich ein. »Nur schon wegen der Versicherung. Lass dich durchchecken. Ich hole dich dann schon wieder raus.«

»Versprochen?«

»Versprochen.«

So viel zu großen Versprechen.

Im Kantonsspital Zürich untersucht man mich gründlich und stellt fest, dass nichts gebrochen ist. Ich habe einige Prellungen, die sich bestimmt schlimm verfärben werden und im Moment noch sehr wehtun. Aber ich hatte auch unwahrscheinliches Glück. Mein Kopf schmerzt, und eine kleine Beule wird langsam sichtbar. Weil ein Verdacht auf Gehirnerschütterung besteht, muss ich über Nacht zur Kontrolle im Spital bleiben.

Ein Albtraum.

Ich liege in einem Fünfbettzimmer. Mein Bett ist eingeklemmt zwischen zwei Frauen, die an vielen Schläuchen hängen. Ihre Leitungen transportieren Flüssigkeiten aller Art hinein und hinaus. Sie kommen mir mehr tot als lebendig vor, geben kein Lebenszeichen von sich, nehmen mich gar nicht wahr. An der anderen Wand stehen zwei Betten, die gerade nicht belegt sind, weil diese Frauen operiert werden. Morgen wird also hier die Hölle los sein.

Ich werde hier niemals schlafen können.

Auf keinen Fall.

Und dann kann ich es natürlich doch. Jede Stunde werde ich geweckt, man leuchtet mir in die Augen und fragt mich irgendwas. Meine Prellungen am rechten Bein und am rechten Arm hat man verbunden und eine übel riechende Salbe kühlt sie angenehm.

Am Morgen bin ich überzeugt, total gesund zu sein und höchstens ernsthaft krank zu werden, wenn ich hierbleiben muss. Ich rufe Chantal an und bitte sie, sofort meine Entlassung hier zu organisieren.

»Ach bitte, bitte haben Sie noch Geduld. Mein Mann kommt heute Morgen mit Blumen bei Ihnen vorbei. Ein Journalist wird dabei sein. Das gibt vielleicht wieder einen guten Artikel. Blitz ist uns da noch etwas schuldig. Danach organisiere ich Ihre Entlassung, versprochen!«

Ich bin sprachlos. Hätte ich mir den Hals gebrochen, wäre das wohl sogar eine Schlagzeile geworden, und wichtig dabei wäre nur gewesen, dass man Slim-Happy richtig geschrieben hätte. Ich verstehe langsam, wo hier der Hase lang läuft. Nur habe ich immer weniger Lust, den Hasen zu spielen.

Aber als dann die Krankenschwester vorbeikommt, lasse ich mir doch einen Kamm bringen und versuche, meine Haare zu bändigen. Schminkzeug habe ich nicht dabei. Aber wer weiß: Vielleicht möchte SH diesmal ja, dass ich leidend und mitgenommen rüberkomme. Und natürlich trotzdem irgendwie positiv und glücklich, das ist ja klar.

Wenn ich die Wünsche von SH genauer kennen würde, könnte ich mit Ketchup auf dem Kopf eine kleine Sauerei anrichten oder wenigstens mein Nachthemd damit verzieren. Aber wollen sie mich jetzt als Heldin und Überlebenskünstlerin verkaufen oder betonen, dass »gar nichts« gewesen ist? Meine Güte! Jetzt zerbreche ich mir schon ihren Kopf!

Ich denke schon in ihren Bahnen.

Die Gehirnwäsche funktioniert.

Ich bleibe also einfach liegen, bewege mich so wenig wie möglich und erst dann freiwillig, als man mir ein Frühstück hinstellt: Milchkaffee und zwei Brötchen, dazu ein Joghurt und ein Ei. Und das werde ich jetzt alles essen, ohne Rücksicht auf Verluste. Freude herrscht!

Ich wische mir gerade die letzten Krumen aus den Mundwinkeln und genieße das wohlige Völlegefühl, als Marc Meister hereinkommt, im Schlepptau einen jungen Mann mit riesiger Kamera. Marc zaubert hinter seinem Rücken einen gigantischen Blumenstrauß hervor. Klick, klick. Die glücklich-schlanke Patientin nimmt ihn dankend entgegen. Klick, klick.

»Ich habe gehört, Sie wollen schon raus und weg?«, fragt Marc.

»Ja, es geht mir gut.«

Der Journalist, es ist Daniel Schriber von der Blitz, ausgerechnet von der Blitz, lässt sich von mir noch einmal den Unfallhergang schildern.

»Wann wird der Spot den ausgestrahlt?«, fragt er.

Marc antwortet:

»Ab Oktober. Wir haben schon ein paar Experimente mit den Aufnahmen gemacht. Es sieht einfach großartig aus. Tina, Sie werden staunen.«

»Na, dann haben sich ja die blauen Flecken gelohnt«, versuche ich zu scherzen.

»Der Sturz sah schlimm aus. Ich habe eine Aufnahme gesehen. Es ist ein Wunder, dass Sie sich nichts gebrochen haben«, meint Marc. Ich sei auf den Trampolinrand gefallen und dann auf den Boden gekracht.

»Ja, im Stürzen bin ich gut. Ich bin jetzt so leicht, dass ich sogar beim Stürzen noch schwebe.«

Wir lachen. Wir machen beide lockerleichte Konversation. Hoffentlich schreibt er alles mit, der Journalist, wenn wir uns schon so bemühen.

Die beiden verabschieden sich bald wieder. Marc will meine Entlassung organisieren und beschleunigen. Doch kaum sind beide weg, kommt Daniel Schriber schon wieder reingeschlüpft.

»Jetzt, wo wir alleine sind«, sagt er verschwörerisch. »Jetzt können Sie es mir doch sagen: War es wirklich so, dass man sie hat hungern und dursten lassen, bis sie ohnmächtig geworden sind?«

Eines muss man der Blitz lassen: Die haben doch

überall ihre Augen und Ohren. Ich lache nur und sage:

»Das glauben Sie doch nicht wirklich? So ein Benehmen würde ja dem ganzen Verhaltenskodex von SH völlig widersprechen. Wir wollen gesund abnehmen, gesund leben. Sehe ich aus wie ein Hungerhaken? An mir ist doch noch ganz ordentlich was dran!«

Schriber geht. Aber was er am Ende schreiben wird, ist eine andere Sache.

Ach, das Leben als Star wird langsam anstrengend.

Marc Meister hat tatsächlich einen Arzt aufgetrieben, der mich untersucht und erklärt: »Okay, Sie können heimgehen. Sie müssen sich noch eine Woche lang schonen. Bitte auch nicht zu viel am Computer sitzen oder lesen. Passen Sie auf sich auf. Die Prellungen werden von selber heilen, aber die Blutergüsse sehen sicher noch eine Weile gefährlich aus. Also: Diese Woche kein Sport, kein Trampolin!«

»Kein Sport, kein Trampolin, kein Computer«, wiederhole ich gehorsam. Ich würde alles versprechen, um hier rauszukommen. Um es hier auszuhalten, muss man ernster krank sein oder an so vielen Schläuchen hängen wie meine Bettnachbarinnen.

Marc telefoniert ein paarmal, dann verkündet er: »Regula holt Sie in einer Stunde ab«, und setzt sich zu mir ans Bett.

»Hören Sie, Tina, es tut mir leid, was passiert ist.

Ich glaube, man hat sich nicht sehr gut um Sie gekümmert. Chantal macht sich Vorwürfe. Aber wir stellen Sie jetzt vierzehn Tage frei. Erholen Sie sich. Sie wissen, bald fliegen wir nach Kenia. Dieser Einsatz ist für uns sehr, sehr wichtig. Wir sind froh, wenn Sie dann wieder fit sind.«

»Was ich noch fragen wollte: Ich habe doch meinen Text für den Spot noch gar nicht gesprochen. Wie machen wir das?«

»Ach, das macht irgendein Profi für Sie. Kein Thema. Kümmern Sie sich nicht darum. Der Spot wird ein Hammer, versprochen. Sie werden sehr, sehr bekannt werden.«

Ein bunter Hund?

Ein Diätstar?

Das Hamsterrad dreht sich immer schneller, und ich gerate langsam außer Puste.

Zwei Wochen Schonzeit!

Die ersten Tage genieße ich von ganzem Herzen. Ausschlafen, aufräumen. Kein Sportprogramm und kein schlechtes Gewissen, weil ich auf der faulen Haut liege. Meine Freundinnen sind einfach großartig. Sie versorgen mich mit Lebensmitteln und mit Streicheleinheiten. Sogar Mikesch streicht immer öfter um mich herum. Das Wetter ist traumhaft, und ich lasse mich auf dem Balkon rösten. Chantal wäre entsetzt, wie ich meine Haut vorzeitig altern lasse. Aber ich mag das Gefühl, wenn die Sonne in mich eindringt, mich erhitzt, mich küsst und der Schweiß an mir herunterrinnt. Oder wie sie meine Füße kitzelt, wenn sie auf dem Geländer liegen, und ich ein Buch lese.

Der Sommer ist eindeutig meine Jahreszeit. Rund ums Haus blühen die Büsche der Hagebutte. Die Sonnenblumen wachsen in rasantem Tempo in die Höhe. Die Wiesen tragen ein zufrieden sattes Grün. Ich liebe den Sommer.

In der Blitz ist tatsächlich eine kleine Geschichte mit Bild über meinen Trampolinsturz erschienen. Als würde das jemanden interessieren. Aber so hat SH bereits auf den neuen Werbespot hinweisen können, der jetzt schon ab September gezeigt werden soll.

Schon nach einer halben Woche werde ich unruhig. Ich habe mich scheinbar an meine sportlichen Betätigungen gewöhnt, brauche sie sogar. Das ist eine Erkenntnis, die mich umhaut. Bisher habe ich auch vor mir selber mein Bild als Sportmuffel aufrechterhalten. Aber es sieht wirklich so aus, als würde ich meine Joggingrunden jetzt vermissen. Das Trampolin und der Hometrainer lachen mich an. Aber wenigstens eine Woche werde ich mich noch zurückhalten.

Dafür nehme ich mir nun Zeit für den Computer, beantworte E-Mails und schaue in Facebook vorbei.

Tina Amgwerd *dankt für alle Gute-Besserung-Wünsche. Es geht mir gut. Ich erhole mich prima. Der Fernsehspot wird großartig.*

Auf der SH-Seite fragen viele nach mir, die den Blitz-Artikel gelesen haben. Ich beruhige alle. Die Schmerzen lassen auch wirklich nach, vor allem in Ruhestellung. Dafür sehen die blauen Flecken zum Fürchten aus. Die Farben verändern sich. Auch etwas Schwarz und Braun ist jetzt dazugekommen.

Ich habe viel, viel Zeit zum Nachdenken. Viel zu viel. 25 Wochen war ich nur auf mein Ziel fokussiert: schlank werden. Jetzt bin ich schlank. Was hatte ich erwartet, was DANACH passieren würde? Ich hatte mich auf neue Kleider gefreut, auf mehr Beweglichkeit und Aktivität. Ich hatte mich darauf gefreut, meinen Körper wieder zu lieben und mich mehr als Frau zu fühlen, attraktiv und begehrenswert zu sein.

Das ist ja alles eingetroffen, aber ich stecke in einer Sackgasse fest. Ich habe mich an eine Diätfirma verkauft. Sicher, SH ist eine gute Firma. Die Diätgruppen sind eine feine Sache. Aber je mehr ich hinter die Kulissen von SH sehe, desto weniger möchte ich mich langfristig mit dieser Firma verbinden.

Wohin also geht meine Reise ab Oktober?

Kein Job.

Kein Mann.

Keine Vorstellung.

Ich habe im Fernsehen gesehen, dass Krankenschwestern so unglaublich gefragt sind. Es würden Hunderte fehlen in der Schweiz. Ob ich wieder in meinen alten Beruf zurück sollte? Das war doch immerhin eine sinnvolle Arbeit. Natürlich müsste ich mich wieder einarbeiten und vieles lernen. Aber der Job bei SH füllt meine innere Leere nicht, im Gegenteil.

Schön, dass ich Freundinnen habe. Freundinnen, die einander wieder nähergerückt sind. Wir haben aus Sonjas Verschwinden gelernt. Ohne große Schwüre zu leisten, haben wir beschlossen, nicht noch jemanden zu verlieren und gegen die Oberflächlichkeit unserer Beziehungen anzukämpfen. Das gelingt uns. Sogar Salvatore gehört nun zu uns. Ich fühle mich also nicht einsam. Jetzt, wo alle wissen, dass ich ständig zu Hause bin, bekomme ich zu allen möglichen und unmöglichen Uhrzeiten Besuch. Wir reden ganze Nächte lang auf dem Balkon über Gott und die Welt. Manchmal klingelt es auch, und ein Kind von Liz steht vor der Tür, drückt mir ein Stück noch warmen Kuchen in die Hand und rennt lachend davon. Man verwöhnt mich, und ich freue mich darüber.

Nach einer Woche habe ich zwei Kilo zugenommen.

Jenny hilft mir in der Woche darauf, langsam wieder mit Sport anzufangen. Ich achte auch konsequent auf meine Ernährung, und als Chantal mich Ende August anruft, kann ich guten Gewissens erklären, dass alles in bester Ordnung ist. Sie wirkt sehr erleichtert.

»Wir müssen uns jetzt auf die Reise nach Kenia vorbereiten«, erklärt Chantal, als plane sie eine Expedition in die Antarktis.

»Am Montag gehen wir einkaufen. Ich hole Sie um 13 Uhr auf dem Bahnhof Zürich ab. Das wird keine große Sache. Sommerkleider haben Sie ja. Vielleicht kaufen wir noch ein paar Trekkinghosen, die leicht sind, aber widerstandsfähig und schnelltrocknend. Abends essen wir bei uns. Dann stelle ich Ihnen die anderen Reiseteilnehmer vor. Ich bringe Sie dann zum letzten Zug.«

Bis zu meinem Treffen mit Chantal in Zürich haben sich die Blutergüsse in Richtung Grün entwickelt. Es tut jetzt weniger weh, sieht aber schlimmer aus.

Ich ziehe also eine Langarmbluse über das Top und trage lange Hosen. Trotzdem erschrickt Chantal gewaltig, als sie mich im Kleiderladen, einem schicken Shop für Trekkingbedarf, beim Umziehen sieht.

Ich bekomme schöne beige Hosen, lang und dreiviertellang, dazu zwei weiße Kurzarmblusen. Sicher nicht die ideale Farbe für Afrika, wenn ich mich richtig erinnere. Aber Chantal sieht das anders: »Wir werden Sie mitten zwischen den Samburu-Frauen mit ihren extrem bunten Kleidern filmen. Da würde jede Farbe nur stören. Sie werden in Weiß und Beige genau richtig rüberkommen.«

Ja, klar, und wenn ich dann noch lache und strahle und positiv gestimmt bin …

Chantal nimmt beruhigt zur Kenntnis, dass ich schon einmal in Afrika war. Sie selber ist nämlich ziemlich unsicher.

»Ich war noch nie in einem so armen, unzivilisierten Land.«

Unzivilisiert?

Was denkt sie denn? Dass es dort noch Menschenfresser gibt?

Da bekomme ich auch schon einen dicken Kenia-Reiseführer in die Hände gedrückt, ein richtig schweres Buch.

»Lesen Sie das. Dann kann ich Sie immer fragen, wenn ich etwas wissen muss.«

Wir werden mit sechs Personen nach Kenia reisen. Chantal und Marc, zwei Kameramänner und ein Journalist. Die beiden Kameramänner, Marius und Andreas, haben eine eigene Firma. Sie sind um die fünfzig. Der eine sieht selber aus wie ein Model, der andere hat kaum Haare, aber viel Bauch. Beide haben schon auf der ganzen Welt gefilmt und kennen auch Kenia ganz gut. Thomas, der Journalist, ist groß und mager und jung. Er ist bleich und nervös und putzt alle zehn Minuten seine Brille. Alle Männer sind von SH längst auf den richtigen Kurs gebracht worden und sind nun gespannt darauf, mich kennenzulernen. Ich genieße es umgekehrt, die Leute zu beobachten. Als es beim Essen in der Villa nämlich wieder diese winzigen Portionen gibt, schauen sie sich ganz betreten an, füllen dafür ihre Weingläser umso zügiger. Dasselbe dann beim Kaffee, wo sie vergeblich auf ein leckeres Dessert warten und sich stattdessen mit Schnäpsen beglücken.

Bald werden sie ziemlich laut, erzählen blöde Witze und lachen grölend darüber. Auch Marc, der mitgehalten hat, wie es sich für einen guten Gastgeber gehört, ist heute sehr lustig. Der blasse Journalist muss sich am Ende übergeben und schafft es nicht mehr ganz bis zur Toilette. Gut, dass Chantal Personal hat. Als sie mich schließlich gegen Mitternacht zum letzten Zug bringt, ist sie sichtlich verstimmt. Ich hingegen kann mir ein Lächeln nicht verkneifen. Es könnte eine interessante Reise werden, mit diesen ganzen verschiedenen Menschen, die alle dem einen großen Ziel verpflichtet sind: Slim-Happy groß rauszubringen.

Die Tage vor der Abreise sind aufregend. Ich treffe einmal in der Waschküche meinen bösen Karate-Nachbarn. Ich sage ihm, dass ich verreise, und da bietet er mir tatsächlich an, auf Kater Mikesch aufzupassen. Ich bin so verblüfft, dass ich ihm meinen Wohnungsschlüssel anvertraue. Mikesch sei oft bei ihm zu Besuch, sagt er dann noch so zum Abschied. Man höre und staune.

Meine Freundinnen beneiden mich sehr um die Reise. Jenny sagt zwar, sie würde selber nie im Leben nach Kenia reisen.

»Dort werden Homosexuelle noch verfolgt. Du kannst in den Knast kommen, wenn du in einer solchen Beziehung lebst. Das ist ja hinterstes Mittelalter. Im Nachbarland Uganda wollen sie sogar die Todesstrafe dafür einführen.«

Aber ich solle mir dadurch nicht die Reise verderben lassen. Tue ich auch nicht, auch wenn ich verstehe, wie sich solche Gesetze für Jenny anfühlen müssen.

Ich freue mich jeden Tag mehr auf die Reise in das exotische Land am Äquator. Kenia ist vierzehnmal größer als die Schweiz, und wir besuchen genau die Mitte des Landes. Ich bin gespannt auf unsere Erlebnisse.

Kenia.

Wir kommen am frühen Morgen in Nairobi an. Ich bin aufgeregt und mein Puls rast. Wahrscheinlich bin ich schon zu lange nicht mehr verreist. Denn dazu bedarf es nun einmal immer zweier Dinge: Zeit und Geld. Eines von beiden hat in den letzten Jahren meist gefehlt, vor allem Letzteres. Als Kleiderverkäuferin wird man nicht sehr großzügig bezahlt.

Wir verlassen das Flugzeug, und ich halte meine Nase in die Luft, atme die fremdartigen Gerüche ein. Meine Mundwinkel gehen automatisch nach oben. Ich halte mein Gesicht der Sonne entgegen und begrüße den stahlblauen Himmel. Ich habe vor vielen Jahren Ghana bereist, zusammen mit Sonja. Schon damals hatte ich das Gefühl, Afrika berühre mich auf besondere Art und Weise. Jetzt bin ich wieder offen, bereit für jedes Abenteuer, sobald ich kenianischen Boden betrete. Ich spüre tief in meinem Inneren, dass hier alles passieren kann.

Natürlich ist es beschwerlich, unser Gepäck durch den Zoll zu bekommen. Das Kamerateam ist gut ausgerüstet. Wir haben Koffer und Kisten und Taschen in allen Formen und Größen. Aber SH hat gute Arbeit geleistet. Wir haben eine Drehgenehmigung, dazu ausführliche Listen mit dem technischen Equipment und alle erdenklichen Papiere, die der Mann am Zoll sich nur wünschen könnte. Trotzdem dauert es zwei Stunden, bis wir den Flughafen verlassen können.

Chantal ist schon eingeschnappt. Außerdem zerfließt mit ihrem Schweiß auch ihr Make-up, und sie sieht von dem achtstündigen Flug total mitgenommen aus. »Maske!«, möchte man mitleidig rufen, aber es käme ja doch keiner zu Hilfe. Auf der Toilette will sie sich auffrischen und kommt schockiert wieder zurück.

»Da war nur ein Loch im Boden!«

Na ja. Ich war auch auf dem Klo. Eine Tür weiter gab es sehr wohl Kloschüsseln. Trotzdem wird sie sich an Löcher gewöhnen müssen, und zwar an viel schlimmere als dieses hier, welches sie bereits so aus dem Gleichgewicht gebracht hat.

Wir haben Glück: Wir werden abgeholt. Dave steht am Ausgang mit einem Stück Pappkarton, auf das er ganz groß SH geschrieben hat. Er führt uns zu einem Parkplatz, wo ein etwas ramponiert wirkender Kleinbus auf uns wartet. Wir laden unsere zahlreichen Gepäckstücke in den Wagen. Dave hätte gerne einiges aufs Dach gebunden, wie das hier so üblich ist, aber dagegen wehren sich die Filmleute energisch, was ich ihnen nicht verdenken kann. Wir haben genug Platz. Marius und Andreas klettern ganz nach hinten in den Bus. Thomas und Marc in die Mitte, und dann setzt sich tatsächlich Chantal daneben.

»Setzen sie sich ruhig ganz vorne zum Fahrer«, sagt Chantal zu mir. »Mir ist es lieber, wenn ich neben meinem Mann sitzen kann. Ich fühle mich hinten sicherer.«

Oha, Chantal hat wohl einen Kulturschock erlitten und wird nun plötzlich anhänglich und anlehnungsbedürftig? Mir soll's recht sein.

Schnell nehme ich den freien Vordersitz in Beschlag, denn der junge Journalist schaut auch schon begehrlich nach vorne. Immerhin kutschieren wir nun dreieinhalb Stunden durch die Gegend. Da ist die optimale Aussicht viel Wert. Es ist großartig, direkt neben einem Einheimischen zu sitzen, der einem alles erklären kann.

Nairobi ist eine Stadt, die aus allen Nähten platzt. Viel Schönes gibt es nicht zu sehen, außer ein paar Marabus, die mitten in der Stadt auf Bäumen sitzen. Da bin ich platt.

»Das ist eine Storchenart. Schön sind diese Vögel nicht gerade«, lacht Dave über meine Begeisterung. Ansonsten ist die Stadt voller Menschen und Fahrzeuge.

»Hier leben fast vier Millionen Menschen auf 150 Quadratkilometern, davon fast zwei Drittel in Slums. Keine Stadt, in der ich leben möchte«, erklärt Dave.

Er verlangt, dass wir alle Fenster schließen und verriegelt von vorne alle Türen. Chantal schimpft, denn ihr ist heiß.

»Nairobi hat eine extrem hohe Kriminalitätsrate. Und unser Wagen ist voll mit kostbaren technischen Geräten. Glauben Sie mir, es ist besser, ein wenig zu schwitzen, als ausgeraubt zu werden.«

Chantal schnaubt und schweigt. Tatsächlich kommen jedes Mal, wenn wir irgendwo stehen bleiben müssen, im Stau oder an der Ampel, Menschen an unseren Wagen. Sie wollen alle möglichen Dinge verkaufen, klopfen energisch an die Scheiben. Vom Bild des kenianischen Präsidenten über Klopapier bis zum Handyladegerät könnte man hier alles kaufen. Natürlich auch Früchte und Wasser in Tüten. Ich sehe und staune. Ich mag das bunte Völkergemisch. Man sieht eine Frau in der Burka neben einer im Minirock, es gibt edel gekleidete Geschäftsleute und solche, denen die Kleider völlig zerfetzt vom Körper herunterhängen. Kleine Kinder betteln, Schwerstbehinderte liegen am Straßenrand. Alles ist bunt, chaotisch, laut, schmutzig, und doch glaubt man, Lebensfreude spüren zu können. Vielleicht sind das nur unsere schrägen Phantasien und Vorurteile?

Dave neben mir lässt jedenfalls das Radio scheppern und pfeift und singt zu kenianischen Hits. Ich kann Chantals Missbilligung in meinem Rücken fast körperlich spüren.

Kurz nach Nairobi reißen wir alle die Fenster auf. Natürlich gibt es jetzt Durchzug, was Chantal gar nicht verträgt.

Dave kann herrlich seine großen Augen verdrehen. Es sieht dann aus, als würden sie jetzt gleich herauspurzeln. Er wird im Laufe dieser Reise wohl noch oft Gelegenheit dazu bekommen.

Die beiden Kameramänner diskutieren ohne Unterlass. Es geht um Belichtung und Schnitte und neue Computersoftware. Ihnen scheint der Gesprächsstoff nie auszugehen. Der bleiche Journalist ist in ein dickes Buch vertieft und drückt nur ab und zu seine Nase am Autofenster platt. Chantal lehnt sich an ihren Ehemann, der ohnehin alles gelassen nimmt und ihr immer wieder beruhigend übers Haar fährt. Sie sieht schlecht aus. Fast tut sie mir leid. Verträgt sie das Reisen so schlecht? Sie ist doch bestimmt als Model in der ganzen Welt herumgekommen? Ob sie krank ist?

Dreieinhalb Stunden soll die Reise nach Mweiga dauern. Dort werden wir auf eine schöne Farm mit dem ebenso schönen Namen Sunday, Sonntag, kommen. Die Gastgeberin war selber einmal Model und ist eine Bekannte von Chantal und Marc.

Schon nach einer Stunde Fahrt, wir sind gerade bei Thika im Nordosten von Nairobi, muss Chantal dringend auf die Toilette. Aber sie will nicht irgendwo im Freien hinter einen Baum pinkeln, was Dave ihr anrät. Das ist ihr zu gefährlich, wegen all der Schlangen und so. Nein, sie braucht ein richtiges Klo. Außerdem hat sie Durst, und es ist ihr übel. Dave verdreht wieder die Augen. Er fährt uns zu einem kleinen Lokal, einem bescheidenen Bretterverschlag. Ein paar Plastikmöbel stehen im Freien, mit Blick auf kleine Marktstände. Es gibt hier nur Chai, afrikanischen Tee, und Mandazi, eine Art Krapfen, süß und fettig. Wir bestellen also alles, das volle Programm, Menü 1 bis 1. Dave fragt nach dem Klo und geht mit Chantal hinter das Haus. Er kommt wenig später zurück, und irgendwie habe ich das Gefühl, er könne nicht aufhören, in sich hineinzulachen. Als Chantal zurückkommt, weiß ich auch, warum. Sie schimpft und wettert.

»Das war nur eine winzige Hütte aus Brettern und ohne Licht. Und im Boden ein Loch. Schaut mal meine Schuhe an! Es war schmutzig, stinkend, eklig. Überall Fliegen und Mücken. Kein Spiegel, kein Wasser, kein Klopapier.« Sie hat schon ihre ersten teuren Schuhe ruiniert.

Dave sagt dazu ganz trocken: »Sie hatten es so eilig. Dies ist halt kein Touristenlokal. Wenn man nur pinkeln muss, sollte man die Natur vorziehen. Ich halte das nächste Mal gerne an einer guten Stelle mit ein paar schönen Bäumen und frischer Luft.«

Chantal schickt ihm einen ihrer tödlichen Blicke. Dave beobachtet sie nicht. Den Chai auf dem klebrigen Tisch ignoriert sie einfach. Er sieht tatsächlich gewöhnungsbedürftig aus. In Kenia, so erfahren wir, wird die Milch direkt mit den Teeblättern gekocht. Der Tee ist weiß und mit Fettaugen verziert. Ihm ist viel Zucker beigemischt worden. Aber er tut gut, weckt die Lebensgeister, spült den geschluckten Straßenstaub aus dem Hals. Chantal ignoriert auch die fetten Krapfen. Ja, wie man hier schlank bleiben soll, ist mir auch ein Rätsel. Ob sie wohl Watte mitgenommen hat, sicherheitshalber? Ob sie mir etwas abgibt?

Auch ich gehe auf das Klo und finde es genauso eklig, wie Chantal. Nur weiß ich, dass ich hier Gast bin, und verkneife mir jeden Kommentar. Ich beschließe einfach, weniger zu trinken und schicke ein Stoßgebet zum Himmel, man möge mich vor Durchfall verschonen.

Wir fahren bald weiter. Nairobi liegt ja bereits auf 1650 Meter über dem Meer. Unser Ziel, die Sunday-Farm, liege auf 2000 Metern Höhe. Trotzdem führt uns die Straße abwechselnd bergauf und bergab. Mal sind es schöne Wege, richtige Straßen, dann wieder von Schlaglöchern übersäte Rüttelpisten. Wir werden ordentlich durchgeschüttelt und massiert.

»Hier sehen Sie Ananasplantagen«, sagt mir Dave hinter Thika. In Sagana präsentiert er mir sogar Reisfelder. Komisch. Reis hätte ich niemals Kenia zugeordnet. Wir fahren an Kaffeeplantagen und Teefeldern vorbei, sehen Bananenbäume und Maisfelder.

»Es hat erst vor zwei Tagen geregnet. Diese Trockenheit hat uns wirklich fertiggemacht. Vielleicht wächst jetzt alles wieder. Wir können es nur hoffen.«

Seine Eltern hätten die Hälfte ihres Viehbestandes verloren, weil es kein Futter gab, und das wenige noch vorhandene Wasser völlig verschmutzt war.

»Wir haben doch eh schon kein einfaches Leben. Warum es noch durch Naturkatastrophen erschwert wird, weiß wohl nur Gott.«

Er bete jeden Tag. Ich wundere mich ein wenig, wie man noch an Gott glauben kann, wenn man in solcher Armut leben muss und dazu immer wieder so hart geprüft wird. Könnte ich mich dann noch vertrauensvoll an Gott wenden? Würde ich nicht hadern?

In Karatina zeigt mir Dave die Stelle, wo der größte Markt Ostafrikas sein soll. Aber ich bin total abgelenkt. Ich sehe nämlich ein Zebra am Wegesrand. Hat es sich hierher verirrt?

»Ich habe da auch noch nie eines gesehen«, lacht Dave und freut sich mit mir.

Als wir Nyeri erreichen, weiß ich, dass wir unserem Ziel langsam näher kommen. Nur noch 22 Kilometer bis zur Sunday-Farm. Dave wendet sich an alle:

»Dies ist die letzte Stadt vor der Farm. Wenn ihr noch etwas einkaufen möchtet oder einen Halt machen wollt: Hier wäre das ideal. Ich könnte euch in ein wirklich gutes Restaurant führen.«

Nach unserer langen, staubigen und teilweise beschwerlichen Fahrt sind sofort alle einstimmig für einen Halt in einem schönen Etablissement.

Auch wenn Chantal zuerst sehr misstrauisch gestimmt ist: Das Outspan Hotel gefällt uns allen sehr. Als »koloniale Hochland-Eleganz« wird das Haus in meinem Reiseführer beschrieben. Lord Baden Powel, der Gründer der Pfadfinderbewegung, soll hier gelebt haben.

»Aus Nyeri kommt auch unsere Friedensnobelpreisträgerin Wangari Maathai, eine Umweltaktivistin«, ergänzt Dave. Thomas, der Journalist, schreibt mit. Chantal gähnt betont gelangweilt.

Wir essen ausgezeichnetes Chicken-Curry und trinken viel Mineralwasser dazu. Die Kameramänner lassen sich ein kenianisches Tusker-Bier servieren.

Die Toiletten hier sind einfach großartig, und Chantal verschwindet für eine halbe Stunde darin. Als sie wiederkommt, hat sie sich aufgedonnert wie immer und sieht fast aus wie zu Hause, wie ein frühzeitig gealterter Teenager.

Jetzt sind wir alle gespannt auf unsere Farm. Da sie einer früheren Freundin von Chantal gehört, wird sie einigen Luxus zu bieten haben. Ich mache mir da keine Sorgen. Wir fahren allerdings sehr, sehr lange über Felder und trockene Wiesen, die Straßen sind längst nur noch Wege. Wir begegnen ab und zu ein paar Kindern, die kleine Viehherden mit Rindern und Ziegen und Schafen vor sich hertreiben und uns fröhlich zuwinken.

Noch ein Tor, ein Gate, ein Gatter.

»Wir sind schon längst auf dem Grundstück, das Heidi gehört«, erklärt Dave. »Ganz dort hinten seht ihr ein großes, rotes Giebeldach: Das ist ihre Farm.«

Chantal schimpft irgendetwas von »Arsch der Welt«, ist dann aber doch gleich still, weil eine Herde Impalas an uns vorüberrennt. Als Dave frech auf die Hupe drückt, springen sie wild durcheinander und enorm hoch. Ein gigantisches Schauspiel!

»Diese Antilopen können bis zu vier Meter hoch springen, und sie sind atemberaubend schnell«, erzählt Dave.

Und dann weist er nach links, wo eine Thomson-Gazelle steht. »Die sind leicht zu erkennen an ihren dunklen Streifen.«

Mir gefällt es hier.

Irgendwann passieren wir endlich das letzte Tor und fahren an frisch gepflanzten Bäumen vorbei auf den Parkplatz der Sunday-Farm. Sofort rennen Hunde um unseren Wagen herum und bellen wie verrückt. Zwei Kenianer winken zur Begrüßung. Und dann kommt sie. Wir sind noch nicht ausgestiegen, da läuft sie uns schon entgegen: Heidi. Ich erliege ihrem Charme von der ersten Minute an. Man stelle sich Heidi Klum vor, in Jeans und Reitstiefeln, die blonden Haare hinten zu einem Zopf geflochten, braungebrannt und mit einem Schlapphut auf dem Kopf. Heidi Horat, unsere Gastgeberin, ist attraktiv, und sie scheint genau hierhin zu passen. Sie wirkt so glücklich und authentisch. Make-up trägt sie gar keines. Warum auch? Sie verscheucht energisch die Hunde, winkt, lacht und öffnet unsere Wagentüren.

»Hallo ihr Lieben, seid ihr gut gereist? Willkommen. Karibu!«

Wir steigen aus, die Hunde umkreisen uns erneut. Die Angestellten laden unser Gepäck aus. Heidi begrüßt jeden von uns ganz herzlich. Chantal scheint mir jedoch irgendwie konsterniert zu sein. Ja, diese natürliche, wilde Heidi, die sich hier so heimisch zu fühlen scheint, und die aufgedonnerte Chantal, die Angst hat, hier irgendwann irgendwie schmutzig zu werden, die passen wohl nicht so richtig zusammen.

Haben sie das wohl je getan?

War Heidi auch mal eine Chantal?

Haben sie gemeinsam Watte gegessen und sich stundenlang über die richtige Lippenstiftfarbe gestritten?

»Ihr könnt gerne zuerst mal die Zimmer beziehen. Strom und warmes Wasser gibt es erst am Abend, wenn ich den Generator einschalte. Aber das kalte Wasser ist nicht so kalt, man kann damit auch duschen, wenn einer unbedingt will. Bitte geht sorgfältig mit dem Wasser um, denn wir leiden noch immer unter der Dürre. Und dann erwarte ich euch gerne zum Tee in einer halben Stunde auf der Terrasse. Ist das okay so?«

Alle nicken. Chantal taumelt ein wenig. Sie ist wirklich nicht gut drauf. Aber Marc kümmert sich um sie. Ich freue mich jetzt auf mein Zimmer.

Wir spazieren um das Haus herum, das von einem

bezaubernden Blumengarten und hohen Bäumen umgeben ist. Neben dem riesigen Haupthaus mit den zwei Giebeln stehen kleine Gästehäuschen in einer Reihe, jedes mit schönem Sitzplatz davor.

»Mit Sicht auf den Mount Kenya«, sagt Heidi und zeigt mit dem Finger auf den Berg in der Ferne.

Die beiden Kameramänner teilen sich ein Haus, Marc und Chantal ein anders, dann bekommt Thomas sein Häuschen und ich bewohne das vorletzte.

»Im hintersten wohnt Daktari, ein Freund von mir«, sagt Heidi zu mir.

Die Zimmer sind riesig, haben große Fenster, und jeder hat sein eigenes Badezimmer. Von meinem Bett aus, auf das ich mich gleich übermütig werfe, kann ich den Mount Kenya sehen.

Ich bin glücklich.

Langsam sind die Belohnungen für meine Diätdisziplin ganz nach meinem Geschmack. Ja, ja, es sind keine Ferien. Aber ich werde trotzdem welche daraus machen, beschließe ich.

Meinen Koffer hat man mir auf das dritte Bett gelegt. Ich öffne ihn und wühle ein wenig darin herum. Jeans, T-Shirt, Turnschuhe. Hier wird es doch sicher keine Kleidervorschriften geben? Ich wasche mich nur oberflächlich. Dann hänge ich meine schönen Sachen, die ich vielleicht für Fotos und Film brauche, in den Schrank. Auch schmiere ich mir etwas Sonnenschutz auf die Nase. Dann hält mich nichts mehr. Ich will wieder raus. Die Hunde rennen mir entgegen, und ich fürchte mich einen

Moment lang. Sie kennen mich ja gar nicht. Aber nein, sie wollen mich nur begleiten, als meine Schutztruppe. Man könne sich auf dem Gelände problemlos frei bewegen, hatte Heidi uns noch gesagt. Das probiere ich jetzt aus. Ich fühle mich wohl hier und gehe über die Wiese, spaziere den Zaun entlang um das Grundstück herum. Ich traue mich nicht, das eingezäunte Gelände zu verlassen. Noch nicht. Ich spaziere, atme. In meinem Reiseführer stand ein Zitat von Karen Blixen zum kenianischen Hochland: »Die geografische Lage und die Höhe haben vereint eine Landschaft geschaffen, die in der Welt ihresgleichen sucht. Alles, was man sieht, atmet Größe und Freiheit und unvergleichliche Vornehmheit!«

Größe, Freiheit und Vornehmheit.

Genau.

Ich jogge ein paar Schritte an dem Zaun entlang. Die Hunde folgen mir aufgeregt, rennen voraus, kommen wieder zurück und bringen mich fast zum Stolpern. Die Bewegung tut mir gut, strengt aber an, schließlich befinden wir uns auf 2000 Metern Höhe. Die wohltuende afrikanische Höhenluft kommt so bis in die hintersten Winkel meiner Lunge. Manchmal rennen die Hunde hinter irgendeinem Tier her, dann treiben sie aus purem Übermut die Pferde zusammen. Aber sie kommen immer wieder zu mir zurück. Als ich wieder beim Haupthaus ankomme, bin ich ein wenig außer Atem.

»Du bist gelaufen. Kompliment. Aber übernimm

dich nicht am ersten Tag«, sagt Heidi, die mir Kaffee und Kuchen anbietet. Von den anderen Gästen ist noch keiner hier. Wir plaudern ein wenig. Sie weiß natürlich, dass ich die Diät-Königin bin und will einiges darüber wissen. Dafür erzählt sie mir dann auch, wie sie hierhergekommen ist.

»Ich hatte über ein Hilfswerk ein Patenkind. Dieses habe ich jahrelang finanziell unterstützt. Als es älter war, schrieb es, wann ich denn nun einmal zu Besuch käme. So flog ich erstmals nach Kenia. Das Land hat mich nicht mehr losgelassen. Ich hatte als Model gut verdient, viel gespart. Die Modelkarriere erfüllte mich schon lange nicht mehr. Da habe ich diese Farm gekauft. Ich leite sie jetzt zusammen mit meinem Patenkind.«

Sie ruft nach Fridah und stellt sie mir vor.

»Fridah ist inzwischen 35 Jahre alt und hat eine eigene Familie. Ohne sie wäre ich ziemlich aufgeschmissen. Aber zusammen sind wir unschlagbar«, erklärt Heidi und legt den Arm um die Frau. Fridah ist verlegen und verdrückt sich möglichst schnell wieder.

»Sie steht nicht gerne im Mittelpunkt. Aber im Hintergrund leistet sie großartige Arbeit. Sie ist mein Verbindungsglied zu den Einheimischen. Das ist oft Gold wert.«

Sie fühle sich zwar selber oft schon als Kenianerin, sei aber halt keine, auch wenn sie schon so lange hier ist. Das sei ihr durchaus bewusst.

Ich sitze gemütlich im Schatten, esse Kuchen und

trinke kenianischen Kaffee. Ich blicke über das weite Grasland hinweg auf den Mount Kenya. Es ist schon fast kitschig. Wie in einer Filmkulisse.

»Ja, so kommt mir das auch heute noch oft vor. Wir haben es wirklich schön. Wenn es nur nicht so trocken wäre. Meinen Nachbarn, die nur von ihren eigenen Erzeugnissen leben, geht es schlecht. Viele hungern. Ich versuche, sie zu unterstützen«, erzählt Heidi, »aber ich kann auch nicht alle ernähren.«

Sie hat ihre Reitstiefel gegen einfache Flipflops getauscht und die dreckigen Jeans ein wenig hochgekrempelt.

»Ich habe lange Zeit ein künstliches, abgehobenes Leben gelebt. Als Model ist man irgendwie nicht von dieser Welt. Jetzt habe ich mich wieder geerdet. Hier geht das gar nicht anders. Es passiert einfach mit einem.«

Na, ob Chantal sich hier erden wird? Wohl kaum. Wo ist sie überhaupt? Egal. Ich sitze gerne ein wenig hier mit Heidi und lerne sie näher kennen. Es ist schön, mit ihr zu plaudern, die Hunde zu unseren Füßen, die bunten Vögel an den Futterstellen und direkt vor uns das beeindruckende Panorama. Ich spüre keine Müdigkeit, bin aufgeregt, angeregt.

Zum Aperitif auf der anderen Hausseite treffen nach und nach alle ein. Wir schauen dem frühen Sonnenuntergang zu. Das hat was. Es wird Alkohol serviert mit Salzgebäck und selbstgemachten Chips. Jetzt lernen wir auch noch ein Ehepaar aus Berlin kennen. Vogelkundler. Sie haben selbst beim Aperitif noch ihre Nachschlagewerke auf dem Schoß und das Fernglas neben sich. Begleitet werden sie von Tom, einem kenianischen Vogelexperten. Er geht jeden Tag mit ihnen auf Exkursionen. Dave dagegen ist heimgegangen. Er lebt hier in der Nähe. Mein Nachbar wolle seine Ruhe haben, heißt es, und habe sich darum nur einen Tee aufs Zimmer bestellt.

»Er ist auch erst heute angekommen und ist völlig erledigt«, entschuldigt Heidi ihren Daktari.

Abends essen wir im Farmhaus an einem großen Eichentisch. Im Kamin brennt ein Feuer. Denn hier im Hochland wird es abends recht kühl. Wir werden gut bedient und speisen fürstlich. Es gibt Braten und Kartoffelbrei, dazu Gemüse aus dem eigenen Garten, Sukuma Wiki. Es ist wohl die kenianische Verwandte unseres Spinats.

Die buntgemischte Gesellschaft ist sehr unterhaltsam und Heidi eine aufmerksame Gastgeberin. Chantal ist bleich und still. Ich frage mich ernsthaft, wie sie zehn Tage Kenia überstehen will. Sie sieht krank aus.

Wir gehen alle früh schlafen. Die Kameramänner nehmen sich ein paar Flaschen Bier mit aufs Zimmer.

Ich lege mich ins Bett und höre noch, wie nach einer Weile der Generator ausgeht und alles still und ruhig wird. Jetzt sehe ich vor den riesigen Fenstern den Mond und die Sterne leuchten. Die Stille ist fast greifbar. Ich schlafe mit einem Lächeln auf dem Gesicht ein. Aber ich erwache mit einem großen Schrecken.

»Tina, Tina!«

Marc poltert an meine Zimmertür, und holt mich aus meinem zufriedenen Tiefschlaf.

»Tina, aufwachen, wir brauchen Sie!«

Fototermin?

Nein, es ist ja mitten in der Nacht.

Findet Chantal ihre Watte nicht?

Ich schüttele mich und steige aus dem Bett. Marc stürmt ganz aufgeregt in mein Zimmer, als ich ihm die Tür aufmache.

»Sie waren doch einmal Krankenschwester?«

»Ja.«

»Dann kommen Sie bitte. Helfen Sie mir.«

Ich ziehe mir eine Fleecejacke über den Pyjama und folge dem völlig aufgelösten Mann in sein Zimmer.

Meine Güte!

Chantal liegt im Bett, schweißüberströmt, mit Schüttelfrost. Sie hat eindeutig hohes Fieber.

»Ich habe Malaria«, sagt sie mit schwacher Stimme. »Ich sterbe.«

»Chantal, Sie haben garantiert keine Malaria. Todsicher nicht.«

»Wie können Sie da so sicher sein?«, will Marc wissen.

»Die Inkubationszeit beträgt mindestens eine Woche. Das heißt: Sie müsste schon eine Woche hier sein, um Malaria zu haben.«

Chantal hat Durchfall, musste sich bereits übergeben.

»Ging es ihr nicht schon auf der Reise schlecht?«, frage ich.

Marc nickt.

»Könnte es nicht sein, dass sie einen Grippevirus aus der Schweiz mitgebracht hat? Hatte sie am Ende gar Kontakt mit jemandem, der Schweinegrippe hat?«

Marc verneint.

Chantal hustet und keucht und nickt: »Meine Putzfrau. Sie kam, um sich abzumelden, weil alle ihre Kinder Schweinegrippe hätten. Sie musste ständig niesen. Wir machten noch Witze darüber, dass sie jetzt schon vom Staub niesen müsse, in dem sie mich jetzt einfach sitzen lasse.«

Nein!

Marc und ich schauen uns betreten an und verlassen dann kurz das Zimmer.

»Ist Ihnen klar, was das heißt? Wir müssen Chantal isolieren. Sie muss im Zimmer bleiben. Und sie darf keinen Kontakt mit anderen haben. Wir müssen morgen ein Grippemedikament organisieren, noch besser einen Arzt. Und wir zwei, die nach ihr schauen, sollten unbedingt einen Mundschutz tragen.«

»Und die Reise nach Samburu?«

»Die werden wir ohne sie machen müssen. So schnell wird sie sich nicht erholen.«

Wir stehen einen Moment draußen in der Nacht, schauen in die Sterne und machen uns Gedanken. Chantal wird unerträglich sein als Patientin. Sie wird sich niemals isolieren lassen. Es wird mühsam werden. Wird sie mir die ganze Reise verderben?

Marc beweist jedoch seine Führungsqualitäten: »Dann entscheide ich jetzt Folgendes: Wir legen morgen alle einen Ruhetag ein. War sowieso geplant. Übermorgen fahren wir ohne Chantal. Heidi wird bestimmt jemanden finden, der sich um sie kümmert.«

Marc hat gesprochen.

»Gehen Sie wieder schlafen. Ich werde mich um Chantal kümmern. Und morgen suchen wir einen Arzt. Danke.«

Ich krieche schnell wieder unter meine warme Decke und freue mich auf die Morgensonne. Die Nächte hier oben sind wirklich kalt. Besser, ich schlafe noch eine Runde.

Aber sobald es hell ist, bin ich wieder wach. Ich will einfach nichts verpassen. Ich ziehe mich an und gehe ein paar Schritte. Sofort sind die drei Hunde wieder bei mir. Aber ich muss sie enttäuschen, denn ich will keinen Spaziergang machen. Zwischen ein paar Bäumen stehe ich hüftbreit, verwurzele mich, mache meine Arme zu Ästen, bin selber ganz Baum. Hier bereitet so eine Übung mir wirklich Freude. Selbst die Hunde akzeptieren mich als Baum. Es würde nur noch fehlen, dass einer an meinen Stamm pinkelt.

Richtig belebt und erfrischt gehe ich nach einer Weile zurück zu meinem Sitzplatz und lasse mich mit den Hunden dort nieder.

»Sie waren ein schöner Baum«, ertönt es da vom Nachbarsitzplatz. Da ist noch einer ganz früh auf den Beinen.

»Oh, hallo Nachbar«, rufe ich hinüber.

Ein attraktiver Mann sitzt dort und raucht genüsslich seine Morgenzigarette. Daktari, hat ihn Heidi genannt. Was für ein erfreulicher Nachbar. Ein bisschen verlegen macht es mich allerdings schon, dass er mich als Baum gesehen hat. Es muss völlig bescheuert wirken, wenn man zuschaut.

»Hallo, Nachbarin. Hatten Sie in der Nacht irgendwelche Probleme?«, fragt er.

»Oh. Sicher haben wir Sie geweckt. Ein schlechter Anfang für eine lange Freundschaft«, antworte ich und erzähle dann, dass es meiner Chefin schlecht geht.

»Und warum haben Sie dann nicht nach mir gerufen?«

Nach ihm?

Daktari lacht über mein fragendes Gesicht und kommt zu mir herüber.

»Darf ich?«, fragt er, ist aber schon da und streckt mir seine Hand entgegen. Er hat ein jungenhaftes Lächeln in einem männlichen Gesicht. Seine Augen haben die Strahlkraft einer afrikanischen Sternennacht.

»Ich bin Felix Feierabend, Arzt.«

Stimmt. Jetzt weiß ich wieder, was Daktari heißt: Arzt oder Doktor.

»Tina Amgwerd, ehemals Krankenschwester«,

antworte ich und stehe auf, um ihm auch wirklich angemessen die Hand schütteln zu können. Ich muss einen Moment lang tief durchatmen. Es gibt so Augenblicke, die dauern ewig, die gehen einem durch und durch. Wir stehen da, schütteln uns die Hände und lächeln uns an.

Wie lange kann man so stehen bleiben?

Wie lange stehen wir schon so da?

Ich hätte glatt Lust, mich auf der Stelle hier und jetzt und mit ihm zu verwurzeln. Aber dann setzen wir uns doch hin. Die Hunde rennen davon, weil sich irgendwo irgendetwas bewegt hat.

»Sie machen also Tai Chi?«

»Ich kann leider nur diese eine Übung. Aber die tut gut.«

»Ich kenne noch ein paar andere. Vielleicht bringe ich Ihnen bei Gelegenheit noch eine bei.«

»Gerne.«

Ich erzähle ihm kurz, was mit Chantal los ist.

»Na toll. Als hätten die Leute hier nicht schon genug Krankheiten, bringen wir ihnen immer neue. Ich werde nachher bei ihr vorbeischauen. Gleich. Bald. Aber zuerst möchte ich noch wissen, wer Sie sind, und was Sie hier machen.«

Ich rede viel zu viel, erzähle viel zu viel. Nach zehn Minuten habe ich das Gefühl, er kenne nun mein ganzes Leben.

»Eine Diätfirma? Meine Güte! Werden wir jetzt nie mehr etwas Ordentliches auf den Tisch bekommen?«

Er schimpft ein wenig über Diäten im Allgemeinen und meint: »Amerikanische Studien haben doch längst erwiesen, dass leichtes Übergewicht sogar die Lebenserwartung erhöht, nicht etwa senkt. Der Jo-Jo-Effekt ist viel problematischer für die Gesundheit als ein konstantes Übergewicht. Diätfirmen sollte man verbieten.«

Dann mustert er mich und sagt frech: »Sie sehen allerdings schon echt knackig aus.«

Natürlich werde ich rot.

Er selber ist Arzt, Kinderarzt in einer Privatklinik in Luzern.

»Ich kam vor fünf Jahren mit meinem Bruder hierher, um Safaris zu erleben. Wir hatten in Isiolo eine Autopanne und mussten zwei Nächte dort bleiben. Da haben wir einen Mann kennengelernt, der dort ein Waisenhaus führt. Er lud uns zum Essen ein. Die Kinder in dem Heim lebten in extrem bescheidenen Verhältnissen. Einige waren krank. Ich musste einfach helfen.«

Seither gehe er einmal im Jahr für drei Wochen nach Isiolo. Er kontrolliere die Gesundheit der Heimkinder. Dazu helfe er im Isiolo Hospital, nehme kleinere Eingriffe vor, sorge für Medikamente. Den Kontakt mit den Ärzten dort halte er das ganze Jahr hindurch aufrecht.

»Aber das sind halt keine Ferien, wenn ich dort bin. Mich kennen alle. Man holt mich in die hintersten Höfe und Hütten, manchmal Stunden entfernt von Isiolo.«

Darum komme er anschließend immer noch eine Woche zu Heidi, die er schon lange kenne, um sich zu erholen.

Wir sitzen eine Weile schweigend beisammen und schauen zum Mount Kenya. Ich fühle mich wohl mit diesem fremden Mann, der einfach so mit mir vor meinem Zimmer sitzen bleibt. Es fühlt sich richtig gut an.

Ich mustere unauffällig meinen Daktari. Er sieht vielleicht ein wenig müde aus, aber braungebrannt. Um seine Augen herum hat die Sonne Lachfältchen eingebrannt. Rasiert hat er sich in den letzten Tagen wohl nicht, aber in Kombination mit seinem jungenhaften Wesen wirkt das betörend. Daktari trägt eine leichte Hose, Turnschuhe und ein grob kariertes Hemd, welches er natürlich nicht in die Hose gesteckt hat.

Ich erzähle ihm noch kurz, wer Chantal ist, damit er sich auf seine Patientin einstellen kann.

»Okay«, sagt er und lacht. »In diesem Falle werde ich meinen weißen Kittel anziehen, um etwas mehr Autorität auszustrahlen.«

Er steht auf und geht in sein Zimmer zurück. Schade. Ich sitze da und wundere mich über mich. Ein schöner Mann.

Na und?

Ich habe schon viele schöne Männer gesehen.

Hüllen.

Genau das habe ich doch bisher immer verurteilt: Dass alle nur auf die Hülle schauen. Was weiß ich von Felix? Vielleicht verheimlicht er ein Verbrechen, misshandelt Tiere oder säuft und hat Schulden. Vielleicht hat er endlos viele Schwierigkeiten mit sich selber. Er könnte seine Mutter umgebracht oder sein Arztdiplom gefälscht haben. Ein bloßer Blender, ein Heiratsschwindler, ein elender Charmeur.

Jetzt muss ich lachen. Immer schön auf dem Teppich bleiben, Tina! Ja, der Mann sieht gut aus und ist charmant. Punkt.

Beim Frühstück auf der Terrasse biegt sich der Tisch fast, so groß ist die Auswahl, so reich das Angebot. Pünktlich um acht treffen alle ein. Kein Wunder. Das will sich keiner entgehen lassen. Nur die Kameramänner schlafen noch. Marc kommt mit Felix. Dieser gibt gleich mal die Devise aus: »Keiner, der nicht unbedingt muss, geht zu Chantal. Vor der Zimmertür ist eine Kiste deponiert. Bitte daraus einen Mundschutz nehmen, bevor man ins Zimmer tritt. Bitte mit dem Mittel aus der Kiste die Hände desinfizieren, wenn man das Zimmer verlässt. Weitersagen! Das ist kein Spaß. Wir wollen doch alle noch eine schöne Woche haben, oder?«

Alle nicken. Felix erzählt dann, dass er heute noch kurz nach Nyeri fahren wird, um ein paar Medikamente zu holen und um Blutproben ins Labor zu bringen.

»Die haben dort ein mittelmäßiges Krankenhaus, aber ein ausgezeichnetes Labor. Einen Schweinegrippetest können sie zwar nicht machen, aber wenigstens können sie ausschließen, dass es etwas Schlimmes ist.«

Wir sitzen fast eine Stunde beim Frühstück, weil es einfach so schön ist hier im Freien. Ich esse Mangos und Papayas, trinke Kaffee dazu. Auch einen Toast und ein Ei leiste ich mir zur Feier des Tages. Die Vogelkundler verabschieden sich für den Rest des Tages. Thomas, der blonde Journalist, schließt sich ihnen an, was mich ein wenig verwundert. Ich mag Vögel, keine Frage. Aber einen Tag lang hinter ihnen herzuspähen, das wäre nicht mein Ding. Außerdem braucht man bloß hier zu bleiben: Die buntesten Vögel kommen an die Futterstellen.

Schließlich sitzen nur noch Heidi, Felix und ich beisammen. Die Sonne scheint. Ich weiß, hier warten alle auf Regen, aber ich persönlich bin begeistert von der Wärme, der Sonne, den wenigen weißen Wolken am stahlblauen Himmel.

»Warum nimmst du Tina nicht mit, wenn du nach Nyeri fährst? Ihr könntet beim Aberdare-Country-Club vorbeigehen, während ihr auf die Resultate vom Labor wartet«, schlägt Heidi Felix vor. Ich halte mal kurz den Atem an.

»Warum nicht. Wenn Sie Lust haben?«, fragt er mich. »Dann muss ich mir nicht so allein die Zeit vertreiben.«

Ich bin dabei. Keine Frage.

Der schöne Arzt und ich.

Wir fahren nach Nyeri. Die kleine Stadt scheint mir heute viel schöner als gestern. Am Straßenrand blühen violette Jakaranda-Bäume, Bougainvillea in orange und rot leuchten um die Wette mit dem Flammenbaum. In der Stadt herrscht ein hektisches Treiben. Mein Reiseführer sagt, dass hier 50 000 Menschen leben. Sie alle scheinen heute unterwegs zu sein.

Felix, der sehr ruhig und sicher gefahren ist, parkt jetzt ziemlich abenteuerlich ein, mitten in der Stadt, an einer Straßenecke.

Wir bringen die Blutproben ins Labor. Das große Gebäude sieht von außen nicht sehr vertrauenerweckend aus. Es ist eine Art große Baracke mit Blechdach. Aber drinnen ist alles sauber, und die Menschen wirken professionell. Sie begegnen meinem Daktari mit Freundlichkeit und Respekt. Wir müssen drei Stunden auf die Resultate warten.

»Können wir noch kurz in den Buchladen gehen?«, fragt mich Felix.

»Sicher. Ein kenianischer Buchladen? Interessant.«

Wir spazieren ein paar Straßen weiter und werden ständig angesprochen, weil man uns dies und das verkaufen will. Ich fühle mich ein wenig unsicher inmitten der Menschentrauben.

»Bleiben Sie einfach bei mir. Keine Sorge. Sie sind nur ein wenig aufdringlich, weil sie ein Geschäft wittern.«

Manchmal sagt Felix ein paar Worte in Suaheli, die nicht wirklich freundlich klingen. Aber sie wirken, und man lässt uns wieder ein paar Minuten in Ruhe.

Der Buchladen ist wirklich etwas Besonderes.

Keine Wühltische, keine einladenden Bücherwände, keine Türme mit Bestsellern. Es gibt einen hohen Verkaufstresen. Dahinter stehen bis zur Decke Regale, vollgestopft mit Büchern, auf die der Kunde keinen Zugriff hat.

»Ich hätte gerne einen Krimi, einen englischen oder kenianischen«, sagt Felix. Er bekommt fünf Bücher zur Auswahl hingelegt. Ich lächle. Felix nimmt sich zwei, bezahlt, und wir gehen wieder.

Dann will Felix noch ein paar Karten für sein Handy mit der kenianischen Nummer kaufen. Langsam macht es mir Spaß, mit ihm durch die Stadt zu marschieren. Ich halte Augen, Ohren, Nase offen. Ich habe in der Schweiz diese übergroßen Bilderbücher für Kleinkinder gesehen, ohne Text, dafür mit unglaublich viel Leben auf jeder Seite. Hier ist es genau so, als würde ich durch ein Bilderbuch spazieren. Es gibt so viel zu sehen! Alles ist fremd und interessant. Leider ist es auch unerträglich heiß. Die Sonne brennt uns gnadenlos auf den Kopf.

»Wir fahren jetzt«, beschließt Felix.

Er fährt uns wieder etwas aus Nyeri heraus, Richtung Nyahururu. Das Hotel, in dem wir einkehren, hätte Chantal gefallen. Nach dem großen Rummel der kleinen Stadt befindet man sich hier auf einer grünen Insel. Der Steinbau mit roten Ziegeln war früher ein englischer Club, ein Treffpunkt der weißen Siedler. Auch heute noch könnte man sich vorstellen, dass hier Diener mit weißen Handschuhen herumlaufen.

»Wie in einem alten Film«, lacht Felix. Ab und zu komme er gern hierher. »Es ist so entspannend, in diesem Garten zu sitzen.«

In der Tat: Wir sitzen unter riesigen, alten Bäumen. Jeder Vogelfreak würde hier auf seine Kosten kommen. Es pfeift und jubiliert aus den Baumkronen. Die leicht erhöhte Lage beschert uns einen Blick über eine weitläufige, gepflegte Gartenanlage.

Wir sind uns schnell einig, dass wir zwar hier sitzen wollen, aber gar keinen Hunger haben, jedenfalls nicht auf ein großes Menü. So bestellen wir uns ein Stück Kuchen und eine Portion Tee. Wir beobachten ein paar japanische Touristen, die sich gegenseitig ohne Unterlass fotografieren, beim Essen, beim Sitzen, beim Gang zum Klo.

Es ist schön hier.

Und ER ist schön.

Ich könnte tagelang, wochenlang, ja bis in alle Ewigkeit hier mit ihm sitzen. Er kann so unterhaltsam von seinen afrikanischen Erlebnissen erzählen. Er liebt Kenia, das spürt man.

»Trotz Armut und Elend scheinen die Kenianer eine geheime Quelle zu haben, aus der Lebensfreude fließt. Mir tut es immer gut, hier zu sein. Ich komme als zufriedener Mensch nach Hause in die Schweiz.«

Er habe hier viel gelernt und seither an seiner Lebenseinstellung gearbeitet.

»Leider ist das Gesundheitssystem eine Katastrophe. Und die Korruption lässt zwar Gelder fließen, aber nicht in die richtigen Kassen. Hier sterben Menschen an Krankheiten, die man ohne Weiteres behandeln könnte. Aber sie haben kein Geld und kommen deshalb erst zu spät oder gar nicht zum Arzt. Manchmal können sie schon den Transport in eine Klinik nicht finanzieren. Das ist traurig.«

Er versuche immer wieder, auch die Regierung in die Pflicht zu nehmen, und nicht nur Gelder und Medikamente in der Schweiz aufzutreiben. Er habe schon viele Stunden in den Büros der Behörden verbracht.

»Die lächeln mich an und versprechen mir alles. Es passiert aber nichts.«

Das sei oft deprimierend. Trotzdem sehe er die Menschen vor Ort, und die bräuchten ihn.

Manchmal höre ich ihm zwar zu, verliere mich aber ein wenig in seinen blauen Augen, in denen auch bei ernsten Gesprächen immer ein kleines Lächeln versteckt ist, das vielleicht nur ich erkennen kann. In seinem Gesicht sehe ich auch immer noch den kleinen Felix, den verspielten, fröhlichen Kerl. Er hat diesen jungenhaften Charme. Sicher kann er gut mit Kindern umgehen.

»Hallo? Sie träumen«, sagt er plötzlich, und ich werde rot.

»Entschuldigung.«

»Ich habe Sie gerade gefragt, ob Sie Lust auf einen kleinen Abenteuerspaziergang hätten? Zu diesem Hotel gehört ein kleiner Naturpark.«

Sofort bejahe ich. Gerne verlängere ich unsere

Zweisamkeit noch eine Weile. Ich würde mit ihm fast überallhin spazieren.

Felix bezahlt unsere Rechnung, und wir gehen auf einem Weg, der nach unten führt, in den dichteren Wald. Wir passieren ein Tor und der Weg wird schmaler, rechts und links nur Bäume und Büsche.

»Hänsel und Gretel verliefen sich im Wald«, singe ich leise.

Felix nimmt meine Hand. Jetzt brauche ich mich vor der Hexe nicht zu fürchten. Das Gelände wird ein wenig anspruchsvoll. Hoffentlich weiß er, was er tut. Natürlich weiß er das, jedenfalls beinahe, denn plötzlich stolpert Felix über eine Wurzel und fällt hin. In dem Versuch, ihn festzuhalten, falle ich fast auf ihn. Wir liegen auf dem Boden und fangen gerade an zu lachen, als Felix mich mit wilder Gestik zum Schweigen bringt. Direkt neben uns, fast zum Greifen nah, schreiten drei Giraffen vorbei. Sie sehen gigantisch groß aus, so von unten betrachtet. Noch nie war ich einer Giraffe so nah. Mir gefallen diese eleganten und doch irgendwie schlaksigen Tiere. Sicher steht mein Mund offen. Ich bin hin und weg. Wir bleiben ganz still liegen, bis die Tiere nicht mehr zu sehen sind. Hört Felix mein Herz schlagen? Ich stehe auf und klaube mir einen dicken Käfer vom Ärmel.

»Besser wir stehen auf, bevor uns noch Elefanten zertrampeln«, versuche ich einen Scherz.

»Hier gibt es nur Giraffen und kleinere Tiere«, beruhigt mich Felix. Dann fragt er: »Kannst du mir hoch helfen? Gibst du mir deine Hand?«

Wir sind also beim Du. Giraffen verbinden. Klar.

Ich helfe ihm hoch und bin schon etwas verwundert, dass er das nicht alleine schafft. Felix klopft sich den Dreck von den Kleidern und tastet dann sein Bein ab, dreht und rüttelt da und dort. Als er meinen fragenden Blick sieht, sagt er: »Ah, das wusstest du nicht? Ich habe eine Beinprothese, seit einem Motorradunfall.«

Eine Beinprothese?

Ein Holzbein?

»Du hast ein Holzbein?«, bricht es aus mir heraus, bevor ich nachdenken kann. Ein Lachkrampf kündigt sich an. Ich kann mich nicht dagegen wehren. Ich lache Tränen.

Er hat ein Holzbein!

Er ist fast ein Tisch!

Er ist mein Schicksal!

Ich würde gerne aufhören zu lachen, kann aber fast nicht. Was muss Felix von mir denken? Wir gehen nebeneinander her zurück zum Hotel.

»Ehrlich, meist sind die Menschen peinlich betreten, wenn ich ihnen von meinem Bein erzähle. Dermaßen lustig fand das noch niemand. Aber bitte: Ich finde diese Reaktion schon fast erfrischend. Und zum Holzbein: Du willst doch nicht meine Ärzte beleidigen? Ich habe eine hochmoderne, hypersensible Beinprothese, ein technisches Wunderwerk.«

Felix nimmt mein schlechtes Benehmen also mit Humor. Sobald ich mich etwas beruhigt habe, entschuldige ich mich in aller Form.

»Es ist eine längere Geschichte, aber ich werde sie wohl erzählen müssen, damit du mich nicht für total bescheuert hältst.«

Ich erzähle Felix also von meinem Geburtstag, wie ich mich über die Ansprache mit dem Holzbein ärgerte und dann eines aus Blei goss. Ich erzähle ihm vom Perlenkettenmann, der manchmal Eingebungen habe, und der meinte, ich müsse die Augen nach einem Holzbein offen halten.

Felix schweigt einen Moment lang und meint dann: »Wir sind also füreinander bestimmt? Es ist alles Schicksal?«

»Vielleicht?«, antworte ich. Wir stehen einander gegenüber, schauen uns an und einen Moment lang lacht keiner. Nein, wir sind ernst und schauen einander in die Augen, versuchen mehr zu sehen, mehr zu spüren, alles zu verstehen.

»Ach, ich habe schon schlimmere Schicksalsschläge überstanden«, macht Felix schließlich einen Scherz und beendet damit den Zauber. Er nimmt meine Hand, und wir gehen zum Wagen zurück.

Auf dem Weg ins Labor erzählt er mir von seinem Unfall.

»Es ist schon zehn Jahre her. Ich war ein leidenschaftlicher Motorradfahrer. Dann die alte Geschichte: Zu schnell, zu unvorsichtig, aus der Kurve geflogen. Immerhin kamen keine anderen Menschen zu Schaden.«

Aber er habe lange gebraucht, um alles zu verkraften.

»Meine Freundin hat mich verlassen. Dabei hatten wir kurz vor dem Unfall beschlossen zu heiraten. Inzwischen, nach all den Jahren, kann ich sie verstehen. Es war nicht so, dass sie mich mit meiner Beinprothese nicht haben wollte, aber sie konnte mit meinem Zorn, meiner Wut, meiner Traurigkeit nicht umgehen.«

Er habe sich eine Weile von allen und allem zurückgezogen. Richtig ins Leben zurückgeholt habe ihn Afrika.

»Als ich das Elend hier gesehen habe, war das wie eine wohltuende Ohrfeige: ›Hallo? Dir geht es gut! Merkst du das eigentlich nicht?‹«

»Das kann ich verstehen«, sage ich, bin aber ansonsten gerade ein wenig schweigsam.

In meinem innersten Inneren feiere ich den Moment mit einem riesigen Feuerwerk. Bunteste Lichter explodieren in mir, Böller lärmen, Farbraketen fliegen gen Himmel. Dazwischen fliegen muntere Schmetterlingsschwärme furchtlos durch die bunten Bilder. Ein lautes, fröhliches Durcheinander herrscht in mir: Ich bin verliebt.

Ich versuche, an meine Vernunft zu appellieren. Sie soll mir helfen, mich nicht völlig zu vergaloppieren und lächerlich zu machen.

Ich bin verliebt.

Ja, so sieht es aus. Die Lage ist ernst. Ich muss also aufpassen. Ich bin unberechenbar, wenn ich verliebt bin, albern, unvernünftig, zu spontan, zu emotional, waghalsig.

Gerade hat ein besonders schöner Feuerwerkskörper seinen Lichterzauber in mir entfaltet, da kommen wir beim Labor an.

Ich gehe wie ferngesteuert hinter Felix her, der kurz mit einem Mann in Englisch über die Werte von Chantal diskutiert, sich dann einige Medikamente aushändigen lässt und auch noch eine Kiste Hygienemasken mitnimmt. Er bezahlt, und wir machen uns auf dem Heimweg zur Farm. Es ist schon später Nachmittag.

Was für ein Tag!

Wenn ich mir vorstelle, wie wir so dalagen und die Giraffen an uns vorüberzogen ... Es war großartig.

»Du lächelst so vor dich hin«, sagt Felix. »Woran denkst du?«

»Wie wir so dalagen und die Giraffen vorüberzogen, das war schon großartig.«

»Ja, definitiv. Unvergesslich. Und vielleicht könnten wir, wenn wir die Geschichte weitererzählen, sagen, dass die Giraffen direkt über uns hinweggestiegen sind, ganz vorsichtig, weil sie uns nicht verletzen wollten. Was meinst du? Wir müssen uns natürlich einig sein.«

»Gute Idee«, lache ich. »Das klingt natürlich noch viel großartiger.«

Chantal habe wohl tatsächlich die Schweinegrippe, informiert Felix mich nach einer Weile. Na toll!

Vor der Farm angekommen stehen wir noch einen Moment betreten vor dem Wagen. Es gäbe irgendwie so viel zu sagen. Andererseits ist es doch für alles noch zu früh. Wir schauen uns nur an, sind beide ein wenig verlegen. In diesem Moment kommen die Hunde angerannt und verlangen Aufmerksamkeit. Ihnen folgt Heidi, die uns auffällig mustert. Wir sagen nichts. Sie sagt nichts. Aber alles steht wohl in unseren Gesichtern geschrieben.

»Ist das okay: Wir gehen uns erfrischen, und du kommst dann kurz mit zu Chantal? Sozusagen als meine Assistentin?«

Abgemacht. Ich brauche zuerst dringend etwas kaltes Wasser auf meinem Kopf.

Wir besuchen also gemeinsam Chantal. Felix hat wieder seinen weißen Arztkittel angezogen, worüber ich lächeln muss. Wir ziehen einen Mundschutz an und betreten ihr Zimmer. Es stinkt. Ich öffne zwei Fenster. Chantal liegt wie eine lebende Leiche in ihrem Bett. Bleich und ungeschminkt, mit verschwitzen Haaren kann ich sie kaum noch erkennen. Sie wirkt so menschlich, so zerbrechlich.

»Schwester, würden Sie bitte diesen Eimer leeren«, sagt Felix zu mir. Tatsächlich: Neben ihrem Bett steht ein Eimer mit Erbrochenem. Ich tue meine Arbeit. Felix gibt Chantal eine Spritze. Er kontrolliert auch ihren Blutdruck, erklärt ihr die Einnahme der Medikamente.

»Sie müssen viel trinken«, sagt er immer wieder. Ein voller Teekrug steht auf ihrem Nachttisch. Ich wasche mit einem kalten, feuchten Waschlappen Chantals Gesicht.

»Wenn ich nach dem Abendessen wiederkomme, muss dieser Krug fast leer sein«, sagt Daktari Felix in bestimmendem Tonfall. Chantal nickt, aber ich glaube, ich werde das von Zeit von Zeit kontrollieren müssen. Wo ist denn eigentlich Marc, der sich doch um sie kümmern sollte?

»40,2 Grad«, verkündet Felix. Das Fieber werde aber jetzt schnell heruntergehen, meint er dazu beruhigend, mit den richtigen Medikamenten.

»Zuerst wird sie jetzt wieder schlafen«, sagt Felix zu mir, als wir draußen unsere Hände desinfizieren. »Diese Frau ist ja dermaßen mager, die hat überhaupt keine Reserven. Wir müssen sie im Auge behalten. Auch müssen wir kontrollieren, dass sie die Medikamente richtig nimmt und ab und zu etwas isst und viel trinkt.«

Wer sind wir? Das Emergency-Room-Team? Friends? Oder Scrubs, die Anfänger?

Felix erklärt, er brauche jetzt eine Stunde auf dem Liegestuhl mit seinem neuen Krimi. Bald schläft er schon, im Schatten von Bäumen, und der Krimi liegt neben ihm am Boden. Ich dagegen habe keine Ruhe. Ich ziehe mit den Hunden los, renne ab und zu, bis mein Herz fast zerspringt. Über eine Stunde bin ich unterwegs. Es tut mir gut. Dafür leiste ich mir beim Nachmittagstee wieder ein schönes Stück Kuchen. Felix erscheint nicht. Marc und die beiden Kameramänner sitzen im Speisezimmer und besprechen unsere Aufnahmen von morgen.

»War es schön heute in Nyeri?«, fragt Heidi.

»Ja, o ja«, antworte ich und werde rot.

»Wir haben beim Aberdare-Country-Club einen Spaziergang gemacht und dabei sind Giraffen ganz nahe an uns vorbeigegangen. Das hat mich wirklich beeindruckt.«

»Du hattest ja auch einen tollen Guide. Felix ist ein prima Typ, ein wirklich guter Freund.«

»Ja.«

Wir schauen uns an und lachen beide. Sie merkt, dass sie nicht mehr von mir zu hören bekommen wird und gibt auf.

»Wenn ich dir oder euch irgendwie helfen kann, lass es mich wissen«, sagt sie noch und entschuldigt sich dann, weil sie im Büro so viel zu tun habe.

Ich gehe in mein Zimmer und schicke meinen Freundinnen eine SMS.

»Verliebt. Traummann mit Holzbein getroffen. Giraffen zum Greifen nah. Glücklich. Tina.«

Na ja, das lässt viel Spielraum für Spekulationen. Aber so ist es halt, wenn man sich dermaßen kurz fassen muss.

Beim Abendessen sind heute ein paar Freunde von Heidi da, eine kenianische Familie. Alle unterhalten sich prächtig, mal in Englisch, mal in Deutsch. Felix sitzt mir gegenüber, und ich glaube, ich himmle ihn manchmal ein bisschen an, reiße mich sofort wieder zusammen, bis von ihm postwendend ein Lächeln kommt, das mir unter die Haut geht. Dabei entgeht mir fast, dass das Gespräch eine sehr unschöne Wendung genommen hat. Plötzlich höre ich Marc nämlich übel über die dicken Frauen herziehen: »Diese SH-Treffen sind oft wie ein Gruselkabinett. Die meisten Frauen können noch so viel abnehmen – hässlich bleiben sie dennoch. Die meisten schaffen es sowieso nie. An denen verdienen wir am meisten.« Er lacht. »Und dann immer das Gejammer und all die Ausreden. Dabei bräuchten sie nur Disziplin.«

»Vielleicht sollte man sie in ein Militärlager stecken«, lacht der Kameramann mit dem dicken Bauch. »Beim Militär hat noch jeder Disziplin gelernt.«

»Oder mal in einem afrikanischen Dorf aussetzen«, antwortet der schöne Kameramann. »Vielleicht könnte man eine Fernsehserie draus machen: Dick im Dschungel. Oder so ähnlich.«

»Wenn meine Frau dick wäre, würde ich sie austauschen«, posaunt Marc heraus. »Schwabbeliges, Wabbeliges mag ich gar nicht. Dicke finde ich abstoßend. Aber eins lässt sich nun mal nicht leugnen: Sie bringen gutes Geld in die SH-Kasse.«

Dann erzählt er noch einmal von dem Projekt »Frauen für Frauen – Diät gegen Hunger«. Er lacht und meint: »Das war ein großartiger Schachzug, eine super Marketingidee. Diese Dicken haben nämlich tatsächlich manchmal, nur selten, ein schlechtes Gewissen, weil sic so viel Geld für ihre Diäten ausgeben. Voilà! Wir haben ihnen das schlechte Gewissen genommen.«

Natürlich werde das ganze Team, die ganze Reise nach Kenia, alles aus diesem Topf bezahlt. In diesem Sinne bestelle er hiermit noch eine Flasche Wein.

»Lasst uns auf die Dicken anstoßen! Dass auch ja ihre Geldbeutel immer dick bleiben. Mindestens.«

Ich werde immer kleiner. Ich bin total betroffen. Sehen die mich denn gar nicht? Ja, klar: Sie sehen eine schlanke Frau. Ich aber fühle mich noch immer solidarisch mit den Dicken. Es schockiert mich zutiefst, dass ein Leiter von SH so denkt und dann auch noch so spricht. Ganz unauffällig verlasse ich den Speisesaal und gehe auf die Wiese vor dem Haus. Dort unter dem Sternenzelt kommen mir die Tränen. Ich habe mein Gesicht an eine Firma verkauft, die Dicke eklig findet. Gut, ich habe ja nie geglaubt, SH sei eine soziale Institution. Aber ich hätte wohl doch etwas professionellen Respekt erwartet gegenüber all diesen Frauen, die den Laden so schön am Laufen halten.

»Alles okay?«, sagt Felix plötzlich hinter mir.

»Ja, ja«, antworte ich. Ob er meine Tränen schon gesehen hat?

»Es ist nicht schön, wenn einem die Augen geöffnet werden, nicht wahr?«

Ja, er hat es auf den Punkt gebracht. Ich werde diese Firma so schnell wie möglich verlassen.

»Ja, immerhin weiß ich nun, was ich nicht mehr will. Aber wohin mein Weg geht? Keine Ahnung.«

»Sei nicht traurig. Immerhin tut ihr morgen etwas wirklich Gutes. Und die Reise nach Umoja wird dir gefallen. Vielleicht liegt die Antwort irgendwo auf der Straße, auf dem Weg dorthin. Afrika liefert oft Antworten und Erkenntnisse, wenn man offen dafür ist. Die Frauen von Umoja sind großartig. Lass dir nicht alles verderben von diesen Leuten. Sei froh darüber, dass sie dir diese Reise ermöglichen.«

»Diese Reise haben mir die dicken Frauen ermöglicht.«

Ich höre von Weitem Marc nach mir rufen. Felix sagt, er gehe jetzt zu Chantal und dann schlafen.

»Ich wünsche dir morgen eine schöne Reise. Pass auf dich auf.«

Und plötzlich ist er mir nah und haucht mir einen Kuss auf die Lippen. Bevor ich überhaupt reagieren kann, ist er schon weg.

Marc ist wieder ganz Geschäftsmann. Wir haben eine Sitzung. Alles wird bis ins Detail geplant. »Frühstück um acht, Abfahrt um neun. In Isiolo Halt, um die Nahrungsmittellieferung aufzunehmen. Mittags Ankunft in Umoja. Die Frauen werden alle bereitstehen, mit sämtlichen Kindern. Die Kameramänner werden abgesetzt. Wir fahren noch einmal weg, damit unsere Ankunft gefilmt werden kann. Jubel und Gesang der Frauen. Wir übergeben die Lebensmittel. Die Frauen zeigen uns das Dorf. Fotosession mit Frauen. Danach Bezug des Quartiers im Gäste-Camp von Umoja.«

Es werde sehr anstrengend, da es brutal heiß sei dort. Er schlage vor, dass ich mich erst in Isiolo umziehe. Er überlasse mir die Kleiderwahl.

»Die Frauen dort tragen extrem bunte Kleider und noch bunteren Schmuck. Es ist also gut, wenn Sie nicht auch noch bunt daherkommen.«

Ansonsten vertraue er mir voll.

»Das ist unser wichtigstes Werbeevent. Das muss einfach klappen. Ich erwarte von allen totalen Einsatz. Immerhin müssen wir jetzt ohne Chantal auskommen. Dieser Film wird später in allen SH-Gruppen gezeigt. Die Fotos gehen an alle Medien. Bitte gebt euch Mühe!«

Wir geben alle unsere Zustimmung. Fehlt nur noch ein Schlachtruf. Auch der Journalist ist wieder unter uns. Der blasse Junge hat etwas Farbe bekommen, und seine Augen leuchten, als hätte auch er heute Giraffen gesehen. Ja, den einen tut Afrika gut.

»Und Leute: Heute findet kein Besäufnis statt. Morgen können wir dann feiern. Wenn alles gut klappt, habe ich sogar eine Überraschung für euch.«

Ich gehe auch noch kurz bei Chantal vorbei. Sie liegt da, als hätte sie sich heute noch gar nicht bewegt. Ich gieße etwas Tee in eine Tasse und helfe ihr beim Trinken. Sie nimmt meine Hilfe dankbar an. Es muss ihr wirklich schlecht gehen. Ich bringe sie zur Toilette.

»Möchten Sie, dass ich Sie wasche?«, frage ich Chantal, als sie wieder erschöpft in ihrem Bett liegt.

Sie schaut mich ganz erstaunt an.

»Ich war einmal Krankenschwester«, erinnere ich sie. Sie lässt sich tatsächlich von mir waschen. Ich kann es nicht glauben. Fast gerate ich ein wenig in Panik. Schließlich habe ich das schon ewig lang nicht mehr gemacht. Aber ich weiß, wie wohltuend es für die Patienten ist. Ich erinnere mich schnell wieder an die entsprechenden Handgriffe. Wir reden nichts. Chantal ist völlig entkräftet und kann wenig helfen. Sicher ist ihr die Situation auch peinlich und unangenehm. Aber sie macht mit, und ich tue das gerne für sie.

»Danke, Tina!«, sagt sie am Schluss, und die Augen fallen ihr schon fast wieder zu.

»Gute Reise morgen!« Und dann sagt sie noch leise: »Ziehen Sie das weiße Kleid an. Das wird bezaubernd aussehen. Aber nehmen sie noch etwas zum Umziehen mit. Die Farbe ist ja doch etwas heikel.«

Ich lächle nur und denke, dass Chantal sicher bald wieder gesund wird. Ihre Lebensgeister sind noch lange nicht tot, nur ziemlich angeschlagen.

Ich gehe schlafen, fühle mich plötzlich wie erschlagen, richtig todmüde. Der Tag war schließlich ereignisreich in jeder Beziehung. Noch im Bett sehe ich Giraffen an mir vorüberziehen und spüre den Hauch des Kusses auf meinen Lippen. Ja, ich weiß, ich bin verliebt, nicht mehr ganz zurechnungsfähig, und das ist gut so. Ich nehme das schöne Gefühl mit in meinen Schlaf.

Am nächsten Morgen ist Dave, unser Fahrer, wieder da und begrüßt alle gut gelaunt. Er freut sich auf die Reise. Bei unserer Gruppe ist Anspannung, Aufregung spürbar.

»Heute geht es um die Wurst«, sagt Marco, als

wir einsteigen, dabei ist uns allen klar, dass dies kein ausgelassener Schulausflug wird.

Die Fahrt nach Samburu dauert über drei Stunden. Aber sie ist kurzweilig, denn es gibt immer etwas zu sehen. Einmal entdecke ich an einer Straßenecke das Schild »Hollywood Carwash». Daneben stehen drei Männer mit Kübeln und Lappen. Das ist alles. Ich amüsiere mich über den Einfallsreichtum der Kenianer.

Wir fahren stundenlang über Buckelpisten und Schlaglochreihen, die sich Straßen nennen.

Hinter Nanyuki reihen sich riesige Zelte aneinander. Sie haben die Größe von Tennishallen. Hunderte von Hallen!

»Das sind Gemüse- und Blumenfarmen. Alles für den Export. Die brauchen zu viel Wasser, zu viele kostbare Ressourcen, zu viel Energie – all das, was den Menschen hier dann für das tägliche Leben fehlt«, erzählt Dave.

»Aber dafür schaffen sie Arbeitsplätze, oder?«, frage ich.

»Ha!«, lacht Dave über meine Naivität. »Die Kenianer arbeiten in diesen Treibhäusern zu miserablen Bedingungen und werden todkrank, weil sie ständig die Gifte von Dünger und Pestiziden einatmen müssen.« Es hätten sich schon Leute für die Arbeiter eingesetzt. »Die leben nicht mehr. Wer sich zu sehr einmischt, wer unangenehme Wahrheiten verbreitet, lebt eben gefährlich.«

Oh. Und das für ein paar Schnittblumen oder

Tomaten? Bei Blumen erscheint mir das Ganze besonders absurd. Die werden hier gezogen und dann im Flugzeug nach Europa geflogen, wo sie innerhalb weniger Tage in kostbaren Vasen verwelken. Sie müssten eigentlich unbezahlbar teuer sein, kosten aber nur ein paar Franken.

Und dann begegnet mir wieder kenianischer Einfallsreichtum: Irgendwo hinter Timau steht ein Schild: »Clean Toilets«, saubere Toiletten. Da hat doch einer die Probleme von Touristen erkannt. Klar, dass auch wir da halten. Wir benutzen die schönen Toiletten, Dave tankt den Wagen voll und wir kaufen danach etwas Kleines am Kiosk. So stimmt der Aufwand für den Besitzer.

Wir fahren durch herrlich grüne, hügelige Landschaften. Bald sind wir nur noch auf tausend Metern Höhe. Wir folgen der Straße, die uns am Ende nach Äthiopien führen würde.

»Chinesische Baufirmen sind gerade dabei, die Straße neu zu machen«, erzählt Dave. »Leider wildern sie im Nebenerwerb, weil Chinesen so scharf sind auf Elfenbein. Sie glauben, es stärke ihre Potenz. Mit jedem Kilometer Straße vermindern sie den Bestand an Elefanten in der entsprechenden Gegend.«

Ich finde die Ausführungen von Dave sehr spannend. Er weiß so viel, und ich weiß gar nichts. Nirgendwo stand beispielsweise geschrieben, dass es Kamelherden in Kenia gibt. Und hier kommen uns jetzt ständig welche entgegen. Ich freue mich, wenn die Tiere die Straße blockieren und wir warten müssen. So kann ich sie genau beobachten.

»In dieser Trockenheit sind das die einzigen Tiere, denen es noch richtig gut geht«, kommentiert Dave. »Sie können extrem viel Wasser speichern.«

Ja, der Landschaftswechsel ist mir schon auch aufgefallen. Es wird immer trockener, heißer, und die Gegend wird wüstenartig.

Nach zweieinhalb Stunden kommen wir in Isiolo an. Diese Stadt wirkt völlig anders als Nyeri.

Dave übernimmt gerne die Rolle des Reiseführers und erzählt: »Hier leben etwa 22000 Menschen. Siehst du dort die Moschee und daneben die katholische Kirche mit dem imposanten Außengemälde? Hier leben extrem viele Völker zusammen. Das geht leider nicht immer gut. Gerade neulich gab es wieder viele Tote.« Isiolo sei zudem auch ein Waffen- und Drogenumschlagplatz.

Wir fahren in den Innenhof des Bomen-Hotels. Hier auf der Terrasse können wir uns ein wenig von der Fahrt erholen, bekommen kühle Getränke und einen kleinen Imbiss, während wir auf den Lieferanten unserer Lebensmittel für Umoja warten.

»Hier können Sie sich dann auch umziehen. Wir sind in vierzig Minuten in Umoja«, erklärt Marc.

Wir sitzen über eine Stunde auf der schattigen Terrasse, bis endlich ein kleiner Lastwagen in den Innenhof einfährt. Wir sind alle ein wenig angespannt gewesen. Marc hatte schon mehrmals laut und aufgeregt mit Heidi telefoniert, die alles organisiert haben sollte. Hat sie auch, wie man nun sieht. Alle sind erleichtert.

Aus dem Wagen steigt ein junger Mann mit Schlapphut. Marc eilt ihm entgegen und will sofort die Ware sehen. Wir hören sie meckern, bevor wir sie sehen. Der halbe Lastwagen ist voller Ziegen!

»Was soll denn das? Ziegen? Kein Mensch hat doch von Ziegen gesprochen?«, ruft Marc schockiert aus. »Wir wollen doch keinen Streichelzoo einrichten.« Marc ist fassungslos. Dave mischt sich ein.

»Das ist das liebste Lebensmittel der Umoja-Frauen. Sie leben eigentlich von Fleisch, Milch und Blut, trinken dazu gerne süßen Chai und essen manchmal etwas Ugali aus Maismehl, oder Bohnen. Schauen Sie: Da sind Säcke mit Zucker, Tee, Maismehl, Salz, Bohnen. Dazu ein paar Flaschen Speiseöl. Die Frauen werden außer sich sein, wenn sie auch noch diese Ziegen sehen! Zwei Kisten mit Glasperlen sind auch dabei. Oh, da ist sogar ein riesiger Sack mit Süßigkeiten für die Kinder. Das wird ein Hallo geben!«

Dave ist begeistert.

Marc beruhigt sich langsam wieder. Die Kameramänner erklären ihm nämlich, dass es mit diesen Ziegen großartige Bilder geben werde.

Ich beobachte alles und lächle.

Das ist Afrika!

Ich ziehe mich in der schönen Toilette um, wasche mich ein wenig, kämme meine Haare. Schminken hat wirklich keinen Sinn bei dieser Hitze. Als ich die Terrasse wieder betrete, bekomme ich tatsächlich Applaus. Wie peinlich! Ich bin total overdressed. Aber Job ist Job. Ich drehe mich ein wenig und die Volants schwingen fröhlich um mich herum. Das Kleid ist schön, nur eben sehr auffallend, weil natürlich keiner mit einem weißen Kleid in dieser staubigen Gegend herumfahren würde.

»Gehen wir!«, ruft Marc aufgeregt. Jetzt hält ihn nichts mehr. Nach Isiolo müssen die Fahrer bei einem Wachposten ihre Wagen und die Zahl der Fahrgäste einschreiben. Es ist, als würden wir jetzt die Zivilisation verlassen. Warum wir das tun müssen, kann Dave mir nicht erklären. Oder will er es nicht? In meinem Reiseführer steht etwas von gelegentlichen Banditenüberfällen auf Touristen auf dieser Strecke. Heute hätten die Banditen ja einen Glückstag, mit so viel Technik und Lebensmitteln und meinem schönen Kleid dazu.

In Umoja gehen wir vor wie geplant: Wir fahren vor das Dorf, laden die Kameramänner aus. Mein Herz pocht. Ich sehe schon ein paar der Frauen, die uns zuwinken und lachen.

Wir fahren noch einmal weg und warten eine Weile. Ich schaue kurz in den Spiegel, versuche mir mit Erfrischungstüchern ein wenig die Hände zu kühlen, atme tief durch.

»Tina, Sie steigen aus, begrüßen Frauen und Kinder und lassen sich dann einfach treiben. Schauen

Sie, dass sie immer dabei sind, wenn die Nahrungsmittel ausgeliefert oder irgendwohin gebracht werden. Helfen Sie mit. Packen Sie zu. Wir versuchen, nicht groß ins Geschehen einzugreifen, solange alles gut geht. Die meisten dieser Frauen haben noch nie einen Film gesehen. Woher sollten sie also wissen, worum es hier geht?«, sorgt sich Marc.

Aber seine Sorgen sind unbegründet, denn eines scheinen die Frauen sehr wohl zu wissen: Hier bringen ein paar Fremde sehr viele gute Dinge, und dafür wollen sie eine Gegenleistung. Den Umgang mit Touristen sind die Umoja-Frauen längst gewohnt.

Wir fahren also wieder vor den Dorfeingang. Etwa fünfzig Frauen und unzählige Kinder stehen jetzt beim Eingang. Sie singen und klatschen. Ich steige aus und stelle mich vor die Frauen. Eine wahre Farbenpracht! Die Samburu-Frauen tragen bunte Tücher und einen breiten Halsschmuck aus Glasperlen. Ihre Lieblingsfarben scheinen Rot und Blau zu sein. Einige tragen auch einen Kopfschmuck, Armreifen, Fußketten. Sie mustern mich neugierig, genau wie ich es bei ihnen tue. Wahrscheinlich denken sie, ich sei eine Prinzessin aus einer anderen Welt.

Nach dem ersten Lied bedanke ich mich mit Applaus und einer leichten Verneigung.

Eine bildschöne Frau kommt auf mich zu. Ihr Gesicht wirkt wie gemalt. Rose ist zurzeit die Chefin hier. Sie spricht Englisch und begrüßt mich ganz offiziell. Marc öffnet jetzt den Lastwagen. Sofort kommen alle angerannt, um zu schauen, was es hier alles gibt. Plötzlich reden alle durcheinander und lachen und schreien. Rose bringt Ruhe in den aufgeregten Haufen.

»Das sind Geschenke von Frauen aus der Schweiz, die zur Slim-Happy-Gruppe gehören«, sage ich artig laut und deutlich. »Wir machen Diäten, jammern über Entbehrungen und wissen gar nicht, was Hunger ist. Wir hoffen, Ihnen mit unseren Geschenken helfen zu können.«

Rose übersetzt meine großartige Ansprache und alle jubeln. Das Wort Diät hat sie vielleicht nicht einmal verstanden, hier sind sowieso alle schlank, aber wen kümmert das. Wir fangen an, den Wagen auszuladen. Die Kinder treiben die Ziegen in das eingezäunte Dorf hinein. Mit Stricken binden sie die Tiere an drei großen Akazienbäumen auf ihrem Dorfplatz an. Die Frauen schultern Säcke mit Zucker und Mais. Die wären für mich viel zu schwer. Nach und nach gibt es einen beeindruckenden Berg auf dem Dorfplatz. Es sieht prächtig aus. Die Frauen wollen jetzt noch einmal für uns singen. Dazu klatschen und tanzen sie. Auch ich drehe mich ein bisschen und lasse mein Kleid fliegen, die Kinder kreischen vor Freude und machen mit. Ich sehe, dass Marc strahlt vor Freude und wohl im Geiste schon neue Rubel rollen sieht.

Danach verteile ich Bonbons an die Kinder, die mich anstrahlen, dass es eine Freude ist. Auf dem Dorfrundgang kleben die Kinder nun buchstäblich an mir. Die Schnellsten haben einen Zipfel meines Kleides erhascht und lassen ihn nicht mehr los. Unbezahlbare Bilder!

Warum gibt es hier so viele Kinder, wo die Frauen doch ohne Männer leben? Rose lacht auf meine freche Frage und meint: »Als Samburu-Frauen würden wir nie auf Kinder verzichten, nur auf das Zusammenleben mit Männern.«

Weiter traue ich mich nicht mehr zu fragen.

Ich darf ein Haus besichtigen, das natürlich eher eine Hütte ist. Die Frauen bauen diese selber, aus Holzstangen, Palmblättern und Kuhdung. Im Innern ist es dunkel und leer. Möbel gibt es keine. Die Frauen schlafen am Boden auf Kuhhäuten. Sie leben wirklich mehr als einfach.

»Wir haben viele Kühe, aber die sind gerade weit weg, weil es hier so trocken ist. Daher sind auch unsere Dächer etwas undicht. Wir haben ja keinen Kuhmist zum Ausbessern.«

Die Frauen sind hier glücklich, betonen sie immer wieder. Die meisten haben sehr traurige Lebensgeschichten. Hier fühlen sie sich erstmals frei.

»Einige von uns wurden zwangsverheiratet und misshandelt. Andere wurden vergewaltigt und danach von ihrem Ehemann verstoßen. Ein paar von uns sind vor ihrer bevorstehenden Genitalverstümmelung geflohen. Wir erzählen einander unsere Geschichten, hören einander zu, aber wir lachen dann auch gemeinsam darüber.«

In der Samburu-Kultur habe die Frau keine

Rechte. Sie werde von ihrem Vater an den Mann verkauft, der am meisten Kühe biete und werde dann zu dessen Eigentum.

»Aber auch hier müsste eigentlich das kenianische Recht gelten. Daher gehen wir zu den Frauen in die Dörfer und klären sie über ihre Rechte auf und über den Unsinn von Mädchenbeschneidungen, die übrigens offiziell verboten sind.«

Deshalb sind die Frauen sehr unbeliebt bei den Männern in der Region. Auch für die Polizei sind sie längst ein rotes Tuch.

»Wir bringen immer wieder Misshandlungen und Beschneidungen zur Anzeige. Auch wenn unsere Polizei dann nichts tut, verlangen wir doch ein offizielles Protokoll. Inzwischen verweigern sie uns manchmal schon dieses. Wir würden nur Ärger machen, sagen sie.«

In Umoja gibt es jetzt eine Schule, in der auch Kinder von außerhalb willkommen sind.

»Wir wollen unsere Kinder anders erziehen. Sie sollen nicht so werden wie ihre Väter«, erklärt Rose. Dann führt sie uns in ihr Museum. Der Betonbau wirkt wie ein Fremdkörper in dem kleinen Dorf.

»Hilfswerke haben uns ein Museum gebaut, in dem wir unsere Kultur präsentieren können. Es ist ja nicht alles an der Samburu-Kultur schlecht. Wir wollen das Gute behalten und das Schlechte ändern. Das Museum holt noch mehr Touristen in unser Dorf. Das ist gut, sie helfen uns, zu überleben.«

Jetzt zeigt uns Rose einen gedeckten Platz, wo die Frauen gemeinsam ihre Schmuckstücke herstellen und stundenlang eine Glasperle nach der anderen auf Drähte aufziehen. Marc und ich kaufen einige schöne Stücke. Der Schmuck ist allerdings so bunt, dass ich ihn kaum anziehen werde. Trotzdem wird er mich immer an diesen Tag erinnern, an diesen Besuch bei den starken Frauen.

Samburu-Frauenpower.

Unvergesslich.

Zum Abschied singen die Frauen noch einmal für uns, und ich tanze mit den Kindern dazu. Ein fröhlicher, ausgelassener Moment. Es ist schön, dass hier nicht Trauer und Verzweiflung die Oberhand gewonnen haben. Die Frauen haben ihre Lebensfreude, ihr Lachen, wiedergefunden.

Wir machen zum Abschluss noch ein paar Gruppenfotos. Thomas, der junge Journalist, hat nun seinen Auftritt. Wir stehen bei den Ziegen und den Lebensmitteln. Klick. Wir stehen ganz eng in einer Gruppe mit den Frauen. Klick. Ich stehe mit Rose vor einer besonders bescheidenen Behausung. Klick. Ich stehe inmitten der Kinder. Klick.

Als wir in unserem Wagen wegfahren, bin ich zutiefst berührt. Was auch immer ich über SH denke, vor allem über ihre Chefetage: Dies war eine wirklich gute Tat. Wir haben das richtige Projekt unterstützt. Die Umoja-Frauen werden durch den Film zudem viel Beachtung erfahren. Andere Touristen werden sie besuchen. Vielleicht wird der eine oder andere etwas spenden. Also: Eine richtig gute Sache.

Ein paar hundert Meter weiter an einem Fluss, der allerdings nur wenig Wasser führt, liegt das Umoja-Camp. Ein paar kleine Häuschen stehen verstreut in der Steppe. Das offene Hauptgebäude ist so eine Art Restaurant. Wir beziehen unsere Häuschen. Sie sind sehr bescheiden ausgerüstet. Zwei Betten ein Stuhl. Dafür hat es immerhin eine Toilette und eine Dusche. Ich habe mein eigenes Häuschen, teile es nur mit einer Ameisenkolonie, die ich misstrauisch beobachte. Aber die Tierchen marschieren bloß quer durchs Zimmer, nicht in mein Bett hinein. Ich werde sie wohl ziehen lassen müssen. Ich freue mich auf eine Dusche. Es war so brennend heiß in dem Dorf. Schnell wasche ich Staub und Schweiß von mir ab. Leider finde ich dann kein Handtuch. Darum trockne ich mich mit meinem weißen Kleid ab. Es ist ohnehin zu nichts mehr zu gebrauchen. Ich ziehe mich um und spaziere wieder zum Restaurant hinüber. Der Durst zieht mich magisch dorthin. Den anderen scheint es ähnlich zu gehen. Großzügig werden Mineralwasser, Chai und Bier ausgeschenkt.

Marc ist überglücklich und lässt sich zu einem Trinkspruch hinreißen: »Ich danke euch allen für den großartigen Einsatz. Das wird ein Spitzenfilm. Wir haben richtig gute Arbeit abgeliefert.«

Er habe uns ja eine Überraschung versprochen.

»Wir fahren morgen nicht gleich zurück, sondern in aller Frühe in den Samburu-Nationalpark. Dort machen wir eine Safari. Ganz privat. Und wir übernachten nicht in solch ärmlichen Hüttchen, sondern in einem Luxus-Camp.«

Die Kameramänner grölen begeistert. Dave strahlt und zeigt seine weißen Zähne. Der Journalist sperrt Mund und Augen auf. Ich bin nur mittelmäßig erfreut. Gerne wäre ich auch zurückgefahren. Sicher ist eine Safari, wenn wir nun einmal hier sind, ein großes Erlebnis. Aber in dieser Gesellschaft? Ich beschließe, das Beste daraus zu machen.

Es wird früh dunkel. Die Frauen servieren uns Ziegenfleisch mit Reis. Die Insekten fressen uns fast auf, und wir müssen aufpassen, dass wir sie nicht verspeisen, während sie auf unserem Essen hocken. Ich schlage immer wieder aus, in alle Richtungen, weil mich die Tiere so erschrecken. Damit sorge ich für gute Unterhaltung am Tisch. Alle lachen über mich.

Nach dem Essen holt Marc aus seinem Gepäck zwei Flaschen Whisky.

»Wir trinken uns die Zimmer schön«, sagt er und grinst. Ich trinke gerne auch ein Glas, denn ich bin total aufgekratzt und könnte so niemals schlafen. Nur Dave bleibt beim Mineralwasser. Allerdings bin ich die Erste, die sich verabschiedet. Eine Frau begleitet mich mit einer Lampe zu meinem Haus. Dort zündet sie im Inneren eine Öllampe an. In diesem dämmrigen Licht hole ich mein Handy aus der Reisetasche. Ich schreibe meinen Freundinnen Jenny und Liz eine SMS.

»War bei Samburu-Frauen. Bin glücklich. Unvergessliche Erlebnisse. Morgen Safari.«

Gerne würde ich auch Felix ein paar Worte schreiben, aber ich habe seine Nummer nicht. Ich würde ohnehin nicht die Worte finden, die meine Gefühle beschreiben könnten. Im Moment bin ich in heftiger innerer Aufruhr. So viele Eindrücke, Erlebnisse, Emotionen. Wie soll ich das alles verarbeiten?

Lange liege ich mit offenen Augen in meinem Bett, schwitzend und erhitzt. Der Whisky hat mich nicht genug müde gemacht. Ich bin glücklich und aufgekratzt. Ich danke Gott, wer immer und wo immer er ist, für alles. Hier könnte man wieder das Beten lernen. Dieser Gedanke gibt mir etwas Ruhe und ich schlafe zufrieden ein.

Mitten in der Nacht klingelt mein Handy.

Felix?

Wie sollte er. Er hat meine Nummer nicht.

»Tina, bist du wach?«

»Jetzt schon.«

Es ist Liz.

»Ich habe dich vorher einfach nicht erreicht. Entschuldige. Ich kann nicht schlafen.«

Nun, ich konnte. Bis jetzt.

»Sonja ist in Griechenland verhaftet worden«, platzt sie heraus.

»Nein! Sag, dass das nicht wahr ist!«

»Kein Witz! Hubert hat mir das so ganz im Geheimen geflüstert. Sie habe auch schon alles gestanden.«

Ich kann es nicht fassen. Das ist doch nicht möglich? Eigentlich sollte ich jetzt froh sein, erleichtert. Sonja lebt.

»Hallo? Bist du noch dran?«

»Ja. Es hat mir nur gerade die Sprache verschlagen.«

»Uns geht es genauso. Man müsste froh sein, dass sie noch lebt, ist aber auch irgendwie verletzt und wütend, nicht wahr?«

»Du sagst es. Ich hätte ihr ja gerne geholfen, sich an diesem Hotelier zu rächen. Aber warum hat sie uns nicht eingeweiht? Wie konnte sie uns das antun?«

Liz sagt, sie müsse aufhören mit Telefonieren, sonst flippe Leo wegen der Telefonrechnung aus.

»Geht es dir sonst gut? Lass dir dadurch nicht die Stimmung verderben. Denk immer an deinen Traummann.«

Ich erzähle ihr kurz, dass wir morgen auf Safari gehen.

»Da habe ich dann keinen Empfang.«

»Schon gut. Ich umarme dich. Tschüs, meine Liebe. Und bitte: Tu mir nie so etwas an.«

Ich schicke ihr einen dicken Schmatz durch den Hörer und verabschiede mich.

Dann sitze ich lange aufrecht im Bett und versuche, ganz langsam und ruhig zu atmen. Es ist doch schön, dass es Sonja gut geht. Sie lebt. Ich hatte längst daran gezweifelt. Aber es ist auch traurig, dass sie jetzt irgendwo in einem Gefängnis hockt.

Wir werden uns um sie kümmern müssen. Aber vorher sind noch ein paar ordentliche Entschuldigungen fällig. Wie konnte sie nur? Und was soll Salvatore sagen? Wir haben alle so viel Gefühl und Zeit investiert, um sie zu suchen. Was muss in ihrem Kopf vorgegangen sein? Hatte sie das schon geplant, als sie losfuhr? Ich kann es nicht glauben. Ich will mir das nicht vorstellen. Noch über eine Stunde fahren meine Gedanken in meinem Kopf Karussell. Irgendwann falle ich dann doch wieder in einen unruhigen Schlaf.

Am Morgen bin ich die Erste, die aufsteht. Sobald es hell wird, hält mich nichts mehr im Bett. Ich will nicht mehr nachdenken, sondern die Zeit genießen. Die Lage des Camps ist idyllisch. Ich sehe, wie ein Bauer in einiger Entfernung seine Kühe über den Fluss treibt. Ich hole im Restaurant einen Plastikstuhl, trage ihn etwas näher zum Fluss, setze mich und genieße die Atmosphäre. In meinem Reiseführer studiere ich die Hinweise zum Samburu-Nationalpark. Alles, was ich lese, klingt vielversprechend.

»Störe ich?«, fragt plötzlich eine Frauenstimme hinter mir. Es ist Rose. Sie setzt sich zu mir.

»Ich habe hier im Restaurant geschlafen, um auf euch aufzupassen«, sagt sie. Sie musste auf uns aufpassen?

»Unsere Chefin, Rebecca, ist schon seit Monaten auf der Flucht. Ihr Ehemann will sie umbringen. Er war hier mit einer Waffe. Ich habe ihn selber gesehen. Er will uns das Grundstück wegnehmen, auf dem wir unser Dorf gebaut haben. Er hat uns hier im Restaurant den Generator geklaut, dann die Schlösser von den Zimmern. Wir passen jetzt einfach gut auf.«

Ich bin schockiert.

»Die Polizei sagt, das sei eine Familiensache, da mische sie sich nicht ein. Aber wir haben ein paar Frauenrechtsorganisationen, die sich um Rebecca kümmern und uns helfen wollen.«

Das ist verrückt.

»Wir wünschen uns doch nur Ruhe und Sicherheit«, seufzt Rose und wendet ihr Gesicht der Sonne zu. Dann aber will sie, dass ich ein wenig von meinem Leben erzähle und vom Leben in der Schweiz. Während ich versuche, ihr meinen Job hier zu erklären, wird mir einmal mehr bewusst, wie absurd das alles ist. Rose hört mit großen Augen zu. Jetzt ist es endlich an ihr, Fragen zu stellen. Und sie ist dabei genauso frech, wie ich es war.

»Hast du keinen Mann?«

Ich erzähle ihr von Felix, den ich gerade kennengelernt hätte. Das ist ja Wahnsinn: Sie kennt ihn.

»Er war schon hier, als unsere Kinder krank waren. Er hat hier auch schon alle geimpft.«

Wir lachen gemeinsam.

»Daktari ist gut!«, erklärt sie und nickt dabei so eifrig, dass ihr fast der Kopfschmuck abfällt.

Nach und nach kommen meine Teamkollegen aus ihren Hütten. Dave kontrolliert noch einmal den

Motor und schraubt ein wenig daran herum. Das Frühstück fällt kurz und knapp aus, und schon sind wir wieder unterwegs. Rose winkt uns hinterher, und ich bin ein wenig traurig, denn dieser Besuch hier ist etwas Einmaliges gewesen. Ich werde diese Frauen vielleicht nie mehr wiedersehen.

Die Safari übersteigt meine kühnsten Erwartungen. Wir können im Kleinbus das Dach öffnen und haben so im Stehen eine perfekte Aussicht, aber auch Fahrtwind und Staub in unseren Gesichtern. Daher bin ich diesmal auch hinten eingestiegen. Dave kennt den 165 Quadratkilometer großen Park sehr gut. Galeriewälder, Grassavannen, Trockenbusch, aride Zone: Diese Stichworte habe ich aus meinem Reiseführer. Aber kein Reiseführer der Welt kann auf diesen Tierreichtum vorbereiten. Es ist fast schon schwierig für Dave, keine Tiere zu überfahren, denn jedes Mal, wenn wir wieder um eine Kurve kommen, steht da eine Elefantenfamilie oder eine Giraffe. Die Giraffen staksen immer schnell davon. Aber die Elefanten, die einige Kälber dabei haben, werden schnell böse, wenn man sie stört. Sie fangen an, mit den Ohren zu rudern und trompeten in die Luft. Da kann Dave nur den Rückwärtsgang einlegen, und wir warten in entsprechender Distanz, bis die Herde weg ist. Ich liebe es, die Tiere zu beobachten. Auch die anderen, die sich oft so raubeinig geben, sind erstaunlich still und leise. Thomas fotografiert ständig. Wir anderen schauen nur.

Dave flüstert und deutet nach links oder rechts: »Dort: Grant-Gazellen! Erkennt man am hellen Seitenstreifen.«

»Hier drüben: eine Riesentrappe! Der größte fliegende Vogel.«

»Seht ihr die Schildkröte?«

»Diese Tiere gibt es fast nur hier: Giraffengazellen, Gerenuk genannt. Sie klettern mit den Vorderbeinen an Bäumen hoch, um die besten Blätter zu erreichen. Jetzt, seht ihr die da hinten? Schaut doch nur, was für ein Glück!«

Daves Begeisterung ist ansteckend. Wir sehen auch Zebras, Wildschweine, Streifenhyänen und sogar Löwen. Im Fluss, demselben, an dem wir vorher noch gewohnt haben, zeigt uns Dave ein paar unglaublich große Krokodile.

»Aus diesem Fluss holen die Umoja-Frauen ihr Wasser«, sagt Dave. Das Leben sei hier wirklich nicht leicht.

Nach drei Stunden sind wir müde, Begeisterung hin oder her. Dave fährt zu unserem Camp. Hier verschlägt es mir dann für eine Weile die Sprache. So etwas habe ich noch nie gesehen, und ich befürchte, ich werde es auch nie wieder zu sehen bekommen. Es ist eines dieser Luxus-Zeltcamps, die man allenfalls aus dem Fernsehen kennt. Schon beim Empfang steht das Personal Spalier. Unser Gepäck wird übernommen. Jeder wird zu seinem Zelt geleitet. Zelt, das Wort ist fast eine Beleidigung für diese Unterkünfte. Diese riesigen Behausungen sind luxuriös möbliert und ausgestattet. Ich habe nicht nur ein großes Bett mit etwa zehn Kissen. Nein, es gibt für mich auch eine Kommode, eine Sitzgruppe, einen Schreibtisch. Mein Begleiter öffnet mit einem Reißverschluss den Durchgang zum Anbau. Das Badezimmer ist modern gestylt, komfortabel, schöner als bei mir zu Hause. Da liegen auch schon Tücher, Bademantel, Hausschuhe bereit, nebst kostbaren Duschmitteln. Überall stehen Mineralwasserflaschen herum. Der Zeltboden ist bedeckt mit schönen Teppichen.

So kann man leben!

Kenia ist ein Land voller Kontraste. Was würden die Samburu-Frauen sagen, wenn sie das hier sehen könnten? Sie würden gar nicht verstehen, dass jemand so eine Unterkunft braucht.

Ich nehme eine Dusche und gehe dann zum Haupthaus hinüber. Ein halbes Zirkuszelt steht da, mit einer originellen Bar. Unten am Fluss ist ein großer überdachter Platz, auf dem nun ein Mittagessen serviert wird. Mehrere Gänge, Wein dazu. Es ist alles ein wenig dekadent, keine Frage. Aber ich genieße es trotzdem.

Nach dem späten Mittagessen fragt Dave, ob noch jemand ausfahren möchte. Keiner will. Alle sind müde oder dem Zauber des Camps erlegen. Ich setze mich vor mein Zelt und lasse die Seele baumeln. Ich habe einen überdachten Vorplatz mit herrlichen Gartenmöbeln, auf dem ich gemütlich sitzen und auf den Fluss schauen kann. Ich döse vor mich hin, höre den Vögeln zu und sehe plötzlich, wie auf der gegenüberliegenden Flussseite Elefanten vorbeiziehen. Das ist wirklich beeindruckend. Was für ein Platz! Alles ist so grün, so friedlich. Ein kleines Paradies. Elephant-Bedroom-Camp heißt die Lodge hier. Jetzt weiß ich, warum. Ein paar Elefanten sind fast immer in Sichtweite.

Plötzlich schreit im Nachbarzelt eine Frau laut und hoch und schrill und kommt herausgerannt. Sofort sind zwei Männer zur Stelle. Die Frau zittert und ist außer sich. Sie redet allerdings in einer Sprache, die ich nicht verstehen kann. Russisch? Egal, besser wär's, ich hätte auch ihr Schreien nicht gehört und von dem ganzen Intermezzo nichts mitbekommen. Denn als einer der Männer mir erklärt, die Dame habe einen Skorpion im Zelt gefunden, bin ich schon ein wenig beunruhigt.

Ja, wir sind in Afrika.

Von wegen Paradies …

Abends sitzen wir zum Aperitif mit Touristen aus aller Welt ums Feuer. Da sind tatsächlich Russen, Japaner und Italiener. Drei Franzosen sind schon seit zwei Wochen auf Safari und besuchen einen Park nach dem anderen. Können sie diese Eindrücke überhaupt noch aufnehmen, verarbeiten? Ich bräuchte dazwischen etwas Ruhe und Rückzug. Wenn sie erzählen, klingt es wie eine Aufzählung von Daten und Fakten, und oft geraten sich die drei in die Haare, weil sie gar nicht mehr wissen, was sie wo erlebt haben. Manchmal ist weniger definitiv mehr. Nach einem üppigen Abendessen und zwei Gläsern Wein fallen mir fast die Augen zu. Da das Zeltcamp nicht eingezäunt ist, darf man sich abends nicht mehr alleine bewegen. Ein Askari, einer der Wärter des Camps, bringt mich zum Zelt. Er sagt mir, dass ich nur ein paarmal mit dem Licht ein Zeichen geben müsse, dann komme er sofort und rette mich, vor was auch immer.

In dieser Nacht brauche ich wirklich seine Rettung. Kein aggressiver Skorpion, keine wild gewordenen Löwen. Nein. Plötzlich ruft ein Mann vor meiner Tür nach mir. Es ist Marc. Ich hatte bereits geschlafen, aber zwischendurch von Weitem gehört, dass da wohl am Feuer noch eine große Party im Gange war. Ich öffne den Reißverschluss meines Zeltes und schon torkelt er herein.

»Was ist los?«, frage ich und erwarte, dass etwas Schlimmes passiert ist.

Nichts ist passiert!

Marc möchte doch tatsächlich in mein großes Bett schlüpfen.

»Du hast doch sicher Angst hier, so ganz alleine!«, sagt er und lallt ein wenig. Er habe auch keine Lust, alleine zu schlafen.

»Nein, ich habe keine Angst. Ich hatte doch schon geschlafen. Sie haben mich geweckt. Gehen Sie jetzt auch schlafen.«

»Ja, ja, schlafen ist gut. Aber ich bleibe lieber hier.«

»Nein«, sage ich ganz klar und laut.

Er schaut mich überrascht an, so, als wäre er einen ganz kleinen Moment lang nüchtern geworden, und als würde er sich selber fragen, was er da tue. Aber der Moment der Erleuchtung ist leider viel zu kurz. Er wird handgreiflich, will an mir herumfummeln, mich in seine Arme nehmen. Ich bin fassungslos. Er ist stärker als ich. Nur meine riesige Wut verleiht mir einen Moment lang Kraft. Ich reiße mich los und schalte kurz das Licht ein und aus. Tatsächlich kommt der Askari. Ich rufe ihm zu, er solle reinkommen. Er überschaut die Situation sofort. Mit wenigen Handgriffen hat er den betrunkenen Marc in seiner Gewalt und bugsiert ihn aus dem Zelt. Nach einer Weile kommt er noch einmal zurück und fragt, ob alles in Ordnung sei mit mir. Ich gebe ihm ein gutes Trinkgeld und bedanke mich. Dann bin ich wieder alleine und fange an zu zittern. Ich bin so wütend, fühle mich erniedrigt, verletzt. Es kam so überraschend, denn Marc hatte noch nie auch nur eine Andeutung eines besonderen Interesses an mir gezeigt. Alkohol ist doch keine Entschuldigung! Ich bin empört, beleidigt, traurig. Jetzt kann ich natürlich nicht mehr einschlafen. Die zahlreichen, nicht identifizierbaren Geräusche vor meinem Zelt machen mich nervös. Sogar Löwengebrüll höre ich in der Ferne. Irgendwelche Tiere tapsen um mein Zelt herum. Etwas schlurft und schleift. Was kann das sein? Aber anscheinend muss man sich hier nicht in erster Linie vor Tieren fürchten, sondern vor den Menschen.

Ich blättere ein wenig in meinem Reiseführer, lese dies und das und versuche anschließend, mir schöne Dinge vorzustellen und mich darauf zu konzentrieren, bis ich mich wieder ein wenig beruhigt habe und in einen unruhigen Schlaf falle.

Am Morgen erwache ich gar nicht ausgeruht. Ich fühle mich wie gerädert. Auch die schöne Lodge kann mich nicht mehr besänftigen. Der Ärger, die Enttäuschung, die Wut, alles kommt wieder hoch. Noch vor dem Frühstück kommt der Direktor des Camps auf mich zu.

»Ich möchte mich in aller Form dafür entschuldigen, was Ihnen gestern hier passiert ist. So etwas dürfte niemals vorkommen. Dieser Mann hat hier für immer Hausverbot. Es tut uns leid.«

Ich staune und beruhige den Mann.

»Ihr Askari kam mir so unglaublich schnell zu Hilfe! Sie haben sich nichts vorzuwerfen. Danke.«

Das weiß er wahrscheinlich selber. Aber es ist eben ein Luxus-Camp, und tatsächlich tun mir seine Worte gut. Beim Frühstück stelle ich fest, dass unsere ganze Crew sehr mitgenommen aussieht. Die müssen ganz furchtbar gebechert haben. Meine Güte! Sie sind doch alle erwachsen! Wir reden kaum, und wahrscheinlich nehme nur noch ich die bezaubernde Natur wahr. Eine Elefantenherde wandert wieder an der anderen Flussseite entlang. Paviane schreien herum. Als ich nach dem Frühstück zu meinem Zelt gehe, um zu packen, sitzt Marc vor meinem Eingang. Er wirkt wie ein Häufchen Elend und tut mir beinahe ein wenig leid. Aber nur beinahe und nur ein wenig.

»Tina, können wir kurz reden?«

»Ja, aber hier draußen.«

Ich setze mich neben ihn.

»Es tut mir leid. Ich war so betrunken und wusste wirklich nicht mehr, was ich tat. Der Camp-Direktor hat mir heute erzählt, was passiert ist. Ich wollte Ihnen doch nicht wehtun, bestimmt nicht. Aber ich weiß, es ist wohl so passiert, und ich kann mich nur wieder und wieder entschuldigen.«

Was soll ich da sagen? Was erwartet er?

»Können Sie mir verzeihen?«

»Im Moment jedenfalls noch nicht. Was denken Sie denn? Ich hatte Angst, Sie haben mir wehgetan, und ich möchte mir lieber nicht ausmalen, was ohne das Eingreifen des Askaris passiert wäre. Alkohol ist doch keine Entschuldigung.«

»Tina, es tut mir leid. Aber wenn es Sie ein bisschen versöhnlicher stimmen kann: Sie haben mich jetzt völlig in Ihrer Hand. Sie können unsere ganze Reise, den Film, einfach alles vernichten, wenn Sie in den Medien darüber reden. Sie können meine Ehe mit Chantal zerstören, wenn Sie ihr das erzählen. Ja«, wiederholt er, »ich bin in Ihrer Hand.«

Tatsächlich, das tut mir irgendwie gut. Jetzt haben sich die Machtverhältnisse also gedreht. Wie konnte dieser clevere Geschäftsmann sich mir derart ausliefern? Wie blöde macht Alkohol eigentlich? In meinem Kopf arbeitet es wie verrückt. Ich will möglichst schnell weg von diesem Verein, und jetzt und hier bietet sich die Gelegenheit dazu.

»Gut, machen wir einen Deal«, sage ich ganz ruhig.

»Ja?« Marc schaut mich an, als könnte ich wirklich alles von ihm verlangen.

»Nach dieser Reise werde ich nicht mehr für SH arbeiten. Trotzdem behalten Sie mich noch zwei Monate auf der Gehaltsliste. Bis dahin sollte ich einen neuen Job gefunden haben. Dafür werde ich nicht nur schweigen, sondern auch weiterhin nur Gutes über Ihre Firma verbreiten. Ich werde einen Bericht über die Reise für Ihre Homepage schreiben, und ich werde in den nächsten beiden Monaten die Facebook-Fanseite betreuen, wenn die ersten Reaktionen auf die Filmvorführungen reinkommen.«

Marc überlegt nur einen kleinen Moment. Dann reicht er mir die Hand, und ich schlage ein.

»Danke«, sagt er sogar noch leise. »Das ist ein guter Deal.«

Armer Kerl.

Ich gehe packen und nehme Abschied von diesem exklusiven Camp. Hierhin würde ich jederzeit wiederkommen, aber nur als Paar. Das stelle ich mir äußerst romantisch vor.

Auf der Rückfahrt sind wir alle recht schweigsam. Die einen kämpfen wohl mit den Nachwirkungen ihrer nächtlichen Party. Bei mir überschlagen sich Gedanken und Gefühle. Ich schaue vorwärts, voraus, versuche es jedenfalls.

Wie geht es weiter? Was wird passieren?

Ich freue mich darauf, Felix wiederzusehen und habe gleichzeitig Angst davor, denn ich habe mich geradezu hineingesteigert in den Gedanken, es gäbe eine Chance für uns. Dabei weiß ich rein gar nichts über diesen Mann. Nicht einmal die Frage, ob er denn überhaupt frei ist, haben wir geklärt. Einfach so ein paar Tage Händchen zu halten, um dann zuschauen zu müssen, wie er wieder zu Frau und Kindern zurückgeht, das wäre nichts für mich. Ich sehe immerzu seine strahlenden Augen und sein Lächeln vor mir. Aber jetzt, mit diesen zwei Tagen Distanz, frage ich mich, woher ich die Hoffnung auf mehr überhaupt nehme. Habe ich die Zeichen richtig gedeutet oder überbewertet und völlig falsch interpretiert? Und habe ich eigentlich nicht sowieso genug andere Probleme? Ich weiß noch nicht einmal, wovon ich in Zukunft leben und wovon ich meine Miete bezahlen werde.

Dann geistert mir Sonja durch den Kopf. Eigentlich will ich mich nicht durch den Gedanken an sie herunterziehen lassen. Sie hat sich den Knast wirklich selber eingebrockt. Wie kann man so blöde sein? Sie ist doch eine intelligente Frau. Aber ich habe sie gerne. Trotzdem. Trotz allem.

Dave versucht, mich mit afrikanischen Geschichten abzulenken: »Meine Tante aus Kalabari in Nigeria hat mir erzählt, dass dicke Frauen bei ihnen als wunderschön gelten. Die Bräute werden vor der Hochzeit auf sogenannte Fattening-Farms geschickt.

Dort versuchen sie, sich möglichst viele Pfunde anzufressen. Wenn sie dann heimkommen, stolzieren sie über den Dorfplatz und werden bejubelt für ihre Gewichtszunahme. So unterschiedlich ticken die Menschen.«

Fress-Farm statt Diät-Club. Klingt interessant.

»Fast alle Frauen in Kenia wollen inzwischen leider auch schon schlank sein. Das ist für viele gar nicht so leicht, weil sie einfach einen anderen Körperbau haben als die westlichen Schönheiten, denen sie nacheifern. Viele Frauen werden krank, weil sie so besessen davon sind, unbedingt schlank zu werden.«

Dave findet das schade. Er habe eine Frau mit schönen Kurven. »Lydia ist eine mollige, fröhliche Frau.«

Die Reise nach Nyeri und dann auf die Sunday-Farm kommt mir diesmal endlos vor. Ich bin müde und erschöpft, und ich schwitze. Wir machen unterwegs nur einen kurzen Halt bei einem kleinen Flugplatz. Keiner will etwas essen, aber Durst haben alle. Die Kameramänner und der Journalist scheinen vom nächtlichen Intermezzo mit Marc nichts mitbekommen zu haben. Das ist mir recht. Es ist auch so schwierig genug, irgendeinen Umgangston zu finden. Dave weiß aber eindeutig Bescheid und bleibt auffällig unauffällig immer in meiner Nähe.

»Danke, Dave«, sage ich, als wir vor der Sunday-Farm ankommen. Die Hunde toben wieder um unseren Wagen herum und bellen wie verrückt. Heidi kommt angelaufen und winkt. Wir räumen einmal mehr den Wagen aus. Das Personal hilft mit. Ich gehe zu meinem Zimmer und mein Herz klopft laut, aber Felix, mein Nachbar, ist nirgendwo zu sehen. Ich packe meine Tasche aus, dusche und ziehe mich um. Danach fühle ich mich wesentlich besser.

Es klopft an meine Zimmertür. Ich zucke zusammen.

»Ich bin's, Heidi.«

Ich lasse sie herein. Sie wirkt erfrischend, wie das blühende Leben. Wie macht sie das bloß? Es scheint an ihrer Zufriedenheit zu liegen, an der Tatsache, dass sie ihren Platz im Leben gefunden hat.

»Geht es dir gut?«, fragt sie und schaut mich besorgt an. Dave hat ihr wohl alles erzählt.

»Ja, ja«, beruhige ich sie schnell. »Es ist alles in Ordnung.«

»Dave hat mir erzählt ...«

»... lass uns nicht darüber reden. Ich möchte nicht, dass die Geschichte die Runde macht. Ich habe mit Marc einen Deal gemacht, der für mich stimmt. Das geht jetzt nur uns beide an.«

»Wenn du reden willst: Ich bin da«, sagt Heidi und erklärt, dass es jetzt Kuchen und Tee auf der Terrasse gebe.

»Das klingt verlockend. Da komme ich gleich mit. Aber sag mir bitte noch, wie es denn mit Chantal so gelaufen ist.»

»Es ging ihr schlecht, aber es gab keine großen Probleme. Sie ist brav im Bett geblieben. Natürlich hat sie kaum etwas gegessen, und langsam müssen wir schauen, dass wir sie wieder fit für den Rückflug kriegen. Ich möchte sie ungern hier behalten. Sie ist wie ein Geist aus alten Zeiten für mich. Wir haben uns in komplett unterschiedliche Richtungen entwickelt. Wir waren mal Freundinnen.«

Letzteres sagt sie lachend und kopfschüttelnd. Wir spazieren zur Terrasse hinüber. Die Hunde rennen schwanzwedelnd voraus. Sie hoffen wohl auf einen längeren Spaziergang. In der gemütlichen Sitzecke hockt tatsächlich Felix, aber nicht alleine, sondern mit einer jungen Frau, mit der er angeregt plaudert. Ich bin schockiert darüber, wie sehr mir das wehtut. Es war ja noch nichts zwischen uns. Trotzdem bin ich richtig verletzt und traurig. Wie hat er es geschafft, in diesen zwei Tagen hier eine so hübsche junge Frau kennenzulernen? Blond, blauäugig, vollbusig, mit einem fröhlichen Lachen? Wie kam ich auf die Idee, er könnte auf mich gewartet, sich gar auf mich gefreut haben? Wenn man verliebt ist, verblödet man irgendwie. Ich habe das schon lange nicht mehr so klar gesehen.

»Heidi, ich möchte wohl doch lieber keinen Tee«, sage ich und ziehe mit den Hunden weiter, weg vom Haus, weg von Felix und seiner Blondine. Ich brauche Bewegung und renne drauflos. Leider bringt manchmal auch der Sport keine Erleichterung. Aber er bringt mich so weit zur Vernunft, dass ich eine halbe Stunde später in der Lage bin, mit allen anderen Tee zu trinken. Die Stimmung ist wieder besser.

Jeder erzählt drauflos, und Heidi, Felix und die Blondine hören interessiert zu. Ich versuche, möglichst unauffällig zu schweigen.

»Tina war super«, sagt der eine Kameramann. »Wie ein Profi hat sie sich bewegt und mitgemacht. In dem weißen Kleid kam sie einfach super rüber. Ich habe schon ein paar Aufnahmen angeschaut. Klasse, Tina, Kompliment! Dafür müsste SH dir eine Sonderprämie bezahlen.«

»Es war so ein schönes Erlebnis. Dafür brauche ich kein Sonderhonorar. Ich werde es mein Leben lang nicht vergessen. Und die Safari im Anschluss war noch eine Belohnung obendrein.«

Jetzt schwärmen wieder alle gleichzeitig von der Safari und zählen wie Kinder die Tiere auf, die wir gesehen haben.

Heidi meint: »Ihr hattet riesiges Glück. Glaubt mir, es waren schon Touristen dort, die extrem wenige Tiere gesehen haben und frustriert wieder abgefahren sind.«

Ich ziehe mich bald unauffällig zurück und lege mich noch einmal hin vor dem Abendessen. Das Reisen in Kenia ist anstrengend, und die letzte Nacht war nicht gerade erholsam. Daher schlafe ich schnell ein.

Ich erwache, weil jemand an meine Tür poltert. »Tina, du verschläfst das Abendessen. Bist du auf Diät oder was?«

Felix steht vor meiner Tür. Tatsächlich: Ich habe ein wenig verschlafen. Es ist schon dunkel und spät.

»Ich komme gleich nach«, rufe ich.

»Nein, ich warte vor der Tür. Sonst schläfst du am Ende wieder ein.«

Ich höre, wie er sich auf einen Stuhl vor meiner Tür setzt. Wo ist die Blondine? Ich stehe auf und sehe im Spiegel in mein verschlafenes, müdes Gesicht. Nach einer Katzenwäsche bin ich bereit und öffne mit ein wenig Herzklopfen die Tür.

»Gehst du mir aus dem Weg?«, fragt Felix leise.

»Nein, ich wollte vorhin nur nicht stören. Du warst doch in Begleitung.«

Felix lacht.

»Du gibst aber ganz schön schnell auf, obwohl ich doch angeblich dein Schicksal bin, der Traumprinz mit dem Holzbein!«

Er lacht weiter.

»Tina, es gibt nicht viele von uns. Und glaub mir, die meisten Männer mit einem Holzbein sind schon alt und grau. So knackige Holzbeinige, wie ich einer bin, kannst du lange suchen.«

Er macht sich lustig über mich, was mir gar nicht gefällt. Aber inzwischen sind wir im Speisesaal angekommen. Wir sitzen nicht zusammen, denn die anderen sind schon da und die Plätze verteilt. Felix sitzt neben der Blondine, die sich sichtlich darüber freut. Ja, ich bin eifersüchtig. Und ich weiß: Ich habe kein Recht dazu. Ich esse lustlos etwas Huhn und Kartoffelbrei. Als sich alle auf die Sitzecke beim offenen Feuer zurückziehen, wo der Kaffee serviert wird, helfe ich Heidi und dem Personal, den Tisch abzuräumen. Heidi hält mich kurz am Arm fest, als ich die Küche verlassen will, und sagt: »Du siehst aber gar nicht glücklich aus, Tina. Ist auch wirklich alles in Ordnung? Man darf gewisse Vorfälle nicht einfach verdrängen. Vielleicht brauchst du doch Hilfe? Vielleicht solltest du mit Felix reden?«

Ich verschlucke mich fast. Ausgerechnet mit Felix!

Heidi schaut mich an, beobachtet mein Mienenspiel und sagt dann: »Ach so, Felix ist das Problem. Ich liege mal wieder voll daneben. Aber warum denn? Es merkt doch ein Blinder, dass es zwischen euch knistert.«

»Und was ist mit der Blondine?«

»Oh, warst du nicht da, als ich sie vorgestellt habe? Das ist meine Tochter Rahel. Sie macht hier Urlaub. Ja, ja, sie ist ein wenig verliebt in Daktari und schwärmt schon seit Jahren für ihn. Aber er hat ihr längst klargemacht, dass da nie etwas sein wird. Nein, Tina, da läuft ganz bestimmt nichts.«

Rahel hänge manchmal wie eine Klette an Felix, erklärt Heidi und bietet mir an: »Soll ich mit ihr reden?«

»Nein, auf keinen Fall. Danke, Heidi.«

»He, Mädchen, Felix ist sauber, ledig, frei. Greif ihn dir. Ihr habt doch nur noch wenig Zeit. Also schleicht doch nicht umeinander herum, als wüsstet ihr nicht, wie's geht.«

Heidi lacht.

Ich schleiche mich trotzdem davon, weil ich noch kurz bei Chantal vorbeischauen will, solange Marc beim Kaffee sitzt. Ich ziehe die Maske an und betrete ihr Zimmer. Chantal sieht erschreckend schlecht aus, obwohl sie kein hohes Fieber mehr hat. Ihre Lippen hat sie sich schon wieder mit Farbe zugekleistert. Das wirkt doppelt krass in dem bleichen Gesicht.

»Ich bin noch immer so schwach. Das macht mir richtig Angst«, sagt sie. »Es ist, als hätte ich einen Unfall gehabt, nicht einfach eine Grippe.«

Sie bittet mich, ihr vom Ausflug nach Umoja und von der Safari zu erzählen, was ich gerne tue, wenn ich auch nicht alles berichte. Sie stellt Fragen und ist wirklich interessiert an jedem Detail.

»Ich wäre so gerne dabei gewesen«, sagt sie immer wieder. Ich erzähle ihr auch von Sonja, weil ich einfach mit jemandem darüber reden muss. Chantal ist natürlich schockiert und sagt, dass ihr das leid tue.

Dann helfe ich ihr zur Toilette. Sie kann schon fast wieder alleine gehen.

»Tina, würden Sie mich noch einmal waschen? Es ist mir wirklich unangenehm, das von Ihnen zu verlangen. Aber nur Sie können das für mich tun.«

Diesmal setze ich sie auf einen Hocker im Badezimmer. Das geht schon ganz gut. So geht es leichter.

»Danke, Tina. Sie sollten wirklich wieder als Krankenschwester arbeiten. Dieses Business ist doch nichts für Sie. Sie sind nun mal kein Model. Sie sollten etwas ganz anderes tun und irgendwann einfach vergessen, dass Sie einmal dick waren.«

Wo sie recht hat, hat sie recht.

Felix kommt dazu, als ich Chantal gerade ins Bett zurückbringe.

»Nun, Schwester Tina, was sagen Sie zu der Patientin?«

»Ich habe sie gewaschen. Jetzt ist sie erschöpft. Ich finde, wir sollten sie ab morgen immer mal ein Stündchen an die Sonne legen, und sie sollte anfangen, sich zu bewegen. Aber Sie sind der Arzt.«

»Genau meine Meinung, Schwester.«

Wir verlassen das Krankenzimmer und desinfizieren unsere Hände. Ich will gerade wieder davongehen, da hält Felix mich fest.

»Was ist los? Auf der Flucht vor dem Schicksal? Ich lade dich auf ein Glas Wein auf meine Terrasse ein. Findest du nicht, wir sind es den Weissagungen schuldig, uns wenigstens näher kennenzulernen?«

»Doch, ja, bestimmt«, ich kann scheinbar keine ganzen Sätze mehr sprechen.

»Gut, dann in zehn Minuten bei mir. Achtung: Es ist kühl, und das Gespräch kann lange dauern. Bitte warme Kleidung!«

Ich ziehe also meine Fleecejacke über, nehme noch ein Tuch mit und gehe rüber zu meinem Nachbarn. Dieser hat eine Öllampe auf den Holztisch gestellt und öffnet gerade eine Flasche Rotwein.

Wir stoßen an und Felix sagt: »Auf das Schicksal!«

Macht er sich lustig über mich? Er wirkt ernst dabei. Dann bittet er mich, von unserem Ausflug zu erzählen.

»Ach, das hast du doch alles schon gehört!«

»Aber nicht von dir. Du warst total schweigsam.«

Okay, ich erzähle gerne, denn die Tage waren trotz allem großartig und unvergesslich. So sprudelt es richtig aus mir heraus. Felix freut sich, dass mir sein Kenia derart gefällt, dass ich einen guten Draht zu den Umoja-Frauen hatte und wir viel Glück im Samburu-Nationalpark hatten. Das Elephant-Bedroom-Camp kennt er nicht.

»War da nicht noch was mit Marc? Du willst mir doch nicht irgendwelche Details verschweigen? Ich will alles wissen«, sagt er und schenkt Wein nach.

»Meine Güte, im Busch trommeln die Buschtrommeln noch schneller und lauter. Wenn bald alle davon wissen, wird mein Deal mit Marc hinfällig. Ich wollte niemandem davon erzählen. Es ist nichts passiert. Vielleicht ein paar blaue Flecken am Oberarm, aber mit blauen Flecken, da kenne ich mich aus.«

Gutes Ablenkungsmanöver, denn jetzt erzähle ich ihm von meinem Trampolinsturz. Felix schüttelt den Kopf.

»Wie ihr mit eurer Gesundheit umgeht, das ist wirklich nachlässig.«

Ja, ja, Daktari.

Wir trinken Wein und schweigen. Ich bin sehr froh, als er auch ein wenig zu erzählen anfängt.

»Ich arbeite seit meinem Unfall nur noch sechzig Prozent. Wir sind im Spital ja immer auf den Beinen. In meiner Freizeit lese ich leidenschaftlich gerne und viel. Und ich schreibe für eine Ärztezeitung, manchmal etwas aus der Praxis oder über meine Erfahrungen in Kenia.«

Daher bekomme er Hilfe und Spenden für seine nächste Reise. Er sammle eigentlich das ganze Jahr über.

»Meine Prothese ist wirklich ein Hightech-Produkt, aber manchmal würde ich sie trotzdem gerne auf den Mond schießen. Sie bleibt nun einmal ein Fremdkörper.«

Er sei deswegen oft auch sehr gehemmt, was Frauenbekanntschaften angehe. Er müsse eine Frau schon besser kennen, bevor er mit ihr ins Bett gehe. Er hätte sonst viel zu große Angst vor komischen Reaktionen oder peinlichen Situationen.

Diese Offenheit überrascht mich, und sie freut mich.

»Ein bisschen Kennenlernen und etwas mehr Zeit, dagegen wird doch kaum eine Frau einen Einwand haben?«, lache ich.

»Manche denken dann, ich zeige zu wenig Interesse.«

War das ein Wink mit dem Zaunpfahl? Bald habe ich zu viel Wein getrunken, um dezente Zeichen noch zu verstehen. Gerade schenkt Felix wieder nach.

»Am Ende stolpere ich dann über mein eigenes Bein«, meint Felix. »Aber das ist mir diese Nacht mit dir hier draußen schon wert. Dieser Sternenhimmel. Er fasziniert mich auch nach all den Jahren hier noch. Romantischer geht's nicht mehr.«

Felix steht auf und schiebt seinen Stuhl neben meinen. Jetzt können wir uns aneinanderlehnen und in die Sterne schauen. Ja, das ist romantisch.

»Manchmal drehen sie sich ein wenig im Kreis, die Sterne, nicht wahr«, sage ich.

»Ja, ja, der Alkohol. Ich wollte dir eigentlich keinesfalls zu viel einschenken! Nicht, dass du dann in fremde Zimmer eindringst und Leute belästigst.«

Gut, dass wir darüber lachen können. Wahrscheinlich könnte ich mit Felix über alles lachen, auch über den Weltuntergang, sofern wir ihn gemeinsam erleben. Felix nimmt meine Hand, und so sitzen wir da, zwei Sternenbewunderer, verliebt, aber noch vorsichtig tastend.

Ich erzähle ihm von meinen Freundinnen und von Sonja. Felix staunt über meinen Umgang und findet es gut, dass ich mich trotz allem um Sonja kümmern möchte.

»Sie wird eure Unterstützung sicher brauchen.«

Irgendwann gähnen wir uns gegenseitig an, und ich fange an zu frieren. Felix begleitet mich zu meiner Zimmertür und verabschiedet mich mit einem Kuss, der mich noch viel mehr und viel schönere Sterne sehen lässt.

»Ich fange gerade an, mich mit meinem Schicksal anzufreunden«, sagt er. »Du bist süß. Schlaf gut. Schließ die Tür gut ab.«

Noch ein Kuss.

Und noch einer.

Dann geht er tatsächlich. Ich bin ein wenig enttäuscht und doch glücklich. Das mit Felix und mir, das könnte etwas werden, das wird etwas. Noch beim Einschlafen sehe ich die Sterne vor meinen Augen funkeln.

Beim Aufwachen ist schon Freitagmorgen. Wir werden am Samstag wieder abreisen.

Haben wir zu viel Zeit verschenkt?

Haben wir alle Zeit der Welt?

Fängt alles gerade erst an?

Verpassen wir den Einsatz, und das Lied beginnt ohne uns?

Beim Frühstück sind wir erstmals vollzählig. Chantal sitzt mit am Tisch, mehr tot als lebendig. Felix hat mir einen Platz neben sich freigehalten und küsst mich frech auf den Mund zur Begrüßung.

Bilde ich mir das nur ein – oder halten alle einen Moment lang den Atem an?

Fallen Chantal fast die Augen in die Kaffeetasse?

Ich trete Felix unter dem Tisch leicht mit dem Fuß ans Schienbein. Ups, jetzt habe ich doch prompt das falsche erwischt, das Glücksbein, das künstliche. Wir lachen beide. Ich verschlucke mich fast am Kaffee, und keiner weiß warum. Die denken wohl sowieso alle, wir seien ein wenig verrückt. Nur Heidi schaut zufrieden aus der Wäsche, als hätte sie uns eigenhändig zusammengebracht.

Marc und Chantal wollen heute auf der Farm bleiben. Chantal möchte sich erstmals ein wenig afrikanische Sonne gönnen.

»Passen Sie aber auf. Wir sind hier direkt am Äquator. Bleiben Sie nicht lange an der Sonne«, warnt Daktari. Das muss er Chantal nicht zweimal sagen. Schließlich lässt die Sonne die Haut altern. Sie wird sich ganz bestimmt vorsehen.

Die Kameramänner und der Journalist gehen auf Safari. Dave holt sie gleich ab.

»Komm doch mit, Tina. Wir fahren in den Solio-Park, ganz hier in der Nähe. Dort soll es auch viele Tiere geben.«

Nein, danke. Ich habe ganz andere Pläne. Erstens werde ich keinen Schritt ohne Felix tun, und zweitens dasselbe wie erstens. Dies ist schließlich unser letzter gemeinsamer Tag hier.

Wir machen einen Morgenspaziergang, Hand in Hand, immer weiter weg von der Farm. Die Hunde folgen uns oder rennen voraus.

»Weißt du, was es heißt, mit einem behinderten Mann zu leben? Ich werde nie mit dir wandern können, auch nicht skifahren oder joggen. Immer wieder wirst du auf mich Rücksicht nehmen müssen.«

»Ja«, sage ich. »Ich kann mir schon vorstellen, dass man nicht alles machen kann, wenn man eine Beinprothese hat. Ich war aber schon immer der Ansicht, man müsse als Paar nicht unbedingt alles immer gemeinsam tun. Bisher bin ich doch auch allein gejoggt.«

Felix möchte gerne wissen, wie ich mir meine Zukunft vorstelle. Das ist schwierig.

»Ein heikles Thema. Ich hatte noch nie so eine

unklare Vorstellung von meiner Zukunft. In zwei Monaten läuft mein SH-Gehalt aus. Ich könnte sicher wieder irgendwo als Krankenschwester arbeiten und ziehe das auch gerade wieder ernsthaft in Erwägung.«

»Ja, wir suchen überall Krankenschwestern. Da hast du recht. Aber du bist jung und könntest dich auch umschulen, weiterbilden oder etwas völlig Neues anfangen.«

»Gib mir doch einen Rat«, spiele ich Felix den Ball zu.

»Dafür kenne ich dich leider noch nicht gut genug. Aber als du von deiner Zeit als Krankenschwester erzählt hast, klang das recht positiv. Richtig ausgelaugt hat dich erst die Zeit im Altersheim. Ist es so?«

»Genau.«

»Inzwischen ist es aber in den Kliniken auch schlimmer geworden. Krankenschwestern haben kaum mehr Zeit zu atmen und rennen von Patient zu Patient, ohne auch nur einem davon wirklich gerecht werden zu können. Viele fühlen sich nach einiger Zeit wie ausgebrannt.«

Er sei oft froh, dass er zu einem Teilzeitpensum gezwungen sei. So fange er nicht an, seinen Job zu hassen.

»Gerade bei Kindern braucht man viel Geduld und Liebe zu seinem Beruf.«

Wir bleiben kurz stehen, um eine Gruppe von Gazellen zu beobachten, die davonrennt, sobald sie uns entdeckt.

»Ich habe selber manchmal auch noch Träume und Ideen«, sagt Felix. »Ich könnte mir vorstellen, für ein Hilfswerk zu arbeiten und eine Weile in einem afrikanischen Land zu leben.«

»Und warum machst du das nicht?«

»Ich glaube, ich habe Angst, dass ich es mit meiner Beinprothese nicht schaffe, oder Angst davor, dass mich ein Hilfswerk einfach ablehnen könnte, weil ich behindert bin.«

Auch der große Daktari hat also seine Ängste. Das ist mir sympathisch. Wir drehen um und spazieren langsam zur Farm zurück.

»Wir könnten uns zusammen bewerben«, sagt Felix in dem Moment, als dieser Gedanke auch gerade in meinem Kopf herumgespukt hat. Aber für solche Pläne ist es wirklich viel zu früh.

»Vor oder nach der Hochzeit?«, gebe ich deshalb scherzhaft zurück.

»Egal. Aber die Kinder sollten wir vielleicht eher nach dem Auslandsaufenthalt bekommen.«

»Mehrere?«

»Einen Jungen und ein Mädchen.«

»Nicht gleichzeitig, nacheinander bitte.«

»Klar. Und zweibeinig natürlich.«

Es tut wirklich gut, mit ihm so herumzualbern und kindische Zukunftsszenarien zu entwerfen.

»Und der Mann mit der Perlenkette darf bei uns Trauzeuge sein?«

»Keine Frage«, meint Felix.

»Und der Junge darf nie ein Motorrad haben.«

»Und das Mädchen darf das Wort Diät nie in den Mund nehmen, sonst bekommt es Hausarrest.«

»Der Junge wird Fußballer, und das Mädchen?«

»Astronautin.«

»So soll es sein.«

Wir stehen wieder vor der Farm.

»Jetzt, wo alles so klar geregelt ist, könnten wir zusammen schlafen. Was meinst du?«, flüstert Felix in mein Ohr, und dabei kitzelt es ein wenig in meinem Gehörgang.

»Ja, ich denke, jetzt könnten wir es wagen.«

Wir lachen beide und küssen uns, als wär's ein Versprechen. Auf meinem Zimmer fallen wir regelrecht übereinander her. Unsere Kleider werfen wir einfach zu Boden. Im Bett legt Felix rasch seine Beinprothese ab und will dann mit einer Decke seinen Beinstumpf verstecken. Aber ich nehme ihm die Decke sanft aus der Hand. Es ist alles gut, so wie es ist. Genau dieses Bein hat uns doch schließlich zusammengebracht, irgendwie. Wir lieben uns leidenschaftlich, heftig, hastig, schnell, so als hätte das Vorspiel begonnen, als wir uns zum ersten Mal in die Augen sahen, und als könnten wir unsere Begierde nun keine Sekunde länger im Zaume halten. Seine Berührungen erreichen mein Herz, seine Zärtlichkeit erreicht mein Innerstes. Er scheint dasselbe zu fühlen wie ich, wenn ich das Leuchten seiner Augen richtig deute.

Wir passen zusammen.

Wir gehören zusammen.

Das muss Liebe sein.

Egal wohin sie uns führt, es lohnt sich, das herauszufinden.

Wir liegen danach eine Weile atemlos nebeneinander, schauen einander in die Augen, dann wieder raus aus dem Fenster, wo die afrikanische Sonne den Mount Kenya bescheint.

Könnte man die Welt, die Zeit, das Leben jetzt nicht eine kleine, winzige Weile anhalten? Ich versuche, den intensiven Glücksmoment auf meiner inneren Festplatte abzuspeichern.

Felix sagt nach einer Weile mit leicht heiserer Stimme: »Eigentlich wollte ich es doch langsam angehen. Ich wollte dich anschauen, erforschen, jeden Zentimeter deiner Haut küssen, begrüßen, in Besitz nehmen. Ich wollte dich zärtlich verwöhnen, bis du mich anflehen würdest, endlich in dich einzudringen und dich zu erlösen.«

»Wir könnten einfach so tun, als wäre nichts gewesen und noch einmal von vorne beginnen. Wir müssen uns nur einig sein, so wie bei der Giraffengeschichte«, schlage ich vor.

Wir sind uns einig.

Und wie.

Erst gegen Abend gehen wir unter die Dusche und ziehen uns wieder an. Hunger und Durst treiben uns zum Aperitif auf die Terrasse. Heute herrscht im Farmhaus ein hektisches Treiben.

»Wir feiern eine Mbuzi-Party«, verkündet Heidi.

»Mbuzi heißt Ziege. Die wird geschlachtet, und wir werden am Feuer im Freien unseren Aperitif trinken, während sie am Grill röstet, und später drinnen essen. Ein Nachbar, ein alter Farmer aus den USA, kommt mit seiner Gitarre und singt für uns. Das ganze Personal wird mitessen.«

Schön. Wir haben schließlich Grund zum Feiern, Felix und ich.

»Euch beiden mache ich jetzt ein Sandwich und einen Tee. Ihr seht nicht so aus, als könntet ihr noch solange warten«, sagt sie und lächelt.

Ja, ja, sie liest wohl wieder in unseren Gesichtern. Tatsächlich essen wir wie Ausgehungerte, und der heiße Tee tut uns gut. Heidi setzt sich zu uns und fragt neugierig, ob wir ihr irgendetwas erzählen möchten.

Felix legt den Arm um mich und sagt: »Wir werden irgendwann heiraten.«

»Und Kinder bekommen«, ergänze ich fröhlich.

»Ein Mädchen und einen Jungen, zweibeinig«, spinnt Felix weiter.

»Wir wissen auch schon, was die Kinder mal werden, aber das möchtest du vielleicht gar nicht alles wissen. Wir haben auch sonst so ziemlich alles zwischen uns geklärt.«

Heidi lacht uns aus.

»Euch hat es aber schwer erwischt. Ich freue mich für euch und mit euch.«

Sie umarmt und herzt uns.

»Vergesst nie, dass ihr euch bei mir kennengelernt habt!«

Als könnten wir diese Tage hier je vergessen! Inzwischen weiß ich ja, dass auch Felix mit uns morgen heimfliegt. Das erleichtert mir den Abschied von Kenia enorm.

Am Abend erleben wir ein lustiges Fest. Zuerst sitzen wir ums Feuer. Viele Gäste kommen, stellen sich vor. Wir trinken und reden. Dann kommt Steve mit seiner Gitarre. Der Nachbar hat dreißig Autominuten entfernt eine kleine Farm. Sein Gesang ist dermaßen ansteckend, dass wir bald alle mitsingen. Am liebsten scheint er den Song »Country Roads« zu mögen. Er schmettert immer wieder mit Leidenschaft: »Country Roads, take me home, to the place, I belong«. Vielleicht hat er doch irgendwie Heimweh nach Amerika, der arme Kerl? Bei ihm hat dieses Lied unzählige Strophen. Vielleicht hat er selber welche dazugetextet? Wir sind tapfer und lassen ihn nicht im Stich: Beim Refrain sind wir regelmäßig alle lautstark dabei. Ein Schwarm von kleinen, dunklen Käfern schwirrt um uns herum. Einer davon purzelt in mein Glas, und ich habe danach irgendwie keinen Durst mehr. Ich lehne mich an Felix, schaue ins Feuer und träume vor mich hin. Steve singt nun »I wanna go home«. Mir ist es damit gar nicht so eilig. Egal, ich singe trotzdem mit. Er scheint auch jeden Song von Roger Whittaker zu kennen. Von »Albany« über »River Lady« bis zu »Eloisa« lässt er nichts aus. Das erstaunt mich.

»Roger Whittaker ist in Nairobi geboren. Die

Kenianer lieben ihn«, erklärt mir Felix geduldig. Aber inzwischen singen wir eh schon wieder »Country Roads« von John Denver.

»Wenn wir den Song in der Schweiz wieder hören, können wir mit gutem Gewissen sagen: Liebling, sie spielen unser Lied«, sagt Felix. Nun, das stimmt zwar, aber ich hätte eigentlich lieber etwas Romantischeres gehabt.

Später, beim Essen, gibt es nur ein großes Thema: Morgen wird es gegen acht eine große Sonnenfinsternis geben. Es scheint nicht irgendeine Sonnenfinsternis zu sein, sondern eine, die es erst in tausend Jahren wieder so zu sehen geben wird.

»Der Mond schiebt sich in einer Phase vor die Sonne, in der er in besonders großem Abstand um die Erde kreist. Daher kann er die Sonne nicht ganz verdecken. Ein schmaler Feuerkranz bleibt sichtbar«, liest Heidi aus der Zeitung vor. Das Spektakel soll etwa zehn Minuten dauern. Alle sind ganz aus dem Häuschen.

»Nur Leute, die fast täglich Sonne haben, können sich dermaßen über eine Sonnenfinsternis freuen«, kommentiere ich das Ganze. Aber ich bin tatsächlich selber gespannt auf das Schauspiel.

Der Abend wird gemütlich. So viele Menschen aus so vielen Ecken der Welt feiern gemeinsam, friedlich, ausgelassen. Die Ziege ist zäh, aber wen kümmert's. Vielleicht haben wir zu lange gesungen. Es muss daran gelegen haben, dass »Country Roads« bei Nachbar Steve so viele Strophen hat.

Die Nacht verbringen Felix und ich in ständiger Umarmung. Keiner will auch nur einen Zentimeter vom anderen abrücken, wenn es nicht sein muss. Das ist unsere Nacht.

Am Morgen stehen wir mit allen anderen auf dem freien Feld und schauen zu, wie die Sonne vom Mond verdeckt wird. Es wird dunkel, dämmerig, fast frösteln wir ein wenig. Der Strahlenkranz der Sonne leuchtet. Alle sind andächtig still. Felix flüstert mir zu: »Früher dachten die Menschen, dies sei ein Vorzeichen für Unglück und Verderben. Heute, in der Zeit von Männern mit Perlenketten, würde ich eher sagen: Die Sonne vereinigt sich mit dem Mond, am Tag nach unserer ersten Vereinigung. Gibt es ein besseres Vorzeichen für unsere Beziehung?«

Als nach zehn Minuten die Sonne wieder voll scheint, jubeln und lachen alle und reden aufgeregt durcheinander. SMS werden verschickt, Bildnachrichten ausgetauscht. Ich wische eine kleine Träne aus meinen Augenwinkeln. Es hat mich berührt, dies hier mit Felix erleben zu dürfen. Als hätte uns die Natur ein Abschiedsgeschenk gemacht.

Jetzt müssen wir leider abreisen.

Keine Ahnung, wie Heidi es möglich gemacht hat, dass Felix und ich im Flugzeug nebeneinander sitzen dürfen. Es ist auf jeden Fall ein schönes Abschiedsgeschenk. Felix legt den Kopf an meine Schulter und schläft bald ein. Chantal hängt eine Reihe vor uns ziemlich schlapp in ihrem Sitz. Aber sie wird sich schon wieder erholen. Sie hat jedenfalls bereits lautstark am Essen herumgemeckert.

Ich selber bin im Geiste wieder dabei, eine neue Praline zu kreieren, eine ganz besondere, für Felix, mit kenianischen Macadamia-Nüssen, die ich in meinen Koffer gepackt habe. Ich werde die Praline »Sunday« nennen.

Auf dem Bildschirm sehe ich, dass wir in über 11 000 Metern Höhe mit einer Geschwindigkeit von 900 Kilometern pro Stunde der Schweiz entgegenrasen. Eigentlich möchte ich dem Piloten zurufen: »Nicht so schnell! Es eilt doch gar nicht!«

Wer weiß schließlich, wie es weitergehen wird mit Felix und mir, wenn uns der Schweizer Alltag wieder hat? Allerdings: Einen Alltag muss ich zuerst einmal wiederfinden. Im Moment rase ich einer ungewissen Zukunft entgegen. Trotzdem beunruhigt mich das nicht mehr, denn ich weiß, egal wohin mich mein Leben auch führt, ich werde Felix an meiner Seite haben.

Mein Holzbein.

Mein Schicksal.

Gesegnet von Sonne und Mond.

Was kann da noch schiefgehen?

An meine Leser:
Besuchen Sie mich auf meiner Homepage:
www.blancaimboden.ch

DANKE,
Petra Allmendinger und Sammy Ndirangu Mugo,
für eure Unterstützung!
www.africanfootprints.de

Blanca Imboden

Die Kalorien-Königin

Roman. 288 Seiten.
Piper Taschenbuch

Fettpolster? Die sollen bitte verschwinden! Männer? Die dürfen gerne bleiben, vor allem, wenn sie so knusprig sind wie die afrikanische Ferienbekanntschaft, die unverhofft vor der Haustür steht! So denkt jedenfalls die Journalistin Lucy, die mit zwei Mitbewohnerinnen in einer fröhlichen WG lebt. Sie schreibt eine wöchentliche Kolumne, ist auf Diät und berichtet in der Illustrierten über ihre Abnehmerfolge. Bald wird sie von ihren Lesern zur »Kalorien-Königin« gekürt. Ein unbequemer Thron. Und der Afrikaner, von Lucys Mitbewohnerin angeschleppt, bringt die eingespielte Frauen-WG ganz schön durcheinander … Ein Buch voller Witz und Wärme.

05/2564/01/L

Kim Schneyder

Im Bett mit Brad Pitt

Roman. 304 Seiten.
Piper Taschenbuch

»Hi, ich bin Lilly Tanner. Echt klasse, dass meine Freundin Emma mich zu diesem Trip nach Hollywood eingeladen hat. Wir werden jede Menge Spaß haben, und schätzungsweise werden wir auch ein paar echt coole Stars kennen lernen, vor allem aber kann ich dort endlich mein Drehbuch verkaufen. Ich meine, jetzt mal im Ernst, Leute, das ist *Hollywood,* was soll da schon schiefgehen?«

Eine ganze Menge, wie Lilly schon bald erfahren muss. Denn Fettnäpfchen lauern zur Genüge in der Traumfabrik, ob in der Schauspielschule, hinter den Türen schräger Agenturen oder in der angesagten Promibar. Und es kann schon mal vorkommen, dass man über Nacht zu Brad Pitts hemmungsloser Gespielin wird, wenn man unvorsichtig ist. Und damit geht das Chaos erst so richtig los …

05/2583/01/R

Marisa Heath

Supermodel

Roman. Aus dem Englischen von Henriette Zeltner. 352 Seiten. Piper Taschenbuch

Das Model-Leben hat sich Katrina anders vorgestellt: Sie wohnt in Paris in einem winzigen Zimmerchen und steht sich morgens um sechs vor Agenturen die Füße platt. Doch dann lernt sie auf einer Party den Star-Schauspieler Dominic Cayley kennen, und der will tatsächlich mit ihr ausgehen! Plötzlich erlebt Katrina den Glamour, den sie bisher nur aus Modemagazinen kannte: exklusive Party-Wochenenden in Monaco, Ausflüge auf Privat-Yachten vor der Küste von St. Tropez und teure Geschenke. Aber kann Dominic auch ihr Herz berühren, sie wirklich zum Lachen bringen und ihre Hand halten, wenn sie ihn braucht?

05/2527/01/L

Candace Bushnell

One Fifth Avenue

Roman. Aus dem Amerikanischen von Friederike Meltendorf. 512 Seiten. Piper Taschenbuch

Die Hausnummer 1 der Fifth Avenue ist die exklusivste Adresse New Yorks – wer es wirklich geschafft hat, wohnt hier. Als die hochbetagte Mrs. Houghton stirbt und ihr dreistöckiges 20-Millionen-Dollar-Penthouse frei wird, entbrennt der Kampf um das Apartment. Natürlich ein Kampf unter Frauen …

»Seit ›Sex and the City‹ gilt Candace Bushnell als die New Yorker Society-Expertin. Amüsant-bissig öffnet sie uns nun auch die Türen zur besten Adresse der Stadt.«
Cosmopolitan

»Wo Frau auf Mann, Schönheit und Geld trifft, öffnen sich die Beziehungskisten, auch dann, wenn diese Kisten modisch ausgeschlagen sind mit seidenen Hermès-Tüchern und betucht im Prada-Design.«
Frankfurter Allgemeine Zeitung

05/2546/01/R

Pendo

Andrea Vitali

Die fabelhaften Hüte der Signora Montani

Roman. Aus dem Italienischen von Christiane Landgrebe.
336 Seiten. Gebunden

Nicht Mailand oder Rom, nein, Bellano heißt der Ort, an dem die italienische Mode am aufregendsten ist, denn dort lebt sie, die personifizierte Sinnlichkeit: die unwiderstehliche Hutmacherin Anna Montani. Kein Wunder also, dass in dem malerischen Städtchen am Comer See die Mode auch für die Herren der Schöpfung ein wichtiges Thema ist. So ist das hübsche Atelier in der Via Manzoni auf einmal stärker frequentiert als der Fußballplatz. Da kann ein kleiner Einbruch im Rathaus schon mal in den Hintergrund geraten, schließlich ist auch der Hüter des Gesetzes nur ein Mann. Doch steckt hinter dem vermeintlichen Diebstahl in Wahrheit etwas ganz anderes, und die Tat hat dramatische Folgen. Denn scharfe Kurven können, wenn man vom rechten Weg abkommt, tödlich sein.

09/1031/01/R

PIPER

Jodi Picoult

Das Herz ihrer Tochter

Roman. Aus dem Amerikanischen von Ulrike Wasel und Klaus Timmermann. 464 Seiten. Gebunden

June Nealon steht vor der schwersten Entscheidung ihres Lebens. Elf Jahre zuvor wurden ihr Mann Kurt und ihre Tochter Elizabeth erschossen. Am helllichten Tag, im beschaulichen Staat New Hampshire. Der Täter war bald gefunden. Doch mit ihrem Schmerz blieb June allein. Wer konnte schon nachvollziehen, was sie verloren hatte? Wie bedrückend es war, Kurts und Elizabeths Stimmen auf dem Anrufbeantworter zu hören, lange nachdem sie tot waren? Wie es sich für June anfühlte, Kurts ersten Liebesbrief an sie zu lesen oder die Mütze in der Hand zu halten, die Elizabeth als Neugeborenes getragen hatte? Und nun, elf Jahre nach ihrem schrecklichen Verlust, bietet sich ausgerechnet der Mann, der für den Mord an Kurt und Elizabeth hinter Gittern sitzt, als Herzspender für ihre schwerkranke zweite Tochter Claire an. Kann Junes größter Feind zum Lebensretter ihrer einzigen Tochter werden?

01/1834/01/R